KB046851

달꽃

이화리 장편소설

청어 도서출판

달꽃

이화리 지음

발행처	도서출판 청어
발행인	이영철
영업	이동호
홍보	천성래
기획	남기환
편집	방세화
디자인	이수빈 | 김영은
제작이사	공병한
인쇄	두리터

등록   1999년 5월 3일
        (제321-3210000251001999000063호)

1판 1쇄 발행 2023년 8월 30일

주소   서울특별시 서초구 남부순환로 364길 8-15 동일빌딩 2층
대표전화 02-586-0477
팩시밀리 0303-0942-0478
홈페이지 www.chungeobook.com
E-mail   ppi20@hanmail.net

ISBN   979-11-6855-185-5 (03810)

달꽃

이화리 장편소설

작가의 말

나는 지방에서 활동하는 촌년, C급 작가다.
그래서 촌이야기를 촌말로 썼다.
무릎을 꿇어야 잘 보이는 채송화 같은,
낮은 이야기가 쓰고 싶었다.
내가 아니면 쓸 수 없다는 자만이 여간 과하다.
쓰레기 양산 안 하려고,
20년간 준비해 첫 책을 낸다.

2023년 8월 염천
경주 자옥산

목차

제1부

달꽃무리

도덕산(道德山)이 붉다. 산 이름에 '도덕'이 들어가는 건 경상도 지방의 완고한 유교문화 까닭일 것이다. 도덕이란 인륜의 바탕이며, 마땅히 지킬 도리로 규범되었다. 특히 여성에게만 강요되던 부도덕의 질책은 견고하고 잔인했다. 활활한 산등성이를 달래듯 소나무들이 군데군데 다독이지만, 가을은 날이 갈수록 제 몸에 겹다. 자옥산(紫玉山)과 이어진 도덕산은 북으로 봉좌산(鳳座山)과 이어지고, 서쪽으로 삼성산(三聖山), 동으로 어래산(魚來山)을 마주하고 있다. 도덕산은 그저 평범해 보이지만 시야가 긴 날 정상에서 안강(安康)의 넓은 들과 동해가 성큼 펼쳐지기도 한다. 편하고 또 편안한 뜻의 안강은 경주읍에 속해 있지만 지리적으로는 포항에 더 가깝다.

　산중턱 도덕암(道德庵)에서 흘러내린 산의 아랫도리, 산 주름 골마다 단풍의 색이 깊다. 마치 여성들의 달거리, 월경처럼 선홍의 만추(晚秋)가 옥산천(玉山川)에 흥건하다. 도덕산의 남쪽, 자옥산 자락 아래 자그만 기와집 한 채가 외따로 비밀스럽다.

서남향의 마루에 무명 같은 햇살을 깔고 모자(母子)가 마주 앉았다. 대여섯 살의 사내아이와 아직도 귀밑 솜털이 보송한 여인은 설핏 남매처럼 보인다. 곱게 빗은 쪽머리에 날아들던 파리 두 마리가 검고 촘촘한 머리 위를 선회하다 어깨에 앉는다. 화색이 도는 갸름한 얼굴 옆선이 곱다.

여인은 상아래 내린 푼주(놋양푼)의 밥을 비빈다. 아담한 소반 위에는 조선간장과 생된장 종지와 풋고추 한 줌, 화롯불에 졸여 되직한 빡된장(강된장), 갈치구이 여섯 토막과 숭늉 한 대접이 전부다. 제법 큰 푼주에 지렁(간장)과 참기름을 뿌렸고, 텃밭에서 쏙아 툭툭 문질러 넣은 배추고갱이에 빡된장을 넣는다.

"호야, 배 고푸나?"

여인의 목소리 울림이 놀랍게 예쁘다. 앳된 음성이 다 사랑스럽지만 때론 무겁게 탁하거나 앙칼스러운 새된 소리도 있다. 사람의 생김새만큼 기억에 남는 것이 목소리다. 살짝 비음이 섞인 거 같으면서, 인절미처럼 차지고, 봄 바람결처럼 나긋했다.

"응. 어매, 사게(빨리) 도고(줘)."

"호야, 사막(소매)에 코 닦지 마래이. 얼매나 허댔이믄(돌아다녔으면) 아까 무시(무)캉 홍시 묵고도 머선(무슨) 배가 하머(벌써) 고푸나?"

"응, 응. 고작(고샅)에 올 때버텀 배가 억시(매우) 고푸더라."

"우리 호야가 백제로(공연히) 그랄 리 없고, 아매도 니 뱃속에 걸베이(거지)가 덜았는 갑다."

침을 후룩 삼킨 아이는 고소한 참기름 냄새에 홀려 푼주에서 눈을 떼지 못했다. 손놀림이 바빠진 여인의 입꼬리가 숟가락의 방향을 따라 좌우로 씰룩거렸다. 여인은 푼주 옆 접시의 갈치구이를 양 손으로 발랐다. 굵은소금 단지에 넣어서 한 열흘 절인 간갈치는 납작하고 단단한 육질이다. 구우면 생선살이 노란색을 띠며, 표면엔 소금이 하얗게 바삭거렸다. 얼간잡이로 갓 소금을 친 생선처럼 결대로 찢어지지 않고, 독간(독하게 짠 간)이 된 육질은 포슬포슬 가루로 흩어지기 일쑤였다. 제사상이나 회갑잔치 등에 빠지지 않던 대형 상어의 살코기인 돔베기도 그러했다. 집집마다 소금이 가장 중요한 식재료였기에 장독의 큰 단지 두어 개에 굵은 소금을 가득 담아 몇 년씩 간수를 빼서 사용했다. 작은 단지에 덜어낸 소금 속에 돔베기를 푹 묻어두어야 변질을 막았다. 특히 땀을 많이 흘려 어지럼증이 허다한 여름에는 제목 없는 날이라도 간돔베기를 구우면 밥맛이 살아나 기운을 찾곤 했다. 아무리 짜게 먹어도 두어 토막이면 커다란 옥식기(입구가 오목하고 뚜껑이 있는 유기그릇으로 주로 집안의 어른들 식기) 밥 한 그릇을 거뜬 비울 간이었다. 여인은 갈치살이 바스라지지 않게 떼어 아이의 수저 위에 얹어 주었다.

수저가 입에 닿기도 전 혀를 길게 뽑는 아이와 아이를 향해 숟가락을 든 여인의 입이 동시에 열렸다. 이는 마주 보는 거울 효과의 연쇄반응에 의해 주(主)와 객(客)이 하나 되는 순간이다. 즉 자식의 입에 들어가는 밥을 마치 자신의 입인 양 동일시하여 둘이 동체임을 은연중에 느끼는 행위였다.

"인떨아야(이 녀석아), 암만 배고파도 경걸(걸신) 딜리디끼(들린 듯) 묵지마래이. 새알(사레) 걸린다."

"어매, 디기(되게) 맛있다. 칼치 더 도(줘)."

자신을 꼭 빼닮은 아이를 내려 보는 여인의 검은 눈동자 속에 아이의 입이 연신 오물거렸다. 눈에 넣어도 아프지 않은 모자 관계란 사랑을 가득 담은 눈 속에서 이뤄진 것이리라. 혼자서도 수저질이 익숙하지만 무료한 여인은 늘 아이를 과보호했다. 특히 이 집에 온 이후 죄의식 때문에 더욱 그러했다. 밥을 삼키듯 먹는 통에 아이의 밥 먹이기는 이내 끝났다. 여인은 아까보다 조금 느린 속도로 자신이 먹을 밥을 비볐다.

이틀 전부터 몸의 기미를 눈치채고 있었다. 오늘은 그래서 이른 저녁을 먹는다. 혹시 몰라서 밥도 넉넉히 해서 두 그릇은 아랫목에 묻어두었다. 전에 같으면 가운데 토막은 아이에게만 발라 먹이고 남은 갈치 꼬리와 배 폭 부위와 지느러미에 붙은 살만 먹었을 텐데 오늘은 갈치를 넉넉히 구웠다. 담백한 비빔밥 위에 얹은 비린 반찬은 서로의 맛을 간섭하기보다 보완하여 입맛을 당겼다.

첫술을 뜨기 위해 고개를 든 여인의 광대뼈 양쪽이 가무스럼했다. 앞가르마에서 흘러내린 옆머리의 그늘인 줄 알았는데 갈색 기미였다. 적삼과 치마 말기 사이에는 터질듯한 젖가슴이 두 마리의 웅크린 짐승처럼 팽팽했다. 밥을 비비느라 움직일 때마다 오른쪽 젖은 속적삼을 밀치고, 치마 말기에서도 슬쩍 비어져 나왔다.

추석을 지난 지 한 달이 다 된 햇살은 따끈했다. 상의의 앞섶이 풀썩 올라가게 밥을 먹은 아이는 아침나절 산에서 주워 온 생밤을 까먹느라 아직 그 자리였다. 여인의 단단한 젖가슴에 무섭게 부라린 유두의 색은 거의 먹색이다. 얼핏 보면 검지만 바탕색이 검자줏빛인 유두는 여성성(女性

性)이 가장 활발하다는 증거다. 여인의 배꼽에서부터 아래를 향하는 성선(性腺)도 진자주보다 더 검붉은 흑색에 가깝다. 산달이 가까울수록 더욱 선명해지는 성선은 삼신할매가 그어준 명표 같은 거라 했다. 만삭의 숨이 가쁠수록 성성한 유두와 성선은 꽃에 비유하면 만개(滿開)의 단계이고, 달에 비유하면 만월(滿月)이며, 바다에 비유하면 만조(滿潮)이다. 인간의 능력은 이 과정을 거스를 수 없다. 우주의 섭리가 만드는 선명한 생명 분화 과정이다. 유두와 젖무덤, 그 아래 한껏 팽창한 생명의 집으로 향하는 비밀스러운 문은 누구도 조작할 수 없는 우주의 별자리로 서로 이어져 있다.

아이는 생밤의 떫은 속껍질을 앞니로 깎아내며 간간이 엄마의 젖가슴을 봤다. 아직 어려서 날로 더욱 커진 것을 눈치채진 못하지만 요즘도 밤이면 오래 만지고 싶었다. 언제부턴가 엄마는 손을 떼어내고 돌아누웠다. 아이의 손을 내치던 그즈음, 아이는 한밤에 엄마의 치맛자락이 서걱이는 소리를 듣곤 했다.

"어매!"

"…와 깼노?"

"소피(오줌) 눌라꼬."

"자, 여게 요강."

"어매, 어데가노?"

"…가기는 어데가? 니비(누에) 밥 줄라꼬. 자거라. 사게
(얼른)."

놀라 멈칫하던 엄마의 풀 먹인 무명치마가 댓잎 소리를
내며 문지방을 넘었고, 엄마가 댓돌에 내려서기도 전에 아
이는 다시 잠이 들었다.

아래채 잠실(蠶室)은 후끈했다. 쥐가 들까 봐 여름에도
맘 놓고 문을 못 여는 통에 사철 끈적한 습도가 가득했다.
아이가 꿈결에 발길질하며 성장하는 동안, 잠실에도 꿈틀
거리는 누에들이 깊은 잠을 자며 자랐다. 잠에서 깬 누에
가 뽕잎을 먹는 소리는 한여름 마른 땅 때리는 소나기 같
았다. 누에는 명주실을 만드는 곤충이다. 비단실인 명주는
세상의 실 가운데서 가장 가늘고 가벼워서 다루기 힘들었
다. 손이 조금이라도 거칠면 실에 보푸라기가 일어서버려
서 명주를 짤 수가 없었다. 그래서 명주베틀 앞에는 손이
곱고, 눈썰미가 여물며, 성격 차분한 처녀애들이 앉았다. 시
아버지 될 이가 몰래 와서 선을 볼 때면 명주 짜는 얌전한
처녀가 일등 신붓감이었다.

누에는 집안의 가용할 살림을 도왔고, 아이들 학비가 되
었다. 버릴 게 없는 누에의 고치는 번데기로 식용했고, 누

에똥은 염색에 쓰였다. 누에의 먹이인 뽕잎을 갈아 반죽한 수제비는 갱식이라 불리며, 보리밥을 말아서 먹으면 끼니가 되었다. 명주베틀 앞에 앉으면 먼지처럼 보드라운 실 때문에 자리에서 일어나는 일도 여간 조심스러웠다. 이때 주로 먹던 반찬이 '시금장'이라 불리는 집장이었다. 시금장은 단덩개(보릿겨)를 반죽하여 가운데 구멍을 뚫어서 만들었다. 구멍에 새끼를 꿰어 말리고, 발효시켜 나락 겨(껍질)의 뭉근한 불에 거슬린 뒤 말려서 절구에 빻았다. 엿기름과 고추장을 살짝 섞어 말린 무나 가지, 삭힌 고추를 넣어 발효시킨 밑반찬이다. 보리밥에 이 집장 하나만 넣고 비벼서 앉은 자리 끼니를 해결했다. 명주는 비단이 되고, 누에와 뽕잎은 구황의 끼니가 되어 소중했다. 뽕잎의 새순은 데쳐서 말렸다가 겨울에 묵은 나물로 용이하게 쓰였고, 뽕나무의 열매인 오디에는 백오디와 자색오디, 검정오디의 종류가 있다.

일제 강점기, 잠사협회에서 집집마다 잠실을 짓도록 장려했다. 당시 우리나라는 세계4대 양잠국가였다. 명란 크기의 동그란 누에알 뭉치 24개가 한 장이었다. 잠실은 시렁(선반)을 층층이 만들어 누에가 살 잠베기(엮은 판자 시렁)를 올렸다. 알을 일정 온도에 두면 부화가 되어 개미처럼 기어다녔다. 너무 어린 누에는 손으로 만질 수 없이 여렸다. 그래서 닭의 깃에 사람의 오줌을 적셔 한지를 깔고 쓸어 모아 칸칸의 잠베기 위에 종이 째 올려주었다. 아무리 작아도 누에인지라 뽕잎을 잘게 채 썰어 펼쳐주면 잘 먹었다. 이때 뽕잎을 잘 먹은 누에는 굵고, 제대로 못 먹은 누에는 크기가 작았다. 이렇게 먹고 나흘째부터는 잠이 들었다. 자고 깨면 허물을 벗고 나흘간 또 먹었다. 석 잠을 자고 깬 누에는 식성이 너무나 활발해서 뽕나무를 가지 째 꺾어 올려주었다. 이렇게 네 번을 거듭 자고 깨면 누에가 희끗하게 굵어지고 닥치는 대로 뽕잎을 먹어 치웠다. 제 때 뽕잎을 주지 않으면 이 미물들도 성질을 부리느라 고개를 빳빳이 쳐들었다.

주로 처녀애들에게 소임이 주어지던 누에밥을 늦게 주면 어른들에게 혼줄이 났다. 다 큰 누에가 무서운 식욕으로 뽕잎 먹는 소리는 잠실에 장대비가 들이치듯 소란했다. 아이들이 걸신들린 듯 밥을 먹으면 '니베(누에) 함박(함지) 받아 옮았나'라며 놀렸다. 막잠을 자고 나면 그때 누에가 고치를 틀 섶을 올렸다. 섶은 보풀을 손질한 매끈한 속 짚으로 엮어 편편하게 만들었다. 마지막 이레 동안 배가 터질 듯 먹은 다음 누에는 배설을 시작했다. 생장이 늦은 누에는 여드레가 걸리기도 했다. 이때 누에의 입 안을 보면 목구멍에 무언가가 노랗게 차 있는 것이 보였다. 섶 한켠의 헌 짚을 내리고, 새 짚을 엮어 종이를 깔아주면 배설을 끝낸 누에들이 용하게 알고 옮겨갔다. 섶을 만드는 날은 귀한 쌀밥을 지어 쌍추쌈과 함께 고사를 지냈다. 쌈을 싸듯 실을 오롯이 잘 감싸라는 뜻이었다.

나비의 애벌레에 불과한 누에가 비단실을 뽑아주어 인간에게 유용한 일을 하는 동안 인간도 그들에게 최대한의 예를 갖추었다. 누에가 고치를 치는 동안 집안에서 기름에 지지는 음식을 일절 금했다. 비린내 나는 생선은 만지지도 않았다. 밖에 나가서도 비린 것은 먹지 않고 최대한 청량한 환경을 만들어 주었다. 이는 미신적 행위나 소득 창출을 위한 단순 이기심을 넘어 미물에게 미치는 배려의 뜻이며, 생태적 완성을 위한 존중이었다. 섶에 오른 누에들은 익숙히 실을 뽑어 고치 집을 만들었다. 자연 생태의 지혜는 학습하지 않아도 대대로 전수되는 유전자의 가르침이다. 누에는 길고 가는 실을 무분별하게 뽑지 않았다. 반드시 실의 시작과 끝을 보이도록 고치를 지어 헝클어짐이 없다. 입으로 몸속의 실을 모두 내보내느라 지친 누에는 자신이 풀어낸 동그란 실집 가운데 스스로 갇히는 꼴이 된다. 나흘 먹고서 자고, 나흘 먹고서 또 자고, 넉 잠을 잔 누에가 마지막 일주일간을 최후의 만찬처럼 먹은 뒤, 실을 뽑기까지 한 달이 걸렸다. 실이 차야 끝나는 누에 사업은 한 달 안에 완료되는 일이었다.

여성의 월경은 정자를 만나지 못한 난자의 절망이 피우는 꽃이다. 적정 나이가 차서 월경을 겪으며 자라 결혼이라는 제도 아래 여성은 남성의 품에 든다. 새달이 오고, 꽃진 자리에 또 꽃눈으로 돋은 난자가 그토록 간절하던 정자를 만나기까지 누에가 뽕잎을 먹어대는 소낙비 소리 같은 운우지정을 나눈다. 암수의 씨앗이 수정되어 수태라는 자궁에 갇히는 월경주기는 암컷들만의 신비한 우주 흐름이다. 달의 끝, 그믐에서 시작한 달이 상현에서 보름달이 되었다가 하현으로 기울며, 초승달에서 다시 그믐으로 지는 한 달, 월력(月曆)은 신비한 생명의 유전(流轉)이다. 이는 포유동물인 암컷들만의 신비한 출산 능력이며, 생명 보존의 헌신적 경작(耕作)이다.

풀 먹인 무명치마가 댓잎소리로 잠실에 든 날, 밤이면 지붕이 낮고 협소한 잠실에서 두 청춘의 비명이 소나기처럼 시렁 위에 흩뿌려졌다. 환락의 기쁨은 잠실의 온도를 상승시키며 휘돌았다. 한 달에 한 번, 그 시기는 음력 그믐께부터 닷새나 일주일 쯤 걸리던 여인의 달거리가 끝난 한참 뒤 보름날이었다. 공교롭게도 음기(淫氣)가 가장 뜨거운 배란기였고, 그날만이 그들에게 허락된 연유는 따로 있었다.

이레 동안 실을 풀어낸 누에는 번데기가 되었다. 미처 실
뽑기를 덜 끝낸 누에는 누런 얼룩의 질 낮은 실을 내보냈
다. 이 실은 푸심이라 해서 베 짤 때 끊어진 실을 이을 때
사용하고, 머릿기름을 바르는 첩을 만들어 사용했다. 푸심
을 두텁게 깔아 양단으로 감싸 분첩 모양으로 만들면 동
백기름을 찍어 쪽머리에 바르는 도구가 되었다. 번데기는
삶아서 귀한 구황식품의 단백질원이 되기도 했지만, 그냥
두면 열흘이 지나 고치의 구멍으로 흰나비가 나왔다. 하얀
수컷이 발정의 날개짓으로 유혹하면 암컷이 다가갔다. 수
컷은 암컷을 가운데 두고 빙빙 돌며 짝짓기를 했다. 짝짓
기가 끝난 뒤 수컷은 흰 분비물을 원형에 가까운 동그라
미로 만들며 사정했다. 그곳에다 암컷은 알을 낳았다.

　누에씨가 워낙 비싸다 보니 잠사협회 몰래 숨기는 일
이 허다했다. 여인의 집에도 협회에 근무하는 처녀들이
짝을 지어 조사하러 나왔다. 팔굉일우(八紘一宇), 동북아
공정을 시작으로 세계를 삼키려던 일본의 야욕은 온 세
상이 하나의 집안이라며, 침략을 합리화시켰다. 당연히
조선도 그들의 소유여서 관리나 운영이 허술할 리 없었
다. 한 해는 검은 점이 박힌 누에씨를 풀고, 한 해는 점
없는 누에를 번갈아 나누어주었다. 간단한 방법으로 어리
석은 촌로들의 부정을 미연에 막았다. 그래도 간혹 공출

이 억울한 간 큰 이들은 깊은 산 속에다 잠실 움막을 지어 실을 풀었다. 이 실을 잠사협회 모르게 암암리에 팔아 몇 푼의 돈이라도 만지려고 가장들은 밤길을 나섰다. 되도록이면 더 먼 지방으로 갔고 돌아오기까지 평균 열흘씩 걸렸다. 가용할 돈을 기다리는 아내와 주전부리를 기다리는 아이들은 며칠씩 단침을 삼켰다.

여인이 마루에서 일어서자 젖가슴 골에 맑게 고였던 한 줌 그늘이 일렁였다. 광활한 우주에 인류 하나를 낳아 먹일 임무를 띤 두 젖가슴이 당당했다. 그 아래 만삭으로 부푼 배가 치마의 주름을 펴며 명치를 짓눌렀다. 아무래도 오늘일 것 같다. 아침부터 우짜꼬? 우짤 수 없다, 이 두 음절을 들숨과 날숨으로 뱉었다. 시가(媤家)를 둘러싼 벽도산의 실한 오동나무 등걸에 옷고름 둘을 엮어 걸까, 참 많은 갈등을 했다. 첫 아이 때와 달리 거짓말처럼 입덧이 없었지만 불면의 밤은 깊었다. 수태 초기 유산에 효능 있다는 독한 씨간장을 바가지로 퍼먹기도 했고, 높은 언덕에서 수차례 뛰어내리기도 했다. 이 원시적인 방법에도 도리가 없는 여성들은 자신의 젯값에 목숨을 벌로 얹어 세상을 등지곤 했다. 생과 사, 암담한 갈등 사이로 뱃속의 생명이 말을 건넸다. 손발을 저으며 간절한 수화를 건넸다. …살고 싶어요, 살고 싶어요, 제발 살려주세요.

　호젓한 시간이면 여인은 집에서 제법 떨어진 두대마을 뒤 벽도산의 마애여래불상을 찾아가 108배를 올렸다. 70배에 가까워지면 숨이 차고 다리가 떨렸다. 더 힘들면 생명이 사라질 수 있을까? 여인은 입술을 깨물며 계속 절을 했다. 자꾸 남편의 얼굴이 어른거렸다. 눈을 감았다 뜨면 광대뼈가 앙상한 남편의 얼굴과 달리 본존불의 넓적한 얼굴이 다가왔다. 본존불의 입가에 머무는 옅은 미소를 보고 나면 이상하리만치 마음의 안정이 왔다. 두 협시보살은 본존불보다 훨씬 낮은 곳에 있고, 한 분은 왼손에 알 수 없는 병을 들고 계셨다. 생명은 두 보살상 앞에서 살아있음을 수시로 알려주었다. 여인은 아기에게 보낸 삿된 마음의 용서를 빌고 또 빌었다. 8세기로 추정되는 통일신라시대 만들어진 삼존입상은 긴 세월에도 불구하고 광배의 환한 빛으로 벽도산 서쪽 바위에 새겨져 있다. 서향의 바위에 새겨진 것은 서방극락정토의 주인인 아미타불과 정병을 든 관음보살이 계셨다. 말 없는 부조 앞에서 여인은 돌처럼 암담한 가슴으로 엎드렸다. 업장소멸, 업장소멸, 업장소멸, 업장소멸… 죄를 사해달라는 간구가 한편 뻔뻔하다는 생각도 했다. 부끄러움을 안다고 죄가 벌이 되지 않을까.

　생명이 자궁의 사방을 더듬는 시기와 동시에 여인은 거

처를 옮겨야 했다. 결혼 전에도 여인의 월경은 간혹 달을 건너뛰었다. 그건 여성들에게 더러 있는 일이다. 그러나 석 달간 달거리가 없는 건 여인에게 사건이었다. 한 가족끼리 특히 여성끼리는 숨길 수 없는 것이 달거리 월경이었다. 시 어머니와 며느리가 서로의 달거리를 훤히 꿰고 살았다. 부 잣집에서는 부드러운 외올베나 옥양목, 형편이 어려운 집 에서는 값이 싸고 질긴 광목을 서답(생리대)으로 사용했다. 종이접기 식으로 직사각형 천을 여러 번 접어 허리끈을 꿰 어 마치 일본 스모 선수들의 훈도시처럼 찼다. 하루에 두 서너 개로 버티느라 샅은 자주 물러 터져 쓰라렸다. 겨울 의 갇힌 방안에 피 냄새가 고였고, 여름엔 옷이 얇아 냄새 가 새어나와 남정네들도 달거리는 눈치를 챘다. 더구나 여 름엔 얇은 속곳과 치맛자락, 이부자리를 적시는 일도 허다 했다. 통상 이 빨래를 '서답'이라 부르지만, 달거리 빨래의 정확한 명칭은 '피서답'이다. 아침에 요강을 씻고 나면 물 을 받아 뒤란 한구석에 두고 거기 넣어서 불렸다. 요강의 뚜껑을 열면 핏물이 그득해 제 것임에도 몹시 비위를 건드 렸다. 여자들은 매월 일주일 남짓 동안 그 일을 평균 30여 년 이상 치러야 했다. 서답은 우물가에서 빠는 게 아니어서 멀어도 냇가를 찾아야 했다. 한겨울 설한에 돌로 얼음장을 깨고 서답의 핏물을 빼느라 갈라터진 손등으로 방망이질을 했다. 서답을 말릴 때도 감히 앞마당은 얼씬도 못해 뒤란의 감나무 가지 등에 숨기듯 널었다.

숟가락이 걸쳐진 푼주와 갈치 접시를 우물가에 내려둔 여인은 부엌문 옆에 쟁여진 짚단에서 짚을 한 줌 뽑았다. 타작한 지 얼마 안 되는 짚에서는 애릿한 마른풀내와 구수한 나락냄새가 동시에 풍겼다. 설거지라야 별거 아니지만 참기름을 듬뿍 넣었고, 또 비린내까지 없애야 하기에 뒷마당 거름더미로 가서 마른 재를 한 줌 집어 와 푼주에 담았다. 그다지 깊지 않아 얼굴이 비치는 우물에 여인은 두레박을 내렸다. 오늘따라 나뭇잎 미동조차 없이 적막한 집안에 챙강, 수면을 깨는 두레박 소리가 요란했다.

몰래 잠실에 들면서부터 여인은 소리에 유난히 집착했다. 아무도 보는 이 없는 밤중이었지만 보름달은 너무 환해서 글을 읽어도 되기에 소리 또한 환히 켜지는 것 같았다. 안채에서 아래채까지 불과 서른여 발자국 소리와 더불어 더욱 숨기기 힘든 것은 몸의 언어인 거친 숨결이었다. 발끝부터 머리끝까지 차오른 한 달 치 금욕이었다.

"보고 잡았다(싶었다)."

"지(저)도예⋯."

달빛이 여인의 볼우물에 은반지처럼 채워져 더욱 귀여웠

다. 누가 먼저랄 것 없이 무릎걸음으로 마주 앉았다. 창호를 적시는 달빛은 그 어떤 조도보다 은은하여 밀회를 더욱 간절하게 만들었다. 초하루와 보름엔 태풍이나 폭설이 아닌 이상 절집에 가서 기도 올리는 시어머니 덕분이었다. 일본에서 공부를 마치고 돌아온 여인의 남편은 부산에 볼 일이 있다며 떠난 후 돌아오지 않았다.

시어른들이 사방에 수소문을 했다. 태산 같은 근심 걱정 속에서도 여인의 몸은 달아올라 남편을 찾기 시작했다. 월경이 또래보다 빨라 스물 이전에 수밀도처럼 익은 몸은 남편의 부재와 무관히 뜨거워졌다. 여인의 온몸에서 전류가 흐르듯 피돌기가 빨라졌다. 잠결에도 느닷없는 감전처럼 욕망이 전신을 관통했다.

만주 땅에서 남편이 병으로 죽었다는 비보를 시어머니로부터 들었다. 남편이 사라진 이듬해 사월에 시아버지와 시삼촌이 유골함을 들고 왔다. 대충 매장된 묘를 찾아 화장했다고 했다. 눈동자부터 발바닥까지 치자 물을 들인 양 노란 황달이었다고 했다. '만주와 황달' 실은 사실이 아닌 조작이었음이 나중에 밝혀졌다. 당시 여인은 스물두 살, 아이는 다섯 살이었다.

남편이 사라진 이후, 시어머니는 먼 절집을 찾아가 지극 정성 기도에 매달렸다. 시어머니는 정짓간 일을 하는 금척댁과 대동해 집을 비웠다. 매월 열나흘이면 율동에서 모량 지나 건천 신선사(神仙寺)까지 갔다. 초하루 보름 기도라지만 오가는 거리가 있어 한 번에 1박 2일이 소요되었다.

아무리 몸이 급해도 빈집이 되는 날까지 참아야 했다. 단 하루를 위해 여인은 한 달을 견딜 수 있었다. 하룻날은 달거리 중이라 불가했고, 보름날만은 참았던 봇물이 넘치던 몸을 부리는 터였다. 이렇게 자주 잠실에 들 처지가 아닌 만남이라 두 사람은 지는 달을 부여잡고 싶도록 애틋했다. 그믐에 달거리를 하면 보름은 최고조의 배란기가 된다. 캄캄하던 그믐달이 차오르듯 여인의 여성도 팽배해져 갔다. 여인 못지않게 그날을 기다리던 사내의 몸 또한 화롯불 같은 자궁 문에 닿는 순간부터 장작이 타듯 화마에 휩싸였다. 이렇듯 뜨거운 단내는 잠실 특유의 야릇한 냄새에 교묘히 희석되었다.

이미 산기(産氣)가 도는 몸으로 우물가에 앉기 어려운 여인은 우물 곁 장독 위에 그릇을 올리고 설거지를 마쳤다. 우물가에서 돌아서며 아들을 불렀다. 방금 사내 생각을 한 탓인지 목소리가 가늘고 길게 떨렸다.

"호야, 그만 묵어라. 떫은 거 마이 묵으믄 똥구영(항문) 막힌다카이."

"어매, 나는 땡감 묵어도 개안터라."

"호야, 또 사막(소매)에 코 닦나? 옷이 그기 머꼬? 어매가 요새 배 텀밖에(때문에) 따리박질(두레박질)도 심든다(힘든다)."

"응. 어매. 알았니더. 헤헤."

"호야, 아즉(아직) 안 자부럽제?(졸리지?) 해 빠지기 전에 외가 가서 갑산댁 아지매 좀 오라캐라. 어매가 쪼매 아푸다카믄 알 끼다. 지금이 아이고 저녁 묵고 밤에 오믄 댄다카고. 그란데 와 이리 갑재기 어둡노. 호야, 여불때기(옆구리, 또는 옆길이나 엇길)로 새지 말고 퍼뜩 다말어(달려)갔다 오나라. 산만디(산꼭대기) 보이까네, 꼬지락비(장대비)가 한바탕 올 거 겉다."

"응. 어매. 내 퍼뜩(얼른) 갔다오꾸마. 내가 쫓으발내기(달리기) 잘한다 아이가."

좀 전까지 환하던 북쪽 하늘에 때 아닌 먹장구름이 도덕산과 봉좌산 마루를 컴컴하게 물고 있다. 여름도 아닌데 변덕을 부리는 날씨가 제법 생소하다. 하늘을 올려보는 동안 목에서부터 흘러내린 여인의 어깨선이 유별나게 아름답다. 그래서 옷매무새가 돋보이는가 보다. 상, 하체의 비율이 짧달막한 여인네들과 달리 기름하니 빠졌다. 지금은 만삭이라 몸의 선이 무너졌지만, 고이 자란 팔다리가 곧다.

나이로 보나 외모로 보나 수절원사(守節寃死)하기에는 너무 안쓰럽다.

경중경중 뛰다시피 다니는 아이여서 다녀올 동안 비는 안 맞을 것 같았다.

"어매, 오데 아푸나?"

"어매 개안타. 배가 쪼매 아풀라 컨다."

실은 점심나절부터 간헐적으로 통증이 왔다. 보는 이 없지만 아파도 아픈 내색조차 숨겨야 할 여인의 처지였다.

"히잇, 예에~."

여인을 닮아 목소리 고운 사내아이가 싱긋 웃었다. 희고 고른 치아 사이에 밤 속껍질들이 꺼뭇하게 끼어있었다. 손톱으로 치아 사이를 파내며 아이는 잽싸게 대문을 나섰다.

6년 전 첫 출산을 했지만 초산이어서 구체적 기억이 떠오르지 않는다. 그땐 갑산댁과 바느질하던 침모까지 교대로 여인을 돌봤고, 모든 여건이 지금과 달랐다. 지금 이 집은 친정의 마름이 살던 작은 초가집이었다. 여인이 시집에서 쫓겨 온 이후 급히 기와로 교체했다. 시가에서 일말의 통기도 없이 딸과 외손을 쫓아낸 터라 여인의 친정에서는 무척 당황했다. 친정집에 비해 방도 협소하고 더욱이 외딴집이라 두렵고 적적하지만 여인은 손님이 잦은 친정에 있기를 거부했다. 실은 말수 적고 냉랭한 성격의 계모

앞에서 자신의 처지를 보여주기가 거북했다. 배는 삼동네(세 마을)가 아는 소문처럼 잘도 부풀어 올랐다.

여인은 갑산댁이 오기 전에 큰방과 작은방 가마솥에 물을 길어 채웠다. 오후부터 배가 아랫도리를 무겁게 짓눌렀다. 대신 명치께에 조금 숨통이 트였으나 우물가에 부딪는 배 때문에 두레박질이 버거웠다. 반 이상 찬 옹기 물동이도 힘에 부치지만 움직여야 순산에 도움이 되기에 신음을 내며 솥마다 그득 채웠다. 갑산댁 바깥양반이 오늘도 두 지게나 부려 쌓은 장작들이 마루 아래와 뒤란의 서까래 아래와 부엌 벽에도 차곡차곡 쌓였다.

갑자기 어둑한 해거름 무렵이라 여인은 오소소 한기를 느끼며 비워두었던 작은방 아궁이부터 군불을 지폈다. 마른 솔가지를 몇 줌 집자 어려서부터 노동을 안 해서 참외 속살 같은 손바닥이 따끔거렸다. 굵직한 참나무 부지깽이로 소깝(소나무 이파리)을 장작 아래로 밀어 넣었다. 불기운에 여인의 몸도 후끈해졌다. 건장하던 사내의 그곳처럼 느껴지는 부지깽이가 손바닥 안을 꽉 채웠다. 시집에서 쫓겨 이 집에 올 무렵 사내는 일본에 징용을 떠나고 없었다. 시집 집안 어른들의 어떤 영향력이 사내를 떠나보냈다. 여인의 몸도 마음도 솟구치는 그리움으로 절절했다. 옛정보다 새 정이 더 무서운 법이라 남편은 아득하고, 사내는 사무치게 그리웠다. 부지깽이를 쥔 여인의 오른손에 힘이 더욱 가해졌다.

"어디 보자, 얼굴 좀 보자."

두 번째 몸을 섞은 뒤부터 사내는 높임말을 버렸다. 여인이 원하던 바였다. 투박한 사내의 손이 한 손 크기 여인의 작은 얼굴을 감싸며 당겼다. 싸움소의 입김처럼 거센 김이 확 끼쳤다. 얼마나 애 마르게 기다리던 숨길인가.

"오시니라꼬 욕 봤어예."

이날을 기다리느라 이미 몇 날 며칠 한껏 달아올랐다. 숨이 컥 막히는 여인의 전신에 전율이 일어났다.

"그런 소리마라. 내가 새라믄 날아오고 접더라. 천날 만날 날아오고말고."

힘줄이 불끈한 남자의 팔이 와락 여인의 어깨를 부여잡았다.

"지(제) 맴(마음)도 그렇심더, 참말로 지 맴도…."

말끝에 흐윽, 뜨거운 숨결이 덩달아 터지고 말았다.

"내 손톱 밑 까시겉은(가시 같은) 사램아, 미안하대이, 미안테이."

이미 둘은 서로의 옷고름을 풀어헤치며, 이승이 아닌 어디쯤으로 떠날 채비를 서둘렀다. 아무도 모르는, 아무도 없이 단둘이서만 갈 수 있는 곳.

"개안심더. 지는 시방도 너무 좋심더. 이래라도 볼 수 있는 기 너무 고맙고요."

두 번, 세 번, 환락의 눈먼 곳으로 떠나느라 뜬눈으로 밤을 꼬박 새웠다. 말없이 서로에게 몰두하기에도 시간이 짧았다. 달이 지기 전, 여명이 오기 전에 사내는 몇 개의 산을 넘어 집으로 가야 했다.

사내는 시어머니가 다니는 신선사(神仙寺)의 부목(負木)이었다. 갓 시집온 여인을 처음 마주친 마애불상 앞에서 사내는 눈앞이 하얘지는 백화현상을 느꼈다. 옥빛 갑사치마와 연분홍 반회장 갑사저고리의 색들이 하얗게 탈색되어 흩어져버렸다. 눈을 재차 떴을 때 사내는 색이 사라진 자리에 그림인 듯 가냘픈 여인의 알몸을 보았다. 이성을 접한 적 없는 사내에게 알몸의 여인을 보여준 건 신령했다. 여인역시 사내를 보는 순간 가슴 한가운데가 절반으로 열리는 첫 경험을 했다. 분명 처음 보는 사내임에도 낯이 익어서 무람없이 열어주는 대문의 빗장처럼 가슴이 열려 자칫 한 걸음 다가설 뻔했다. 한복은 몸의 선이란 선은 죄다 감추어 풍성한데, 드러나지 않는 몸이 더 고혹적인 법이다. 바위에 새겨진 마애불처럼 굳어버린 사내 곁으로 여인이 지나칠 때 쪽진 머리의 동백기름 향기가 미미하게 코끝을 스쳤다.

매월 초하루 보름마다 여인을 기다렸다. 그날이 오면 사내의 몸이 정말 새가 된 듯 가벼워 나를 듯이 가파른 산을 오르내렸다. 산 아래 회나무 고목에 지게를 받쳐두고 여인을 기다리는 동안 새소리도 숨을 죽이고, 바람도 비켜 갔다. 오로지 단 한 사람만을 위해 해는 빛살을 닦고 있었다. 불전에 올릴 공양물을 받아 지게에 싣는 동안 함부로 뛰는 심장을 달래야 했다. 여인이 오는 날이면 사내는 이른 아침 목욕을 하고 늘 깨끗이 빨아 둔 옷을 갈아입었다. 시어머니 모서댁은 그늘에 쉴 참이면 저만치 앞서가다 앉은 사내의 옆모습을 유심히 보았다. 산이 깊어 혹여 짐승이라도 만날까 사내는 길을 열고 지켜주었다. 키만 후릿하고 몸이 부실했던 자신의 아들에 비해 참 다부진 청년을 보는 눈길에 날이 섰다.

다시 눈길을 곁에 앉은 며느리에게 두었을 때 두 남녀의 팽팽한 젊은 육체가 대낮의 햇살에 민망해할 줄도 몰랐다. 둘은 분명 마주 보지 않음에도 투명한 끈이 출렁거렸다. 사내에게선 사내의 맛이, 여인에게선 여인의 맛이 절 마당 앞에 이를 때까지 산그늘에 툭툭 솔방울처럼 구르다가, 참나무 향이 그윽한 법당 앞에서 멈추었다. 여인의 시어머니는 주지 스님께 청을 넣었다. 얼마 후 부목은 어느 신도의 주선으로 조촐히 가정을 꾸렸다. 그런다고 여인과 사

내의 연모가 쉬 거두어지는 게 아니었다. 육정 이전에 심정
이 서로 통해야 관계는 질기게 깊다. 눈에 보이는 것보다
보이지 않는 끈이 더 질겼다. 안에서부터 똬리를 튼 연정의
끝은 본인들도 알 수 없었다. 신선사 주지와 친척 간인 사
내는 단석산 아랫마을에서 살며 여전히 절의 잡일을 도맡
아 했다.

오늘따라 산기(産氣)에 불쑥 찾아드는 그리움이 사내와
의 열락을 떠올렸다. 어찌 그러지 않으랴. 그는 곧 태어날
생명의 아비다. 잊자. 잊자, 잊자, 수천 번을 되뇌었지만 마
음은 늘 엇길로 빠졌다. 아까부터 여인의 눈물이 치맛자락
을 적셨다. 아들이 잘 방이라 장작개비를 아궁이 가득 밀
어 넣고, 여인은 눈물로 젖은 치맛자락을 여미며 일어섰다.
휘청, 놀랄 정도로 센 태아의 발길질이 끝울음마저 거두게
했다. 여인은 빗자루를 들어 불쏘시개였던 마른 솔잎을 정
지의 구석으로 그러모았다. 불길이 거세어진 가마솥 전으
로 김이 몇 줄기 흘러나왔다. 곧 펄펄 끓을 모양이다.
　산실이 될 안방의 정지에 들어가 군불을 지피려던 참에
심부름 간 아이가 돌아왔다. 갑산댁은 저녁 설거지를 마치
고 서둘러 온다고 했다. 여인은 낮에 산을 쏘다닌 아이의
얼굴과 손발을 씻기려고 뜨거운 물을 우물가에 퍼다 날랐

다. 여전히 만삭의 배는 불편하고, 태아는 발길질을 해댔다. 통증이 더 잦아지고 있었다. 여인에게 아이는 너무나 미안해서 더욱 귀한 존재다. 정성들여 아이를 씻긴 뒤 모난 곳 없이 순하디 순한 아이의 보드라운 얼굴을 닦다 말고 두 손으로 얼굴을 감싸 품에 안았다. 이미 날이 어두워 잘 보이지 않는 이목구비를 하나하나 손으로 더듬었다. 서로 성이 달라도 너희들은 잘 지내야 한다. 아배는 달라도 어매는 하나 아이가. 내 피를 나눈 너거 둘이는 남이 아이다. 이 세상 다 조도(줘도) 안 바꿀 내 새끼들, 그저 무탈히 우애 좋게 잘 크고… 이런 염원이 간절하게 손끝에 맺혔다. 아들은 엄마 특유의 냄새와 거대한 젖가슴에 숨이 막혀 빠져나왔다. 둘은 동시에 큰 숨을 내쉬었다. 어떤 예감이 여인의 가슴을 뛰게 했던 것일까? 여인이 아들에게 미안하다는 말보다 더 미안한 맘을 전할 길이 그것뿐이었다. 전날 밤 물을 데워 온몸을 닦았건만 여인의 품에서는 근근쩝질한 쉰내와 비릿비릿 들척지근한 냄새가 났다.

우물가에서 모자가 일어나 돌아서는 찰나, 굵은 빗방울들이 와다다다다다, 놀란 짐승의 발굽처럼 요란했다. 이내 마당의 황토가 패이면서 노란 먼지를 일으켰다. 매캐한 흙냄새를 뚫고 아이는 잽싸게 마루에 올랐지만, 만삭의 배로 굼뜬 여인의 어깨와 발등은 삽시에 젖고 말았다.

김이 펄펄 오르는 두말들이 안채 솥에서 물을 퍼낸 여인
은 힘겹게 옷고름을 푼 다음 세숫대야에 무명 수건을 적
셔 몸을 닦았다. 사정없이 퍼붓는 비에 황토흙물이 벤 옥
색치마를 걷었다. 아랫도리를 닦는데 힘에 부쳐서 숨이 더
욱 가빴다. 산통은 좀 더 구체적으로 시작되었다. 반짇고
리에서 꺼낸 가위를 삶아 며칠 전부터 잘 삶아 말려둔 기
저귀로 조심스레 감싸 두었다.

비만 오는 게 아니라 간간이 집을 흔드는 광풍에 갑
산댁은 눈을 뜨기 힘들었다. 잰걸음으로 여인의 집에 오
던 중 그만 마을을 벗어나기도 전에 돌멩이에 걸려 발목
이 접질렸다. 한동네는 한 가족 같아서 가까운 집에 들려
헌 천 조각이라도 좀 얻어 감아보고 싶었지만 날이 날인지
라 절뚝이며 집에까지 돌아갔다 다시 오는 바람에 한참 늦
어졌다.

그 사이 댓돌 위의 신발을 휩쓴 비바람처럼 여인은 무
자비한 산통에 신음했다. 방 밖에서 부는 바람소리가 자
신의 신음을 대신해주는 것 같기도 했다. 아이는 옆방에
잠이 들었고, 구완할 누구도 없는 처지가 떨리도록 무서
웠다. 무시무시한 통증이 멈추는 순간, 졸음이 몰려왔다.
잠시 꿈을 꾼 것 같기도 했다.

꿈은 사내와 첫 몸을 섞은 그날로 돌아갔다. 사내의 단단한 품에서 영원히 머물고 싶었다. 죽을 것 같은 희열과 죽어도 좋을 환희였다. 그건 인력(人力)이 다스리는 한계를 벗어난 천기(天機) 같았다. 구름과 비의 생성, 바람과 기압의 관계, 습도와 건조의 호환으로 신조차도 간섭할 수 없는 자연현상이었다. 매월 멀어지는 간조(干潮)의 바다를 인간의 힘으로 메울 수 없듯, 월경(月經)은 생명이 되지 못한 불꽃의 아우성이다. 아우성이 사라지면서 배란이라는 생명의 연속성에 해답을 구하게 했다. 그 답은 오로지 하나, 성교였다. 세상 모든 동식물에게 가르쳐주지 않아도 이미 알게 되는 참 쉬운 답습이었다.

통증으로 꿈인지 생시인지 모를 시간이 끊어졌다, 이어지기를 반복했다.

정월 대보름날이었다.

아침엔 찌뿌둥하던 하늘이 오후가 되면서 맑았다. 한겨울의 쾌청함이란 속속들이 언 강물처럼 단단하고 차다.

율동의 들이 안강 들판만큼 넓지 않지만 들 가운데 논에 달집이 지어지고 있었다. 낮부터 벽도산을 오르내리는 장정들의 지게 행렬이 펴랬다. 벽도산 남쪽에서부터 동북쪽을 휘감은 율동마을과 두대마을은 우애 좋은 형제지간처럼 잘 지냈다. 나이 든 축은 생솔가지를 쌓고, 청년들은 잰 걸음으로 산을 올라 솔가지를 쳐서 져 날랐다.

설이 조상과 어른들을 뵙는 제례와 새로운 시간에 대한 경건함이라면 정월대보름은 산 자들의 축제였다. 곧 음력 이월부터 시작될 농사를 앞두고, 새해 첨으로 달과 지구가 가장 가까이서 한 해의 수확을 약속하는 일이기도 했다. 사람은 기껏 써래질이나 하고 씨앗을 뿌리고, 해와 달의 경작이 사람을 살린다. 빛의 광합성이 아무리 중요해도 캄캄한 어둠이 있어야 뭍 생명도 잠이 들어 생장한다.

걸음이 여물어진 호야도 그날은 단단히 벼르던 쥐불놀이 연습을 했다. 사촌형들이 시골에서 귀한 함석을 두드려 만들어 준 빈 깡통을 들고 대낮부터 줄곧 돌리는 연습을 해댔다.

여인은 이른 새벽부터 찹쌀, 기장, 수수, 검정콩, 팥 등으로 오곡밥을 짓고, 일곱 가지 나물을 볶았다. 피마자잎을 불려 복쌈도 준비했다. 친정에선 갑산댁의 솜씨에 곁눈질이나 보탰고 홀로 만들기는 처음이었다. 전날 정짓간 금척댁이 따뜻한 물에 불려 삶아둔 다래순, 부지깽이나물, 뽕잎순, 토란줄기, 옻순, 취나물, 고사리나물로 향이 적은 것부터 볶는 순서였다.

지난 장날 금척댁이 사다 뒤란에 걸어 둔 명태가 꾸득하게 말라 마당가에 묻어둔 무를 꺼내 깔고 자작하게 찌개도 했다. 정월 보름에 생선찌개를 먹어야 일 년 내내 가시에 박히지 않는다고 했다.

거기다 여인의 집안에서 대대로 내려오는 대보름 음식 하나를 전날 밤 만들어놓았다. 무챗국이라 불리는 이 음식은 위장이 약한 노약자들이 먹으면 속이 편안했다. 아주 쉬운데도 신출내기 주부는 흉내 낼 수 없는 난이도다. 일반적 무채도 쉽지 않은데 이 음식의 주재료인 무채는 얇고 가늘기가 이불시침바늘 귀에 들어갈 정도가 되어야 한다. 채가 굵으면 무게 때문에 그릇 아래 가라앉아 위에는 멀건 물만 보이고, 수저에 떴을 때 삐죽삐죽 볼썽사납고, 입천장이나 목젖을 찌르기에 아주 쌍스럽다. 솜씨 좋은 아낙의 무채는 마치 하얀 실을 일정 길이도 끊어 쌓아둔 듯 고왔다. 썰어진 단면마다 투명한 빛을 발하는 무채를 작은 단지에 수북이 담아 약간의 소금을 넣어 버무린 후 뚜껑을 닫아 부뚜막에서 하룻밤을 재웠다. 여기까지는 나박김치 숙성과 유사하다. 나박김치 역시 납작썰기한 무에 소금을 섞어 하룻밤 재운 뒤 물을 붓는다. 썰어둔 생무에 소금물을 붓는 것과 하루 전 소금간을 머금은 무는 맛부터가 다르다. 무 특유의 아린 맛도 없어지고 소금기를 머금은 무라야 그릇 아래에 푹 가라앉지 않고, 물속에서 나긋나긋

서로를 감싸며 부유하는 상태가 된다.

여인은 이튿날 신새벽 길어둔 맑은 우물물에 소금과 정 짓간 부뚜막에서 발효한 촛병의 말간 웃물을 부었다. 무의 은은한 맛을 간섭할 향이 강한 마늘은 쓰지 않고, 대신 겨 울 움파의 새순을 참깨처럼 잘게 다져 밥상에 내기 직전에 올렸다. 그때 함께 넣는 고명이 바로 마른 김이다. 아궁이 잔불 숯에 김을 타지 않게 고루 구워 손바닥으로 문질러 곱게 가루를 낸 다음, 상에 내기 직전에 듬뿍 올려 저으면 김 특유의 고소하고 파릿한 향기가 코끝을 자극해서 가장 먼저 수저를 담그도록 유혹했다. 통깨를 올리는 집도 있었 지만 여인의 집에서는 잡티처럼 지저분하다며 쓰지 않았다. 무와 파, 김 이 세 가지가 단순한 식재료인 무챗국의 맛은 씁씁하면서 시원하여 기름을 두른 나물이나 전, 생선 등 을 먹어서 텁텁해진 입안을 말끔히 씻어주어 산뜻한 입맛 을 돋우었다. 여인의 집안에서는 대보름뿐 아니라 겨울에 치르는 대소사에는 식혜와 더불어 기본이었다. 떡이 빠지지 않는 잔치에 무챗국은 활동이 적은 동면기 체증을 미리 막 아주는 역할을 했다. 무의 소화효소와 식초의 소화촉진을 배려한 훌륭한 음식이었다. 특히 인절미와도 어울리고, 그 집의 우물물 맛이 무챗국의 맛에도 영향을 미쳤다.

매캐한 흙내나 배릿한 이끼내가 나지 않는 우물의 첫물

은 각별하여서 장독 위에 올려 기복(祈福)의 정화수로 쓰이기도 하고, 정짓간 모서리 시렁에 모셔둔 조왕신(竈王神)에게 매일 올리는 정성에 쓰였다. 수량이 깊고 바닥에 큰 돌들이 있는 석간수(石間水)라도 얼마간의 이끼나 부유물 등이 있다. 하루를 여는 아낙들의 첫 두레박질은 조신스러웠다. 새벽 어스름 빛을 더듬어가며 밤새 흐트러진 쪽머리를 참빗으로 빗어 비녀를 꽂은 후 문지방을 넘었다. 다른 식구들이 깰세라 살며시 내디딘 걸음으로 소리 없이 두레박을 내렸다. 집에 일하는 이가 있어도 이 일은 주로 안주인 몫이었다.

이 아름다운 행위는 남존여비나 미신적 치부를 떠나 하루를 경건하게 여는 생에 대한 범절이 아니었을까? 두레박이 우물 벽에 부딪히지 않게 정성껏 올려서 옹기나 사기로 된 대접에 고이 부었다. 들에서 일하고 돌아온 분주한 낮이면 두레박을 잽싸게 내렸고, 두레박 안에 가벼운 펄이나 잔모래, 티끌 등이 들어갔다. 여인은 조곤히 물을 길어 옹가지로 불리는 두어 뼘 깊이의 옹기에 부었다. 무챗국의 물은 나박김치보다 자작해야 무에서 우러나온 시원한 맛이 맹물 맛을 능가한다. 추석 지나 바람에 떨어진 홍시들을 주워 부뚜막에서 발효한 식초는 이맘때면 마침 맞는 맛을 보였다. 아무리 좋은 음식도 때가 넘으며 맛도 넘는다. 여인은 목이 길고 아래가 제법 방방해서 혼자 들기 무거운 옹기 촛병을 기울였다. 촛물의 간을 맞추었다. 이때 간을 보는 바가지는 커다란 박 바가지가 아니라 앙증맞은 조롱박이 국자를 대신한다. 젊기도 하지만 손 매듭 굳은살 하나 없는 손에 들린 조롱박은 여인 한 사람만을 위해 만들어진 소품처럼 어울렸다.

마루 끝에 소양곰탕 동이를 내린 뒤, 발목을 절뚝이며 갑산댁은 급히 방으로 들어섰다. 갑산댁의 치맛자락에 따라 들어온 바람으로 침침한 호롱불이 위태로웠다.

"액씨(애기씨)요, 기다맀제요? 오다가 지가 고마 발목을 삐끗해뿌래가,"

초롱불 곁에 가물거리는 촛불을 발견한 갑산댁이 급히 양초곽을 열어 새 양초에 불을 옮겨 꽂았다.

"아이구, 액씨요, 와 이카능교? 퍼뜩 정신 채리소."

눈을 못 뜬 여인의 입술이 가늘게 떨렸다.

"액씨요!, 액씨요! 내시더. 눈 떠보소, 갑산아지매시더. 정신채리소. 이카믄 앤댑니더. 자뿌믄(잠들면) 앤댑니더. 아(애기)를 낳야지 자불믄(졸면) 앤댄다 아입니꺼?"

급기야 철썩, 철썩, 여인의 뺨을 때리며 갑산댁은 어깨를 잡아 흔들었다. .

"아지매, 내가 꿈을….."

"예예, 액씨가 지를 기다리다가 잤등교? 인자 또 자믄 큰 납니더. 어데 봅시더 문이 얼매나 열랬는공."

아랫도리를 반쯤 덮은 이불을 걷던 갑산댁이 벌러덩 나자빠졌다. 전신에 냉기가 획 지났다. 난감했다. 아이의 한쪽 발이 삐죽이 나와 있었다. 아마 천둥번개에 놀란 아기가 자궁 안에서 한 바퀴 몸을 굴린 것 같다. 난산이다. 빨리 낳지 않으면 아기는 죽고 만다. 산모 역시 위험하다. 액씨 혼자서 얼마나 아프고 무서웠을까, 갑산댁은 치미는 눈물을 꾹꾹 눌렀다.

"액씨요, 정신 채리고 힘을 써보소. 액씨가 힘을 빼믄 아가 죽심더. 어서 지 말 들어야 액씨도 살고 아도 사니더."

갑산댁은 태아의 발을 조심스레 밀어 넣었다. 여인이 힘을 그러모으는 동안 천둥번개가 굉음을 내며 방안을 환히 밝히고 지나갔다. 벌써 몇 차례인지 모른다.

"호야 아배요, 호야 아배요. 아만 놓고 가께요. 아만 놓고 나믄 데리고 가소. 지발(제발), 지발, 아만 놓고 나믄 지를 델꼬 가소. 지가 잘못했심더. 지가 지은 죄…아니더. 호야 아배요, 아는 살리주고 지를, 지를…."

여인은 땀으로 번들거리는 눈을 번히 뜬 채 읊조렸다. 잠꼬대는 아니고 아마도 헛것을 보는 것 같았다. 여인의 애절한 간구에 갑산댁의 눈물이 주르륵 흘러내렸다. 어릴 적 친정엄마를 잃어 친딸보다 더 귀하게 아무 말썽 없이 키워 시집보냈는데, 이 무슨 기구한 운명인가, 땅을 치며 통곡하고 싶은 심정이었다.

"액씨요, 액씨 죄 아입니더. 우리 착한 액씨는 죄가 없심더. 명을 몬(못) 타고난 그 늠, 호야 아배가 죄인이시더. 자아, 다시 정신 채리고 힘을."

우르르르릉, 천둥소리가 창호를 뚫고, 구들장까지 뒤집을 요량인지 거침이 없었다.

"호야 아배요, 지를 델꼬… 아만 놓고 가께요… 아만 놓고… 지가 잘못… 지가 죽을 죄…."

무거운 신음 사이로 여인은 그토록 그리던 남자가 아닌 남편을 만났다.

여인의 몸이 천둥소리에 맞춰 들썩거리고, 팔을 걷어 올린 갑산댁이 이미 산도(産道) 깊숙이 손을 집어넣어 태아를 돌려보지만 쉽지 않았다. 뒤이어 대지를 절반 갈라치는 듯 번개가 시퍼런 빛을 창호에 흩뿌리는가 싶더니 따당! 마당에 무언가 거대한 것이 고꾸라져 박히는 소리를 냈다. 갑산댁 나이 마흔이 다 되도록 생전 첨 듣는 굉음에 온몸이 펄쩍 뛰어올라 엉덩방아를 찧었다. 방 밖의 소란과 방안의 혼란으로 갑산댁의 정신도 반쯤은 허공에 걸쳐졌다. 비몽사몽간에 당연히 놀랐을 산모가 엉겁결에 큰 힘을 썼고, 갑산댁의 손에 두 발목이 잡힌 아기가 나왔다. 거꾸로 나온 것도 모자라 목에 탯줄을 세 바퀴나 둘렀다. 갑산댁은 탯줄을 잽싸게 벗겨주었다. 양수와 핏물 범벅에 미끄러지며 갑산댁이 가위를 찾아 탯줄을 잘랐다. 거꾸로 들어 흔들며 아기의 엉덩이를 세게 때려 첫울음이 터졌다. 남은 탯줄을 내보낸 여인의 자궁에서 피가 시냇물처럼 흘러나왔다. 미처 아랫목을 못 본 갑산댁이 애써 정신을 가다듬어 산모에게 성별을 알렸다. 액씨요, 액씨요, 딸아(딸아기)시더. 인자 댔심더. 다시 함 정신 채리고 인자 태를 내보내소, 이런 말을 하며 아기를 면보에 사서 돌아보던 갑산댁이 다시 전신에 힘이 풀렸다.

"딸⋯, 아지매, 내가⋯ 나는⋯."

"우야꼬오, 액씨, 액씨요, 이라믄 앤 되니더. 정신 채리소. 아도 키아야 대고, 호야캉 살아야지, 아이고오오, 이 일을 우짜꼬오!"

여인의 자궁 입구에 다 빠져나오지 못해 걸린 탯줄을 당겨 거두는 갑산댁 눈물이 앞을 가렸다. 아무렇게나 손에 잡히는 천 조각에 탯줄 뭉치를 둘둘 말아 밀친 뒤 갑산댁은 연신 호야를 불렀다.

"호야! 호야! 일(일어) 나바라! 사게(빨리) 일로 와 가(이리

와서) 심바람(심부름) 좀 해래이. 외할매 좀 오라캐라, 아이
다, 외할배 오라꼬, 아이다, 외할매를 오시라캐라! 호야아!
일나바라! 넉 어매가 죽게 생깄다아!"

평소 호야에게도 말을 높이던 갑산댁은 급해서 마구
외쳤다.

그 긴박한 와중에서도 여인에게 도통 정을 안 주는 후
처 마나님이 안 올지 모른다는 염려가 앞섰다. 접질렸던 발
목의 통증은 애저녁에 사라지고 호야를 부르며 날듯이 정
지에 들어갔다. 빗줄기는 약해졌지만 구름장이 첩첩한지라
정지간은 캄캄 절벽이었다. 급하면 눈에도 불이 켜지는지
갑산댁은 얼른 솔가지 더미 옆 부삽을 찾아 세숫대야에 아
궁이재를 퍼 담았다. 벌렁거리는 심장은 문지방을 건너며
마루에 떨어뜨린 건지 아예 무감했다.

재를 담은 대야를 들고 정지를 나오는 갑산댁의 발이 맨
발인데도 정작 본인은 그조차도 몰랐다. 너무 급해서 자신
의 버선을 벗어 애기씨의 사타구니에 막아주었다.

피비린내가 진동하는 방안을 들어선 호야의 눈과 입은
한껏 벌어진 채 굳어버렸다. 잠결에 어매가 죽는다, 는 말
에 정신이 번쩍 들었다.

"어매는 자나?"

정신이 까무룩한 여인은 호야의 근심을 듣고도 아무런

대꾸를 못했다.

양상 간의 습성이 남은 시대라 아무리 어려도 양반은 나이 든 아랫사람에게 하대를 했다. 놀란 호야에게 갑산댁이 가슴을 쓸어내리며 차분히 일렀다.

"아이시더, 앤 잡니더. 째매 아푸니더. 대림(도련님), 마이 놀랬제요? 외가 가서 할배를, 아이다 할매를 오시라카이소. 그라고 우리 영감, 아재 자는 문간방 알제요? 아재 깨아가 급하다꼬 퍼뜩 안강 가서 윤 이원(윤 의원) 모시고 오라컨 다꼬 카소. 알겠능교? 대림, 알겠제요? 우리 영감, 만식이 아재 먼첨(먼저) 깨아가 지가 한 말 단디 전해야 대니데이 (됩니다)."

아이는 입을 닫은 채 고개만 끄덕였다. 동네에서 소나 돼지를 잡을 때 맡았던 그런 역한 피비린내였다.

호야를 안심시키려는 여인은 어떤 말을 하려 했지만 소리가 나오지 않았다. 호야는 호롱불과 촛불 두 개가 켜져 평소보다 밝은 불빛 아래서 창호지처럼 흰 엄마의 얼굴을 보았다.

"어매, 개안나?"

"야야, 대림(도련님) 동상(동생) 놀니라꼬 대가지고(피곤해 가지고) 자니더. 개안심더. 걱정 말고 댕기오이소. 인자 꼬지락비(소낙비)는 앤(안) 오는 겉심더. 옷 따시게 입고요."

"응."

아이의 밤길을 밝혀주느라 그랬는지 먹장구름 사이로 희미한 상현달이 반쯤 드러났다.

소화(昭和) 4년(1929년), 음력 9월 13일(양력 10월 15일) 밤이었다.

뜬금없이 남의 잔치판에 끼어들어 장단 없이 징과 꽹과리 치듯, 두 시간 여 천둥과 번개를 번갈아 때리던 날씨는 남은 바람에 손을 툴툴 털었다. 잔치가 아니라면 기구한 이 가족이 살아갈 앞날을 위한 푸닥거리인가, 이 만추의 폭풍은….

잠시 졸던 갑산댁은 자지러지는 아이의 울음에 정신이 번쩍 들었다. 얼른 무쇠솥 물을 퍼내 놋대야를 씻고, 아직도 뜨거운 물을 그득 퍼 담아 조심조심 마루를 올랐다. 아까부터 발목은 붓고 있었지만 정작 본인은 아무 통증도 못 느꼈다. 강보에 싸 아랫목에 밀쳐두었던 아기는 피와 양수가 말라 굳어서 눈코입이 형편없이 쪼그라져 있었다. 강보도 연한 살에 들러붙어 박제된 짐승 새끼 같았다. 그래도 이 경황에 살아있어 준 게 고맙다. 또 한 번 가슴이 싸해지는 갑산댁은 뜨거운 물에 강보와 함께 아기를 내린 뒤 조심스레 씻겼다. 금방 물에 불은 강보가 열리고 쪼그라들었던 아기의 피부가 펴져 눈코입이 제 모양을 갖췄다. "깐얼라(갓 태어난 아기)가 풀쭉배기(풀을 쑤어 퍼담을 때 사용한 바가지로 제때 씻지 않아 풀이 덕지덕지 말라서 쭈그러진 형상) 겉디마는 요래 이뿌네"라며 와중에 미소를 띠었다. 윗목의 마른 포대기에 감은 아기를 안고 갑산댁이 무릎걸음으로 여인을 향했다. 갑산댁은 한 손으로 다 닳은 양초 위에 새 초를 하나 겹쳐 올렸다. 서럽게 우는 아기의 울음에 촛농도 주르륵 흘러내렸다. 아까보단 줄었지만 하혈은 계속되고, 신음도 여전했다.

"액씨요, 눈 함 떠보소. 얼라가 디기(되게) 이뿌니더. 배가 마이 고푼지 이래 우니더."

"……"

갑산댁은 머리맡의 자리끼 대접을 당겼다. 저녁을 짜게 먹었는지, 놀라서 속이 타서인지 입이 바싹 말라서 단숨에 물을 비워내고 빈 대접을 여인의 두 젖가슴에 번갈아대고 멀건 윗물을 짜냈다. 첫 젖은 누런 기름이 고인 것이라 아기에게 먹이면 설사를 했다. 이내 뽀얀 젖이 솟는 젖꼭지를 겨우 아기의 입에 물리느라 갑산댁 이마에 땀이 맺혔다. 젖꼭다리(젖꼭지)가 큰 서방한테 사랑받는다 카두마는 그 거도 빈말이다, 서방이고 나발이고 아무 늠도 없이, 아이구 불쌍해라, 우리 액씨, 속말을 했다.

품 안에 아기를 당겨 안은 여인의 팔에 힘이 들어갔다. 살자, 살자, 아가야 살자… 자꾸 달아나려는 정신을 붙잡았다. 젖을 빠는 아기의 입질이 여자애치고는 꽤 세찼다.

여인은 아까부터 뭔가 아주 후련한 느낌, 몸속을 꽉 채우던 촘촘한 밀도의 걱정, 근심 그런 것들이 젖과 자궁을 통해 술술 새어나가는 느낌이었다. 아니, 그간 여인의 전신을 채우고도 넘치던 열화, 그 욕망의 활화산이 언제 터져도 터질 용암을 내보내듯 후련해진다. 성씨(姓氏)가 다른 두 아이를 가지고도 스물셋, 일생 수절할 자신이 없었다. 말을 걸어 줄 이 하나 없는 빈방의 외로움에 베갯잇을 적시며 울고 지새우기 일쑤였고, 피는 뜨겁고 쓸쓸했다.

여인의 친정에서는 일찍이 천도교를 접한 집안이라 인간의 생명을 각별히 귀히 여겼다. 여인이 부정한 사건으로 친정에 쫓겨 왔을 때 종가(宗家) 옆 제실에서 회의가 열렸다. 약 1400년 전부터 자옥산 아랫마을 옥산에 설 씨(薛 氏)들이 정착하여 농토를 일구었다. 설 씨들은 신라시대 유명사찰의 하나인 정혜사지가 있는 정혜들 위 언덕에 못을 막고 '중부(中阜)'라는 보를 만들었다. 옥산리가 있는 안강(安康)은 초기 신라시대 파사왕 23년(102)에 비화현(比火縣)으로 명명되었다가, 이후 경덕왕 16년(757)부터 안강현(安康懸)으로 불리게 되었다. 조선조에는 회재(晦齋) 이언적(李彦迪) 선생이 벼슬에서 내려와 고향 옥산에 독락당과 계정을 세웠다. 옥산은 시골이지만 규모가 꽤 큰 옥산서원이 있어 마을 사람 대다수가 학문이 깊었다.

오래된 골기와의 제실에 들어서면 누구나 단박에 눈에 띄게 관리가 깨끗했다. 대다수가 천도교도인 설 씨 문중에서는 용담정까지 거리가 있어 자주 못 가는 대신 제실에 모여 정기적인 강론을 펼치며 교리 공부를 했다.

머나먼 전라도 목포 땅에서 천도교의 성지인 경주로 이주한 이정철이 제실을 돌봐주고 있었다. 정철의 조부는 영암의 동학접주였다. 동학란 이후 일제와 지주에게 미운털이 박혔던 정철의 부친 이창수는 소작하던 논밭을 뺏긴 후 목포에 이주해 포구에서 지게질로 가솔을 책임졌다. 창수의 각시도 부둣가에서 닥치는 대로 품앗이를 했다. 헐값의 초가집은 유달산 온금동에서도 산마루 꼭대기에 엎어져 있었다.

유달산은 영산기맥 마루금 능선의 끝자락에 있는 산이다. 유달산 노적놀이로도 유명하며, 영혼이 머물다 간다는 뜻의 영달산이라는 이름으로 불리기도 했다. 아침 햇빛이 비치면 마치 쇳덩이가 녹아내리는 형상이어서 유달산(鑰達山)으로 쓰다가, 구한말 무정 정만조 선생이 선비 유

(儒) 자(字)로 바꾸어 유달산(儒達山)이라 쓰고 있다. 무정 선생이 유배에서 돌아와 유달산에서 시회를 연 자리에서 지방의 선비들이 유달정(儒達亭)이라는 정자 건립을 논의했고, 이후 산 이름도 바뀌었다고 한다. 비록 산세가 높지는 않지만 삼등봉에 오르면 잔잔한 목포 앞바다가 한눈에 보였다.

창수 내외의 악착같은 바지런함으로 다행히 여섯 아이들을 소학교라도 보낼 수 있었다. 먹는 건 부실하고 일이 과하면 가장 먼저 찾아오는 병이 폐병이었다. 힘든 지게질로 여위어가던 아버지와 어머니가 반 년 만에 차례로 결핵에 걸려 세상을 떴다. 아래채 움막을 지어 함께 살던 막내 정철은 유독 충격이 컸다. 천도교에 심취한 정철은 경주 이주를 결심했다. 그건 아버지의 뜻이기도 했다. 목포와 고창에서 열린 강론에서 두 번 만난 설진수는 정철의 뜻을 알고 주소를 쥐어 주었다.

보고 자란 것이 성실함인 정철 내외 얼마나 바지런한지 날이 갈수록 제실은 구석구석 빛났다. 노란 콩기름을 겹겹 먹인 방바닥 장판은 단 한 군데도 어긋남 없이 모서리를 맞추었고, 촛농을 자주 칠한 대청마루와 기둥에는 비가 들이쳐도 더 이상 나무가 상하지 않아 반짝거렸다. 창호지를 바를 때가 가까운데도 방문에는 뚫린 구멍 하나 없고, 문지방 틈바구니에 먼지 한 톨을 찾을 수 없는 정갈함은 정철의 안식구 목포댁의 정성이었다.

"언능들 오시시요."

"아이구, 자네도 벨일 없었지러. 내가 제실만 올라카믄 목간(목욕)을 안 해도 발은 매매(다잡아) 씩고 온다 아이가."

"맞다. 얼매나 깨끔받은지(깔끔한지) 파리 한 마리도 얼씬 몬한다."

"정철이 내외 손이 보통 야문 기 아인기라."

"그기 다 우리 천도교를 잘 믿아서 글타아이가. 속캉 겉캉 같애야 그기 진짜 사램 맴이거등."

"글치러. 무신무신 교를 믿는다꼬 말만 빤지름(번지르)하믄 그거는 마카 다 야맨(가짜)기라."

얼룩무늬 줄콩이 군데군데 보이는 술떡을 쪄서 채반에 담아 들어서던 정철이 칭찬을 들으며 이마가 붉어졌다.

"다들 잘 기싯제라? 오날따라 허벌나게 칭찬이 심하시요. 긍께 참말로 듣는 지가 미안시럽고 거시기 항게라."

"조군데(오랫동안) 안 오다가 와바도 내나(늘) 제실이 똑 새집 겉다. 마당 구식구식(구석구석) 풀 한 푀기(포기) 없고, 꺼진 지와(기와)도 없고."

"그케, 넘 해롭힐 줄 모리고, 법 없아도 사는 사램들 아잉교."

목포댁이 시원한 우물물을 길어 온 물동이를 마루에 내렸다. 박 바가지가 동동 뜬 작은 물동이에 물때나 얼룩 하나 없어 반짝반짝했다.

"마린 입에 떡만 드시믄 체항 게 저짝에 나두고 드시시요. 올개(올해)는 비가 째까(조금) 와서 물맛이 겁나 달달하요."

"날도 덥은데 욕 받심니더."

"맞심더. 내(늘) 고맙고 그렇심더."

"아따 그란 말씸 말더라고라. 저거들이 여게서 논밭 부채 묵고 그랑께 기양 밤낮 고맙고 그라지라."

"아따 정철이 이 사람아, 나는 자네 집 그 껄죽한 탁주 한 잔 생각에 목이 마리네."

"으짜쓰까, 어지(어제) 술 내린 거 저거 깨골창(개울물) 그날(그늘)에 단지 째 숭카났는디 우찌 알았으까?"

정철의 처가 먼저 웃으며 응수를 했다.

"지가 코가 개코 아잉교. 제실 둘오기 전버텀 술내가 구수하게 나두마요."

"난중에 말씸들 마치고 저거 집에들 오시시요."

"지는 싸게 가서 안주라도 쪼까 장만혀야 쓰겄네."

정철 내외가 돌아설 무렵 가장 멀리 사는 설진수가 들어섰다. 회의의 주인공인 설진수는 가장 먼저 와서 기다리고 싶었지만 자랑거리도 아닌데 먼저 달려오는 것도 민망할 것 같았고, 진석의 입장을 보호해주려는 백씨(큰형님) 설진관이 동행을 청했다.

아무리 가까운 친인척 일가(一家)모임이지만 의관(衣冠)을 단정히 갖춘 자리였다.

"먼저, 집안 어르신들과 친척들께 참으로 지송하다는 말씀을 올립니다. 조상님들께도 큰 누를 끼쳐서 차마 부끄럽습니다."

앉은 자세로 두 손은 제실(祭室)의 마룻장을 짚고, 허리를 반이나 접은 설진수는 뒷목까지 벌겋게 상기되어 있었다.

"없었이믄 더 존 일이지만 세상사 맘대로 뜻대로 대나 어디. 농사 중 젤로 애럽은 기 자석농산데."

"자네 얼굴이 축이 마이 났구마는. 지금은 넘들이 머라캐도, 참 참한 처자로 키았는데, 쯧쯧."

"맞다. 인자 일은 터졌고, 후회해봤자 죽은 자석 꼬치 만지기다. 쯧."

이미 벌어진 일이 안타깝지만 시간을 되돌릴 재간이 인간에게는 없다.

설진수의 귓바퀴가 더욱 짙어 자색이 되었다. 세상이 아무리 개화해도 남편 일 년 상도 치르기 전 외간남자와의 수태란 참으로 민망한 일이었다. 더구나 상대가 안사돈이 간절히 기도하던 절간의 부목이라 부처님의 눈을 속인 그 괘씸함이 배가 되었다. 여인의 친정에서는 대다수가 천도교의 차별 없는 평등세계의 교리를 믿는 터라 누구도 그 문제를 입에 올리지 않았다.

잠시 침묵을 깨고 여인의 백부(伯父) 설진관이 입을 열었다. 그는 천도교(天道敎) 접주(接主)로 양상(兩常)과 남녀 간의 평등사상을 강론하는 실천가였다. 천도교는 인본주의(人本主義)를 구체적으로 서술하며, 계급주의 타파로 위에서 아래에 그 중심을 두었다.

"한 생명은 하나의 시천주(侍天主)로 목숨의 주인은 부모가 아니다. 생명 속에 깃든 한울로 생성되어 존중받아야 마땅하다. 우리 천도교는 초월적이고 인간 외재적인 다른 종교들의 신과 다르다. 이미 인간 속에 갖추고 있는 신적인 재발견으로 불완전한 인간이 갈구해 완벽을 상징하는 신이 아니라, 인간의 생명은 출생에서부터 동등한 자유와 권한을 누릴 완성된 한울이다. 『각세진경(角世眞經)』에서 이르기를 하늘과 땅과 사람을 삼재(三才)라 하였으니, 이 관계는 서로가 뗄 수 없는 하나의 일기조화(一氣之造化)가 아니던가. 모든 것은 거역할 수 없는 한울의 조화와 시간에서 비롯된 결과이네."

비교적 젊은 축에 끼는 육촌 조카가 담담한 눈빛으로 말을 받았다.

"맞심더. 대종정의(大宗正義)의 인시천인(人是天人)에서 인내천(人乃天)이 정신의 중심에 놓이면서 우리 모두의 깨달음이 하늘의 이치를 이해하는데 있습니다."

여인의 5촌 아재뻘인 설형석이 입을 열었다.

"『동경연의』에서는 '사람은 소분천'이라 사람은 작은 하늘이지만 저 무한 하늘과 비유해 양은 달라도 질은 다르지 않은 동일체로 봤습니다. 한 생명이 태어나는 일에 근본적 죄의 유무를 따지기 전, 인간 본원의 순수한 하늘로 보는 것이 마땅하지요."

이번에는 촌수가 먼 일가 어른이 수염을 쓰다듬으며 그렁그렁한 음성으로 일갈했다.

"맞지러! 어른들이 저지른 일을 새 목심(목숨)에게 연좌함은 옳지 못한 기다. 내가 이번에 읽은 백인옥의 『인내천해』에서도 그라더라. 인간의 성과 몸은 하늘에서 유래한 것으로 인간의 모든 기능은 천의 조화에서 비롯된 결과라 카두마. 어른들의 행동이 유형천(有形天)으로 나타나기 전에 이미 무형천(無形天)이라는 운명을 하늘로부터 받은 셈. 그라이까네, 결론적으로 인간이 만물을 다스릴 수 없고, 하늘

의 길에 순응하는 것이 모든 차별을 상쇄하는 평등의 도리
다! 천하에 없는 죽을 죄를 진 것도 아인데 이 사람아, 허
리 피라."

설진수의 눈꼬리에 설핏 물기가 스쳤다. 엎드린 동생의
등을 안쓰럽게 바라보던 백부 설진관이 사건의 일말을 좀
더 구체적으로 접근했다. 팔이 안으로 굽는 것 또한 당연
한 처사다.

"우리가 흔히 알고 있는 유교의 윤리란 결국 타자에게
보이기 위한 가장 보편적 방편에 불과하지. 하늘에 암수가
따로 없듯이, 아무리 치정이라도 여자와 남자의 행위를 구
별 짓는 거 자체가 모순이지. 우리 천도교는 인간 본연의
가장 근원적 이해로 모든 부조리한 규범을 능가해야 한
다고 생각하네. 유독 여자와 아이에게 차별의 돌을 던지는
풍토부터 타파해야 하고."

이번에는 좀 더 젊은 중년의 인척이 큰 눈을 반짝이며 일
자로 다물었던 입을 열었다. 연령의 높낮이에 유별난 유교
에서는 어른들의 권위의식이 층하를 나누어서 함께 어울리
지 않았으나, 천도교는 그런 구분부터 초월했다.

"부당한 사회적 공론이 강제로 순수한 인간 본성을 억압
하는 족쇄임을 우리는 깨달아야 합니다. 천도가 지상천국
임을 당당히 말하려면 내세가 아닌 현세에서의 본성을 인

정하는 윤리로 수정되어야지요. 인격을 바탕한 자유는 타락과 질이 다른 순리에 가깝고, 남에게 보이는 것에만 치중한다면 위선적 치부를 가릴 길이 없습니다. 이 모든 일들이 한울님의 섭리에 의한 가장 사람다운 사람살이임을 인정하고, 산모와 태어날 아이에게 든든한 울타리가 되어주는 것이 바른 실천이라 생각합니다."

가까운 일가(一家)인 백발노인도 천도교리를 앞세워 일면 가문의 치욕에서 벗어나려했다.

"그래, 음양의 이치가 만물을 생성하는데, 법도만 앞세아가 함부로 괄시하고 그라믄 안 대제. 여식을 너무 나무라진 마세. 이미 벌어진 일, 도리가 없다 아이가?"

비교적 학문이 짧아 뒷줄에서 우두커니 앉았던 어른들도 한 마디씩 거들었다.

"눈에 안 비는 한울님의 역사이니 생각하게."

"글치러(그렇지). 믿을 시(侍), 하늘 천(天)! 시상 모든 얼라(아기)는 다 하늘이지러."

"경천(敬天), 경인(敬人), 경물(敬物)! 이 시(세) 가지만 잘 멩심코 살믄 넘(남)하고 얼굴 붉힐 일이 없는 기라!"

"우리 눈을 바서라도 동네서 모자(母子)를 훈지만지(함부로) 몬 대할낍니더."

"내 생각은 째매 다리다. 아즉 시상 법도라카는기 엄연히 있고, 그기 무너지믄 커가는 아들도 본을 볼끼고, 이기 흔한 일은 아이다 아이가? 그라이까네 적당히 염치는 채리는기 맞다. 모난 돌이 징 맞으이까네 어른이나 아아들이나 마카 꼬닥거리지(까불지) 않도록 단속도 좀 하고."

"예. 아재 말씸이 맞심니더. 말쏨 새겨 듣겠심더."

설진수의 반쯤 꺾인 목에서 낮고 탁한 대답이 공손히 나왔다.

천도교 성지 용담정의 행사 관련 이야기를 좀 더 하다가 일가들은 자리에서 일어날 준비를 했다.

누군가 양반다리를 펴며 "망할 놈의 유교"라고 했다. 누군가는 "남자만 지 멋대로 살겠다는 기 유교윤리 아이가?" 또 누군가는 신발을 신으며 "여자들로 보면 신라시대보다 고려 때보다 시방이 더 퇴보한 시대 아이가?"라고 했다. 그건 맞는 말이었다. 세계적으로 드문 세 명의 여왕이 나온 신라다. 고려 때는 기혼여자가 친정의 제사를 맡는 것이 다반사였고, 재혼도 자유로웠다. 남성성 우월주의를 지키려는 무분별한 일부다처제가 실시되고, 정절과 수절이 미덕이 되어 꽃다운 청상의 자살조차 열녀문으로 내건 조선시대였다.

급진적 진보에 가까운, 차별의 변혁을 교리화한 종교가 천도교였다. 낡은 성비차별과 혹세무민의 민중들을 일깨워

사회 요소마다 고정화된 낡은 관습들을 수정했다. 1920년대 천도교에서는 보수적 양반사회의 오랜 관행을 파괴시키는 『개벽(開闢)』이라는 종합잡지를 발행했다. 여자를 집 안팎 노동과 무조건적 헌신적 내조와 혈통보존의 도구쯤으로 여기던 시대에 『신여성』이라는 혁신적 잡지를 발간했다. 이어서 나라의 기둥으로 쓰일 청소년들을 위한 잡지 『학생』과 천지를 꽃 피울 새싹들을 위한 『어린이』 잡지도 천도교에서 기획하여 출간했다. 천도교에서 "어린이"라는 고유명사 우리말을 최초로 만들었고, 어린이날 역시 우리나라 최초로 천도교에서 제정한 것이다. 일제의 끈질긴 탄압으로 1926년 통권 72호로 간행이 폐간될 때까지 6년간 천도교 본부에서는 민중의 주체적 자각을 일깨웠다, 신분제를 빌미로 유독 핍박받는 민중들과 남성들이 만든 법도에서 한 치라도 어긋나면 인권은 말살되고 멸시의 대상이던 여성들이었다. 남녀 성비의 극명한 편협함 속에서 가부장적인 학습으로 키워지던 어린이들을 비롯한 만인에게 평등의 신세계를 열어주는 종교가 천도교였다.

일부는 모인 김에 여인의 일 외에도 종교 관련 이야기를 잠시 나누다 일어섰다. 특히 무지몽매한 이들과 오랜 차별 관습에 젖어 하인들을 함부로 부리는 지주를 위해 무등(無等) 세상 전도에 더욱 전념하기로 결의했다.

연로하신 집안 어른들은 집으로 향하고, 중년 축에 속하는 몇몇은 제실 뒤란 정철의 집으로 향했다. 어깨가 내려앉은 설진수의 등을 사촌형님이 툭, 쳤다.

　"여게 정철이 집에서 탁주 한 사발하고 가세."

　앞서 걷던 오촌 아재도 돌아보며 설진수에게 손짓을 했다.

　"그래, 맞다. 집이 어뜩(얼른) 가바야 자네나 마니래(마누라)나 서로 펜찮을끼고, 이랄 때는 고마 한 잔 묵는 기다."

　뒤따라오던 또 다른 사촌형님도 거들었다.

　"술이 모지리믄(모자라면) 우리집 술단지 지고 오라카믄 댄다. 더(들어)가자. 정철이 댁이 손이 야물아가 술맛도 좋지마는 안주 맛도 일품이제."

　"맞심더. 맛이 참말로 읍내 요릿집 뺨 친다아잉교."

　"아지매 솜씨가 일품이지러. 전라도 음석을 누가 따리겠노?"

　"그케, 읍내 요릿집에 상만 번드리하고 묵을 거도 없두마는."

　"언능들 마리(마루)에 오르시요."

　담장이 모두 제실을 둘러싸고 뒤란의 제실지기 집은 제실 안에 있어서 별도의 경계가 없었다. 정철이 함박웃음을 웃으며 맞았다.

"시장들 허시제라."

"아지매요, 또 이래 신세 지게 돼서 죄송합니다."

설진수는 마루에 오르기 전 정짓간 앞에서 정철의 안사람에게 인사를 건넸다. 영임이 통기도 없이 쫓겨나온 뒤 옛날 마름이 살던 집 안팎의 수리부터 텃밭 손질까지 정철 내외는 여러모로 많은 일손을 보탰다.

"워따메, 신세는 먼 신세라고 시방 그리요? 저그들이 설 선상님 마실에 와서 걱정근심 없이 잘도 사는디 그란 말씸 마시요이."

정철의 처는 객지라 외로운 참에 이렇게 손님을 치는 일이 오히려 고마웠다.

"진석아, 입수부리(입술) 인사 말고, 만식이 시캐가(시켜서) 쌀 한 말 올라보내라."

"예. 그라지요."

"어짜 쓰까, 멋 땀시 그란다요? 저거들이 부치 묵는 이 골짝 논밭이 다 설씨 집안 거인디 먼 놈우 쌀을 보낸다꼬 해쌌소? 멋허러 고놈을 받아쓰야 쓰까잉? 아따 징헌 소리들 말고 기양 맛나게들 드시고 기분 좋게 가시시요."

"맴을 저래 씨고(쓰고) 사이까네 복을 받제. 우리 동네서 소출이 젤로 마이 나는 기 정철이 논밭이다 아이가?"

"한울님이 정철이 부자 맹글어줄라꼬 우리 몰래 밤마다

거름 주고 피 뽑고 그라는갑다. 허허허."

"넘들보다 잠을 쪼까 덜 자서 그란갑소. 밍구(면구)하고 만이라. 싸게싸게 잔이나 받으시요. 오날따라 술이 자물씨게(까무러치게) 맛나당께요."

"허허, 어이 이래 고맙을 데가. 자반도 꿉는가베? 꼬신내가 등천을 하네."

특히 남남이 만나 서로 의가 변치 않고 잘 지내는데도 일종의 규범이 있다. 가진 쪽은 내가 좀 더 베풀자는 인정으로, 받는 쪽은 그 은혜를 잊지 않고, 이렇게 서로가 선의를 가지면 신통찮은 혈육보다 인연이 깊어진다.

설진수가 집에 당도했을 때 표나게 배부른 딸이 마루에서 망연히 앉아 노을을 바라보고 있었다. 석류꽃처럼 타는 노을이 평소에도 발그레한 뺨을 더욱 붉게 물들여 처연해 보였다. 걸음을 멈춘 설진수는 딸에게 다가가 동그만 어깨를 감싸주려다 말고 사랑으로 향했다. 표현 못하는 사랑도 깊고 뜨겁다. 앳된 딸의 수태한 모습에 오랜 전 떠난 첫 부인의 모습이 겹치며 설진수의 콧날이 시큰했다.

하혈은 아직도 계속되고 있었다. 부삽으로 퍼담은 피가 대야에 출렁거렸다. 가녀린 몸 어디에서 그 많은 피들이 있는가 싶게 하혈은 멈추지 않았다. 의원이 오더라도 별 뾰

족한 수가 있겠나 싶고, 이 상태로 무슨 일이라도 생길까 봐 갑산댁 가슴은 연신 곤두박질을 쳤다. 그래도 사람들이 오기 전 핏자국은 어떻게든 지워보려고 연신 재를 덮어 핏물을 닦아냈다. 안방 아궁이의 재만으로는 모자라 작은 방 아궁이 재까지 퍼냈다.

아무리 급해도 정신을 차리자며 갑산댁은 안방 아궁이 깊숙이 부삽을 넣어 불씨를 찾아냈다. 화로에 담은 불씨 위에 마른 솔잎을 얹어 입으로 후후, 불었다. 숯의 재 먼지와 탄 솔잎의 검불들이 갑산댁의 쪽머리 위로 허옇게 쌓여 호호할멈 같았다. 피를 저래 쏟는데 그냥 둘 일이 아이다, 머라도 믹여야 기운을 채리지, 묵는 거 밑에 당할 끼 없지러, 살아야제, 우짜든동 살고 볼 일 아이가, 이런 말을 웅얼거리며 아까 동이로 이고 온 소양곰탕을 동솥에 부었다. 동솥은 큰 밥솥 옆에 걸어 둔 작은 솥으로 주로 반찬용으로 쓰였다. 소양곰탕이 동솥에 절반 남짓했다. 발목을 접지를 때 이 소양곰탕이 아니었다면 골목의 벽이라도 짚어 균형을 잡았을 것이다. 행여나 아까운 국물 한 방울 흐를까 봐 상체의 균형에만 용을 쓰다 왼발에 힘 조절을 못했다.

원래는 출산 며칠 전에 만들어 먹이려고 했다. 소를 잡는 날에 맞춰 소의 양을 좀 사려고 갑산댁이 마나님에게 말했지만 대답이 없었다. 여인의 집에 장작을 패 나르던 남편을 통해 "배가 알로(아래로) 마이 처졌더라. 이녁이 알아야 댈 것 겉애서"라는 소리도 들었고, 갑산댁이 직접 봐서 날짜는 얼추 알고 있었다. 못 들은 척 하던 마나님이 어제 저녁에야 주머니를 열었고, 갑산댁은 영감을 시켜 재 너머 영천장에 다녀오라 시켰다.

소 양으로 만든 곰탕은 소뼈를 고아 만드는 곰탕보다 시간이 훨씬 짧아서 양즙으로 불리기도 한다. 소양은 소의 위장 부위인데 재료 손질이 여간 까다롭다. 돌기를 뒤덮은 검은 막을 걷어내는 게 고도의 기술을 요했다. 끓는 물을 우물가에 퍼다 놓고, 양 위에다 끼얹어가면서 칼로 살살 벗겨냈다. 물이 너무 뜨거우면 검은 막이 익어 살에 들러붙고, 물이 식으면 검은 막의 거피가 순조롭지 않았다. 어지간한 정성이 아니면 못 먹는 이 음식은 절대 체하는 법이 없어 오래 누운 환자나 해산용으로 잘 쓰였다. 기름을 말끔히 떼어내고 쌀뜨물에 오래 주물러 빨아서 누린내와 잡냄새를 없앤 양은 최대한 잘게 채를 썰었다. 솥을 바짝 달궈 참기름을 넉넉히 붓고, 썰어놓은 양을 넣고 볶으면 남았던 누린내도 휘발되었다. 물을 낙낙히 부어 서너 시간 폭 우려내면 뽀얀 곰국이 되었다. 불린 소량의 쌀을 곱게 갈아 마지막에 넣고, 소금간을 맞추면 고소한 국물이 어울러져 맛이 한층 깊다. 환자가 있는 집에서는 흰깨나 검은 깨를 갈아 채에 거른 뒤 국물을 넣기도 했다. 지방이 거의 없는 양은 부드럽게 고아져 훌륭한 단백질 공급이었다. 해산 중에 산모가 기운이 빠지면 급히 소양곰탕을 먹여 원만한 출산을 돕기도 하고, 몸이 약한 산모가 있는 집에서는 미리 준비해 두는 보약 같은 음식이었다. 갑산댁은 정성 들여 만든 소양곰탕을 먹이려고 해봤지만 허사였다.

갑산댁의 드나드는 기척을 어렴풋 알면서도 여인의 의식은 자꾸 가라앉았다. 딸, 딸…, 딸이라는데, 그를 닮았으면 이마가 참 반듯할… 아니, 입매가 단정하고, 키가 크고… 젖꼭지를 놓친 아기의 울음이 들렸다. 울음소리를 들은 것이 귀가 아니라 젖가슴인가보다. 두 마리의 짐승처럼 웅크려 부라리던 유두를 중심으로 젖이 세차게 돌았다. 아이를 품에 안아 젖꼭지를 물려야 하는데, 운신이 되지 않았다. 두 발이 까마득한 낭떠러지에 헛발을 내딛고, 여인은 허공의 뜬잠에 들었다.

사내였다. 여인의 눈을 들여다보았다. 누에는 비단실을 뽑아 인간에게 옷을 짓게 해주지만 일생 알몸으로 살듯, 잠실의 두 남녀도 젖은 알몸이었다.

그날 밤이었다.

정월 대보름 달집의 시퍼런 생솔가지들이 까마득히 다보탑보다 석가탑보다 더 높았던 그날이었다. 온통 삼동네 애어른이 다들 대보름달맞이에 나서느라 집들이 텅텅 비었다. 달이 뜨면 한 해의 길복을 소망하며, 그 소망이 달에 닿길 바라는 높은 달집을 태우고, 젊은이들은 삼삼오오 연모의 정을 두었던 짝을 훔쳐보며 다리밟기를 했다. 멀고 긴 다리를 찾아다니며 건너고, 밤이 이슥하면 샛길로 빠져 추위를 녹인다는 핑계로 손을 잡았다.

　아무리 대보름이지만 바깥출입을 삼가라는 시어머니의 당부에 여인은 아까부터 언덕바지 집의 가장 높은 곳인 장독대에서 들판의 달집 광경을 내려다보았다. 깡통을 돌리는 아이들의 함성이 불티가 되어 귓가에 따끔거리고, 막 달이 오른 참이었다. 여인은 뜨거운 두 손으로 합장을 했다. 곧 달집에도 불이 지펴지겠지, 내 몸 속에 이미 타는 불처럼 뜨거운 불길이, 이런 생각에 젖으며 복을 달라고 비손하는 대신 달노래를 불렀다. 여인의 청아하고 고운 목소리가 달빛을 선율로 퉁겼다.

　…정월 가며 십오일에, 망월하시는 소년들아, 망월 돋아 좋근마느, 부모봉양은 누가 할꼬, 그달 그믐은 다 지내고, 이월 가며 한식이에 괴지(거지)촌에도 넋이로다, 그달 그믐은 다 보내고, 삼월 가면 삼짓날이, 강남이 멀그마느, 연자

(제비)님이 날아와서, 옛 주인을 다시나 찾고, 그달 그믐은 다 지내고, 사월 가며 초파일에…

여기까지 부르다말고 여인은 목젖이 메어왔다. 초파일이면 오래오래 지켜보았던 그 사내, 하루도 잊은 적 없는 한 사내로 들어찬 가슴이 그리움에 떨렸다. 차오르는 그리움을 꾹꾹 누르며 여인은 다시 노래를 불렀다.

…앞집이도야 관등 달고, 뒷집이도야 관등다는데, 우리 임으 어들(어디)가고, 관등놀이를 모리시노(모르시나), 그달 그믐은 다 지내고, 오월 가며 단오일에, 관수관수 임으나관수, 임으 상관 귀초를 주마, 가지가지 주천(그네)을 매자, 임이 타며 내가 밀고, 내가 타머나 임이 밀고, 저 임아 줄 미지마라, 줄 떨어지머는 정 떨어진다, 유월 가며 유두날이, 우리나라야 신선당에, 장구판이 비었는데, 우리야 임은 어들 가고, 장구바닥아 모리시노, 칠월 가며 칠석날이, 견우직네도 상봉한데, 우리야 임은 어딜 가고야, 날 찾일 줄 모리덩고, 팔월이라 십오일은 우리나라 이 시상에, 조상에서 다 오신데, 우리임이 어들 갔고, 날 찾을 줄 모르덩고, 구월 국화 지는 날은, 명년 봄으로 다시오고, 내 청춘은 한 분(한 번) 가며, 다시 올 줄을 와모리꼬, 시월 십리 해당화야, 꽃진다고 설버마라(서러워마라), 너는 가면 명년 봄에도, 다시 온데 다시 온데, 내 청춘으 한 분 가머, 다시 오기

가 애럽더라…

여기까지 부르는 순간, 여인의 집을 향해 다가오는 흰 옷을 보았다. 큰 키와 장대한 모습, 오른팔을 들어 머리를 쓸어 올리는, 저 사내. 여인의 가슴이 터질 듯 팽창했다. 그였다. 시어머니와 갔던 신선사에서 자주 보았던 그 사내였다. 남편과는 다른, 살면서 한 번도 느껴본 적 없는, 떨리는 연모가 수를 놓듯 가슴에 오롯이 새겨진 사내.

음력 4월에 남편의 초상을 치른 그해 여름, 그날도 보름이었다. 초하루 보름, 스님의 법문을 듣는 일이 기도보다 중요했던 시어머니와 동행이었다. 팔을 뻗으면 하늘의 별들이 우수수 참깨를 타작한 멍석처럼 빼곡하고, 달은 면경처럼 빛났다. 절집의 요사에서 불면의 밤을 뒤척이던 여인이 자리에서 일어나 밖으로 나왔다.

요사 뒤, 내리막길에서 마주친 그 사내다. 길이 아니라 간간이 발걸음들이 닦아놓은 좁은 통로였다. 사내가 한 발 옆으로 몸을 피해주었다. 고개를 숙이며 지나던 여인이 순간 휘청거렸다. 발아래 모난 돌부리가 있었다. 사내가 와락 여인을 잡았다. 여인은 쓰러지듯 품에 안긴 채 혼절인 양 한순간 아득했다. 사내의 심장도 몹시 뛰었다. 짙은 사내의 냄새, 땀 냄새와 다른 사내 특유의 몸내에 어지러웠다. 사내 역시 처음으로 맡아본 여성의 머리꼭지 냄새에 숨이 컥 막혔다. 땀은 많고 옷이 얇은 여름이었다.

"단디 조심을."

"예에…."

"산즘생들이 나타날지 모릅니더. 고마 들어가시소."

"예에…."

"초하루 보름마다 디기(많이) 기다맀심더. 그렁지(그림자)라도 함(한번) 보고 잡어서."

사내의 입에서 열기도 함께 뿜어졌다.

"……."

여인 역시 누군가 치맛자락 안, 속곳에 불을 붙이는 듯 아래서부터 활활했다.

"절을 얼매나 새첩고(귀엽고) 암싸받게(야무지게) 하시는지, 지 맴이 항방(향방)을 몬 잡고."

여우의 울음소리가 멀리서부터 다가와 참견을 했지만 둘은 서로의 말밖에 들리지 않았다.

"…지도 당신을, 당신을 까민텔라(지우려고)캐도 보고잡은 맴이 가심을 헤비파는(후벼파는) 바람에."

그때까지 서로 몸을 풀지 않았다. 굶주린 짐승마냥, 빈 허기에 두 가슴은 더욱 밀착시켰다. 어느새 두 몸이 합체인 양 한 치의 틈도 없었다. 사내의 분별없는 그것이 단단히 성을 내고, 여인은 흥건히 젖는 몸을 선명히 느꼈다. 장끼 두 마리가 푸다닥, 날아가지 않았다면 그날 여인은 무너졌을지 모른다. 장끼도 한 자우(한쌍)가 나는데, 속말을 몇 번이나 되풀이하며 요사로 돌아섰다.

시어머니의 눈매는 매서웠다. 눈두덩이 두텁고, 다른 이보다 눈동자가 안쪽 깊이 박힌 시어머니의 세모꼴 눈은 조금만 치떠도 독기가 서렸다. 새파랗게 젊은 나이에 남편을 첩에게 뺏긴 터라 촉은 한층 유별났다.

"니가 시방 무신 어먼짓(애먼짓) 생각니라꼬 발바대기(발바닥)도 몬 전주코(겨누지 못하고) 이라노? 인네(여인네)가 혼차 살라카믄 뒤 타 볼 일(비밀이 탄로 날 일)은 숭카도(숨겨도) 다덩킨다(들통난다)."

"어무이, 그기…."

차마 아니라고 잡아뗴진 못했다.

"니가 부로(일부러) 땡양달(땡볕)에 꿍가리(끄나풀) 풀린 연 맨치로 훈지만지(함부로) 삐대지는(밟지는) 안 할끼고, 능끔시럽기는(능청스럽기는)."

신선사는 깎아지른 절벽 위 절로 무척 경사진 길이다. 한참 내려오다 시어머니는 다시 며느리의 가슴에 못질하듯 내뱉었다.

"으음음, 다덩키고(들키고) 말고!"

이 말은 역시 나중에 씨가 되고 싹을 틔웠다.

불면으로 눈이 붉고, 숨이 전보다 더 차며, 산길에 자꾸 헛발질을 하는 며느리에게 더 이상 절집 왕래는 허락되지 않았다. 대신 까무룩한 한숨으로 자리에 누운 며느리에게 열을 삭히는 녹두죽을 자주 들이밀었다. "순사(일본 경찰)캉 죽은 펭생 안 바도 안 보고 잡다"던 어른이 며느리를 위해 손수 죽을 쑤는 일도 일면 동병상련의 애정이었다. 더구나 녹두는 밤새 불려야 한다. 낮은 불에 푹 삶아 채에 문질러 억센 껍질이 안 들어가게 내린 다음, 일정 시간 잘 가라앉혀서 쓴 맛이 도는 윗물은 버리고 앙금에다 불린 쌀과 물을 넣어 쑤는 죽이다. 보드라운 앙금이 솥에 잘 눌어붙기에 처음부터 끝까지 주걱으로 저어준다. 특히 열을 다스리는 여름에 먹는 죽이라서 불 때랴 저으랴, 속옷까지 푹 적셔야 하는 죽이었다.

이후, 여인은 신선사 쪽의 서편 하늘을 보며, 노을빛 가슴을 남몰래 간직했다.

단석산(斷石山) 신선사는 신라 7세기 자장(慈藏)의 제자 잠주(岑珠)가 창건한 사찰이다. 단석산의 원래 이름은 월생산(月生山)이며, 신선사는 단석사였다. 동국여지승람(東國興地勝覽) 경주부(慶州府) 산천(山川) 편에 기록이 있다. 김유신이 신검을 얻어 월생산 석굴에서 수련하며 벤 돌들이 산

더미 같았고, 지금도 그 돌들이 남아 있다. 미륵불을 모시는 미륵도량인 신선사는 김유신이 17세에 홀로 중악석굴(中嶽石窟)에서 몸을 단련하고 하늘에 맹세한 장소로 기술되기도 한다. 설화에 의하면 김유신이 신령에게 신검을 받아 바위굴에서 검술을 닦았고, 그 칼로 큰 바위를 쳐서 갈랐다. 신라 최고의 석굴사원으로도 유명하다. ㄷ자 모양의 높은 석실에 지붕을 덮었을 것으로 추정되며, 바위의 3면에 10구의 불상과 보살상이 새겨졌다. 동북쪽의 바위에는 무려 8.2미터의 여래입상이 미소를 띤다. 2단으로 묶은 상투와 옷의 주름, 가슴 사이 띠의 매듭도 선명하다. 동쪽 면에는 높이 6미터의 보살상이 상의를 탈의한 채 왼손은 가슴에 오른손은 보병(寶甁)을 들었다. 남쪽 면은 희미하지만 광배가 없는 보살상 1구가 있는데 보살상의 동편에 400여 자의 글이 새겨져 있다. 북쪽 면에는 7구의 불상과 보살상, 인물상이 흐릿하게 보인다. 뒷면에는 여래입상, 보살입상, 또 여래입상, 반가사유상을 나란히 새겼다. 반가사유상 외 모두 왼손으로 동쪽 본존불을 향한다. 아래쪽에는 버선 모양의 모자를 쓴 일반인 2구와 스님이 공양을 올리는 모습으로 신라인의 모습을 추정하는 중요 자료다. 갈라진 바위틈에는 마애불상군이다. 신선사(神仙寺)의 유래는 말 그대로 신선이 노닐만한 위치에 자리했다.

이들 고부는 여느 절간처럼 법당에서만 고요히 기도를 올리지 않고 석굴까지 올라가 간절한 기도를 올렸다.

벼랑의 경사가 몹시 가팔라 네 발로 올라야 신선사에 간다고들 할 만큼 여인네들의 숨이 턱에 차는 선경(仙境)이기도 했다. 옛날 절 아래 마을의 젊은이가 절터에 올라 바위 위에서 바둑을 두는 두 노인을 봤다. 구경을 하고 집에 돌아와 보니 아내는 이미 백발의 노파가 되었다는 설화가 나올법한 절이다. 신선놀음에 어느 덧 50년이 훌쩍 흘러가 버렸기에 신선사라 이름 지었다. 여인과 사내도 그야말로 신선의 놀음 같은 순간을 조각처럼 단단히 새기며 서로를 그렸다.

그 간절하던 사내가 지금 눈앞에 나타났다. 사내가 오래 전 더벅머리였을 때 스님의 심부름으로 이 집을 찾아온 적이 있었다. 여인은 날아가듯 마당을 가로질러 대문을 열었다. 사내도 뛸 듯이 들어왔다. 대문을 신속히 걸어 잠근 여인은 마당 동편 지붕이 낮은 잠실로 사내를 이끌었다. 사내는 신발을 벗는 것도 잊고 잠실의 낮은 문턱을 넘었다. 더 이상 절집에 못 간지 반년 정도 되었다. 하늘의 달이 지고, 또 달이 차듯 애타게 스물세 살 여인의 몸이 차오른 이치는 누구의 탓도 아니었다. 월생산에서 뼈가 여문 사내 또한 밤마다 달을 품듯 여인을 가슴에 품으며 스물여섯 살 실한 근육이 요동쳤다.

여건에 의해 강요받는 금욕이 자의적 선택과 충돌할 때 금기의 벽은 쉽게 무너진다.

꽹과리와 북, 징과 장구와 날라리 등 농악대의 장단 맞춰 덩더꿍 춤판이 강강수월래가 되는 정월대보름 밤, 경주의 서편마을 율동의 작은 잠실에 겨울에도 푸르른 소나무 같은 욕망의 달집도 활활 타오르고 있었다.

가까이 옥산(玉山)에 살고 있는 아버지 설진수와 계모가 먼저 당도했다. 걸음도 빠르지만 마음이 더 애연한 설진수가 앞장서서 댓돌 위에 섰다. 애가 한 번도 들어서지 않아, 매사에 생(生) 속인 계모는 방문을 열고 발을 들였다가 훅 끼치는 피비린내에 입을 틀어막았다. 갑산댁이 그런 계모에게 아기를 안기며 옆방으로 가 있게 했다.

"우예댔노? 호야 어마이 어떠노?"

"시방은 쪼매 개안은 거튼데요, 아즉도 하혈이 안 멈차가 그기…."

"휴우~, 깐얼라(갓난 아기)는?"

마치 대답이라도 한 듯 아기가 크게 울어 제쳤다.

"딸아시더. 젖도 잘 빨고, 개안심더."

갑산댁은 아기가 야무치고 이쁘다는 말을 얼른 혀 밑에

감췄다.

"윤 의원이 오믄 방도가 있을라나…, 자네가 욕보네. 참말로 고맙구마."

"아이구, 아입니더. 욕은 무신. 우리 액씨가 지한테는 자석 같십더. 자다깨도 넘이라 생각 안했심더."

이야기를 나누는 중에도 바지런한 갑산댁은 의원이 오기 전 조금이라도 정리를 하느라 부지런히 우물을 오가며 걸레로 방을 닦아냈다.

어느새 구름에 겹겹 싸인 달이 기울고, 이른 새벽의 여명이 올 듯 말 듯, 어둠이 묽어졌다. 차마 산실에 들지 못하는 설진수는 마루에 걸터앉아 장죽에 담배를 쟁였다. 고개를 들어 막 한 모금을 빨다 말고 벌떡 일어서다가 휘청, 주저앉았다. 우람해서 동네 초입에서도 보이던 감나무가 보이지 않았다. 서편 아래채 고방 옆에 서 있던 먹감나무 둥치가 절반이 툭 분질려 고방을 덮쳤고, 지붕의 절반이 푹 꺼져있다. 설진수가 자다 말고 벌떡 일어났던 그 벼락이었다. 귀가 먹먹하고 가슴은 서늘했었던 벼락이 여기에. 족히 50년은 넘었을 그 큰 먹감나무 고목의 시커먼 속이 갈라지며 속절없이 무너졌다. 우듬지에는 낮에도 불 밝힌 등불 같은, 까치밥 감이 여럿 매달렸을 텐데, 아직 어둡다. 하필이면 오늘, 하필이면 여기…. 장죽을 빠는 숨이 한층 깊

어졌다. 어둡기도 했지만 워낙 경황이 없어 갑산댁은 미처
못 봤다.

설진수가 저녁상을 받을 때, 외손 호야가 다녀갔다. 출
산이 임박한 모양인데 갑자기 태풍이 몰아치자 설진수의
마음이 언짢았다. 거기다 천지를 벼르고 박살내듯 사나운
천둥번개도 불안했다. 후처는 후처대로 자신이 그토록 바
라던 수태를 못했는데, 전처의 딸이 불륜으로 가진 아기
출산 기별이 불편했다. 부부는 각기 다른 감정으로 수저질
이 느렸다. 묵지근한 마음으로 잠자리에 들었다가 벼락이
모지락스럽게 치는 소리를 들으며 설진수는 심란해졌다.

아직 연초가 타고 있는데 설진수는 연초를 더 넣어 쟁
였다. 벼락이 산고(産苦)와 더불어…. 허벅지까지 후들거렸
다. 천도교의 교리가 여성성을 무시하여 아녀자만의 수절
을 강요하진 않았다. 하지만 교리보다 오랜 관습이 더 깊
이 각인된 현실이다.

한울님, 한울님…. 본 적 없는 한울님이 아니라, 호야 아
비의 마른 얼굴이 여명을 뚫고 정면에 떠올랐다. 안사돈을
닮아 세모진 눈매가 정지 상태로 쏘아본다. 아기의 그악스
런 울음이 밑그림 같은 사위의 얼굴을 서서히 지웠다.

설진수의 장죽이 몹시 떨렸다.

…영임아.

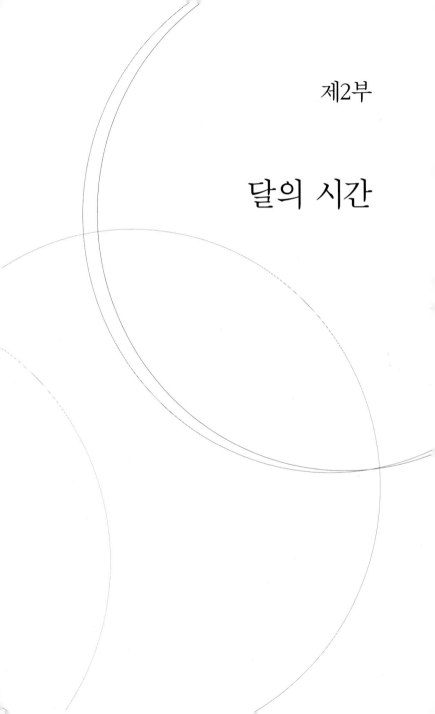

제2부

달의 시간

오월은 적요 속에서도 바람이 인다. 한창 물오른 풋것들이 아우성으로 일어선다. 모든 만물은 한날한시에 태어나도 균일하게 성장하지 않는다. 풀도 나무도 사람도 들쭉날쭉 자란다.

열네 살 반쯤 된 상금(祥錦)의 젖가슴이 금년 들어 봉긋이 자리를 잡더니 그만 첫 꽃물을 맞았다.

"아지매…."

경상도에선 외숙모를 아지매 또는 외아지매로 불렀다.

"와? 금아, 어데 아푸나?"

엄마 같은 외숙모지만 철이 날수록 자신의 근본을 알아가는 상금에게 마냥 편한 건 아니었다.

"아이다. 내 배가…."

상금은 피가 배에서부터 흘러나오는 줄 알았다. 체기도

없는데 아침부터 살살 칼로 긋는 듯 아랫배가 아팠다.

"점섬(점심)에 콩나물밥 묵고 얹챘나(채했나)? 따주까?"

"아이다. 피….'

"오이(으응)? 피?"

"밑…."

큰 실수가 탄로 난 듯 얼굴이 달아오른 상금이 아랫도
리를 손으로 감싸며 목소리가 가늘어졌다.

"니가? 밑에서 피가 나오나?"

"어, 어….'

대답이 어중간했다. 대다수 여자아이들은 아래에서 피
가 나오는 일이 자신의 잘못처럼 부끄러웠다. 그리고 오
줌이 나오는 곳에서 피가 흐르는 줄 알았다. 몸의 가장
깊숙이 자리 잡아 누구에게도 보인 적 없고, 자신조차도
본 적 없는 비밀스런 곳이 어디에 어떻게 있는지 전혀 몰
랐다. 다치지도 않은 몸에서 피가 줄줄 흘러나오는 일은
잘못하지 않아서 더 억울했다. 나와 남을 아울러 아무리
맑은 피라도 이상하리만치 불결하게 느껴지고 경계한다.

"니가 발써? 달거리 왔나? 아이구우, 안죽(아직) 얼란줄
알았디마는 우리 상금이 다 컸네. 인자 시집가도 대겠다."

감정의 기복이 없는 외숙모가 흠칫 놀라면서도 안심시
키느라 웃었다. 아직 열다섯도 안 채우고 벌써 달거리를

하다니. 외숙모는 잠시 영임의 고운 모습을 떠올렸다. 꽃 같던 나이에 남기고 간 핏덩이가 어느새 여자가 되었다. 세월 참 빠르다.

　겨우 두 칠이나 지날 무렵에 상금은 큰외삼촌의 품에 안겨 이 집에 들어왔다. 외숙모에겐 백일이 지난 딸이 있었지만 젖이 모자랄 걱정은 없었다. 영임의 젖이 노각처럼 길쭉한 반면 외숙모의 젖은 꼭지도 그다지 안 크고, 동글납작 국 대접을 엎어 놓은 듯 보통의 크기였지만 참젖이 화수분처럼 넘쳤다. 그런데 상금은 첫날부터 한사코 그 젖꼭지를 거부했다. 갑산댁 딸에게 젖동냥으로 두 칠을 견디다 왔다기에 안도했는데, 전혀 생각지도 못한 난관이었다. 이리저리 자세를 바꿔가며 물려 봐도 악을 쓰며 고개를 저었다. 젖을 거부하는 핏덩이 갓난아기에게 먹일 거라곤 암죽뿐이었다. 말이 죽이지 그냥 밥물에 불과했다. 가마솥에 밥을 지으면 푸르르륵 밥이 끓어 넘친다. 그 순간 불을 낮추어 뜸들이기 직전 빈 놋대접을 설익은 밥 위에 얹어두면 뚜껑까지 차오르던 밥물의 거품이 잦아들면서 그릇에 고이는 것이 영아용 암죽이다. 속겨가 남은 5분도 쌀이었지만 신생아의 성장에 도움이 될 정도는 아니었다. 어찌 된 영문인지 그 암죽을 떠 넣어도 도리질을 쳤다. 반은 흘리면서 겨우 혓바닥을 적시는 정도였다. 삼 칠째 아침에는 급격히 말라 눈에 띄게 여윈 아기의 입이 한쪽으로 돌아갔다. 상금은 사람의 새끼가 아니라, 끓는 물에 데쳐져 털 뽑은 한 마리 장끼처럼 오그라들고 말랐다. 도저히 인간이 될 것 같지 않아서 외삼촌 내외는 어떤 마음의 각오까지 했다.

며칠 후 아침을 먹고 있을 때였다. 외숙모가 재첩국물을 한술 뜨는데 아기가 입맛을 다시는 소리가 희미하게 들렸다. 냄새를 아는지는 모르지만 반가움에 뽀얀 국물을 한 방울 떠서 입에 대자 순식간에 빨아들였다. 외숙모는 너무 기뻐서 젖을 주느라 품었던 자신의 딸 영실을 얼른 밀쳐낸 뒤 아기를 무릎에 안고, 부추를 걷어내며 조심스레 재첩국물을 먹이기 시작했다. 외삼촌도 수저를 든 채 놀라서 그 광경을 내려 보았다. 아버지와 겸상하던 큰 아들과 엄마와 둘레상에 앉았던 둘째아들도 기쁘고 신기하게 목을 빼 구경을 했다.

"휘유우, 그래, 그래. 머라도 무야(먹어야) 살제."

외삼촌은 어쩌면 잘 살아날지도 모른다는 안도에 한숨을 쉬었다. 태어나 하루 만에 어미를 잃어 너무나 안쓰러운 막내여동생의 피붙이였다.

비뚤어진 아기의 입에서 국물이 흘러내려 무릎을 적셨

다. 정작에 먼저 젖은 것은 외숙모의 얼굴이었다.

"적(저희) 아부지요, 밥그륵 띠배이(밥그릇 뚜껑)에 퍼뜩 국 쪼매만 식하(식혀)주소."

유기그릇의 특징은 보온성이 강해서 빈 상을 물릴 때까지 열기가 은근히 남아 있다. 놋수저가 뜨거웠는지 상금이 미간을 살짝 찌푸린 것을 보고 외숙모는 놀라 남편에게 부탁했다.

"오냐, 오냐. 그라지러(그렇게 하지). 식하주지러."

평소 아내에게 하대하지 않은 외삼촌은 얼마나 좋고 급했는지 말을 놓았다. 눈가가 젖은 것 같기도 했고, 입가에는 미소가 벙글었다.

"참 얄궂제요? 이 깐얼라(갓난아기)가 우째 재첩국맛을 아까요?"

"그케 말이다. 뿌연 기 똑 젖하고 닮기는 하지마는 지가 상을 들바다(들여다) 본 거도 아이고. 국 남은 거 있이믄 나났다가(놔뒀다가) 얼라만 주고, 내일 또 재첩국을 낄이소(끓이세요)."

"예. 그카지요(그러지요). 가랑비에도 옷 젖는다꼬, 꼬내기(고양이)밥 겉이 째매썩 무도(먹어도) 조으이까네(좋으니까)."

"이거라도 짜구나도록(과도한 식탐으로 팔다리는 안 자

라고 배만 나온 상태) 묵고 박상(튀밥) 튀기디끼 컸이믄 조 캤네."

그날부터 상금이 먹은 것은 암죽과 진하게 우려낸 재첩 국이었다. 새벽 여명 빛을 닮아 파름한 우윳빛 재첩국에 힘을 돋우는 부추의 연두색이 우러나와 국 색상은 더욱 신비로웠다. 정말 기적 같은 일이 일어났다. 돌아갔던 아 기의 입이 차츰 바로 자리를 잡고, 쭈그러진 팔다리에 살 이 오르고, 눈두덩과 두 볼이 보송보송해졌다. 외삼촌과 외종 오빠들이 '오모짱(인형)'이라 불렀다. 쌍꺼풀이 선명 해지고, 왼뺨에는 볼우물이 패이면서 정말 인형처럼 귀여 운 아기였다. 동네방네 소문이 나돌고, 심지어 의심을 풀 지 못한 일부의 이웃들은 49일, 마지막 칠이 지나자 직접 와서 보고 가기도 했다. 소문을 들은 집집마다 서천이나 남천에 나가 재첩을 잡고, 물리도록 재첩국을 상에 올렸 고, 특히 기력이 떨어진 노인과 자라는 아이들에게 더 먹 어라 재촉을 했다.

생후 반년이 지나면서 악을 쓰며 울던 강짜도 줄고, 부 쩍 자라느라 상금은 젖꼭지를 빨기 시작했다. 외종인 영 실이 막 젖을 뗀 직후여서 아기가 덜 민감했는지 모른다. 늦게 배운 도둑질인 양 이가 다 돋은 뒤, 두 돌이 되도록 외숙모의 젖가슴에 매달렸다. 더러 유치에 씹힌 유두가 몹시 쓰라렸지만 엄마 잃고 젖배 곯은 시간들을 생각하며 외숙모는 상금의 엉덩이를 다독거렸다. 드물게 선한 심성이었다.

그렇게 키운 아기가 어느새 달거리를 하는 여자가 된 것에 외숙모는 목이 메었다. 달거리란 곧 수태할 몸의 완성이다. 그래서 이때가 되면 집집마다 딸아이 단속이 더욱 심했다. 제발 제 어미의 팔자를 닮지 말고 순탄한 여자의 일생이 되기를 고대한다. 영임의 기일은 아니지만 조만간 영가(靈駕)를 올린 옥룡암에 다녀올 생각이다.

경주 남산 동쪽 기슭에 자리한 옥룡암에서 영임의 삼우제를 지냈다. 일반 절집에 비해 규모가 아주 작아 볼품없지만 옥룡암은 7세기 신라시대 신인종파(神印宗派)의 명랑(明朗)스님이 창건하여 절터만 남았으나, 영임의 외가 쪽 친척 스님이 세운 절이었다. 불교신자였던 영임의 어머니 영가도 그곳에 있었기에 처갓집의 권유를 설진수는 따랐다. 네 살에 어머니를 잃어 슬픈 유년, 남편을 잃어 쓸쓸했던 청상, 맺지 못할 인연의 씨앗 하나 남기고 떠난 영임은 옥룡암 어머니 품에 안겼다. 영임이 퉁퉁불은 젖으로 생명줄을 놓으며 얼마나 애타게 아기 생각을 했을까, 아슬아슬 고비를 넘은 아기가 무사히 자라 드디어 여자가 된 소식 전하고 싶다. 외숙모는 흑감나무 무늬가 정확히 나누어진 장롱의 아래 칸을 열었다.

"상금아, 이거는 내가 씨던 거다. 오신따나(우선에) 이거를 차라."

외숙모는 자신이 쓰다 잘 개켜둔 서답을 몇 장 꺼내 상금에게 건넸다.

"삶아나가 깨끔받다(깨끗하다). 속바지 벗고, 왜놈 훈도시 차디끼(차듯) 끄나깨이(끈) 양 쪽에 다리를 여가(넣어) 입고, 끈티(끈의 끝)를 바짝 무꾸믄(묶으면) 댄다. 오줌 눌 때 잊아뿌지 말고 잘 풀아가 꼭 거마지야(거머쥐어야) 통시(변소) 안에 안 빠준다(빠트리다). 퍼뜩 갈아입고 오나라."

외숙모의 이야기를 듣는 동안에도 상금의 아래에서 질금질금 피가 흘러내렸다. 엉거주춤 대답도 못하고 돌아서는 상금은 스스로에게 잔뜩 불안하고 불쾌했다. 막 문지방을 넘으려는 상금에게 외숙모는 재차 일렀다.

"상금아, 인자부텀 그거 묻은 옷을 아물따나(아무렇게나) 감직어믄(감추면) 앤(안) 대고, 디양간(뒤란) 헌 오강(금이 가거나 이가 빠진 요강)에 담아가 오강따까리(요강뚜껑) 잘 닫아야 꼬내기(고양이)나 쥐새끼가 안 물고 간다."

"……"

피를 본 뒤부터 극도의 긴장감에 여전히 입을 뗄 엄두가 안 난 상금은 불안정한 걸음걸이로 아래채를 향했다. 외숙모가 준 서답을 차고나자 아래가 든든했다. 기분이 금세 좋아져서 피 냄새도 덜 역겨웠다. 벗은 속바지를 돌돌 말아 안채 뒤란 굴뚝 옆 요강에 담고 뚜껑을 잘 덮었다.

아까보다 경직이 풀린 얼굴로 들어선 상금은 혹시라도 자신이 찬 서답 기저귀가 잘못될까 봐 조신하게 앉았다. 월경은 철부지 소녀에서 아기를 품을 여인이 되는 증표로 행동거지에도 변화를 준다. 집에서 기르는 개도 암컷은 첫 월경 이후부터 부쩍 얌전해진다. 높은 곳에 겁 없이 뛰어오르지 않고, 낮은 곳도 발을 내밀어 깊이를 조준한 뒤 발을 내딛는다.

모든 암컷의 생산성은 분명 대우주의 여러해살이꽃이며, 신성한 종족보존의 내림이다. 남성의 양기가 작열하는 태양처럼 적나라하게 자란다면, 여성의 음기는 은은한 달빛 아래 보일 듯 말 듯 비밀스럽게 깊어진다.

외숙모는 상금이 다녀오는 동안 벽장에서 부드럽고 성긴 외올베 한 필을 내렸다. 아기들 기저귀 천보다는 질이 떨어지는 면사였고, 얼금얼금 직조되어 치밀성은 떨어졌다. 곧 달거리에 이를 딸을 가진 집에서는 미리 이 천을 준비해 두었다. 무명을 기준으로 한 필(匹)은 대게 두 단 (段)으로 나누는데 한 단(段)의 길이가 대략 9.35미터이므로 한 필은 18.7미터다. 달거리 서답은 한 장이 1미터 넘는 길이여서 한 필로 평균 열두세 장 가량 만들 수 있다. 달거리 시일을 약 일주일 전후로 잡아 하루 두, 세 장을 사용하고, 매일 빨아도 장마에는 여분이 필요하기에 한 필이 대충 한 사람이 쓸 분량이다. 외숙모는 외올베를 팔 길이로 재단해 자르면서 설명했다. 외숙모 역시 자신의 엄마에게 이 같은 순간을 함께하며 배웠다.

"상금아, 이기 피서답 맹그는 기다(거다). 인자부터 니는 달마다, 한 달에 하문은(한번은) 메칠석(며칠씩) 이 달거리를 한다. 아매도(아마도) 앞으로 한 3, 40년은 하지 시푸다(싶다)."

"에잉! 30년! 40년이나? 달마다 이거를 해야댄다꼬?"

"그래. 이거를 하는 거는 아를 맹글 수 있는 몸이다, 그런 뜻이다."

"아이구마, 우짜노. 생각만 해도 언성시럽네(지긋지긋하네)."

"그거 뿌이가? 아를 가지믄 입덧에 고상(고생)하고, 배가 불라가 몸이 천근만근이라도 집안일에 논밭일 다 해야 대고, 지사(제사)캉 명절 음석도 다 하고, 아를 놓니라꼬 이 시상에서 젤로 큰 고통을 받아야 대는 기 여자다. 아 키우고 농사에 살림에 펭생을 쌔(혀) 빠지게 일해도 잘 했니 못했니 머티(힐난)는 또 얼매나 듣노. 그래가 죄가 많아서 여자로 태어난다 안 카나."

"아지매, 나는 죽으믄 인자는(이제는) 남자로 태아날란다. 달거리도 앤하고, 아도 안 놓고, 여자가 밥 채리주고, 옷 다 맹글어주고 얼매나 좋노?"

"거기다 아들이라꼬 쌀밥에 괴기(고기) 반찬캉 대접 받고, 그자?"

"맞다. 여자는 고생고생해도 내도록(끝끝내) 참고 살아야대고. 나는 여자 싫다."

"그래도 여자로 태아났이까네 넘한테 욕은 안 묵어야 겠제. 우야겠노. 그라이까네(그러니까) 내가 시방부터 하는 말 새기들아라(새겨들어라). 달거리 할 때는 칠칠맞게(엄벙덤벙) 치마나 요이불에 절대로 안 묻꾸로(묻게) 단디 해야 댄다. 하리에(하루에) 두세 개를 갈아 차야 옷을 덜 베린다. 잘 때는 궁디(엉덩이) 디에(뒤에) 서답을 바짝 올래(올려) 입어야 앤 새고. 그라고 부모자석 간에도 피서답은 앤 맽긴다. 달거리 할 나이가 되믄 젊아가(젊어서) 지 피서답은 지가 빠는 기다. 알았제? 내 몸에서 나온 긴데 더럽다 생각 말고, 넘들 깨기 전에 새북(새벽) 일치기(일찍이) 거랑에 가서 돌미이(돌멩이)로 잘 지덜카났다가(눌러놓았다가) 피가 뿔으믄(불려 지면) 그때 방매이(방망이)로 다잡아 뚜드리가 빨아야 피가 진다(지워진다). 그라고 피서답은 넘들보다 저마이(저만큼) 알(아래)로 가가 빨아야댄다. 웅굴(우물) 없는 집에서는 거랑에 와가 채소도 씩고(씻고), 쌀도 씩는(씻는) 사람도 있다 아이가. 그라기 따문에 밥 때를 잘 피해가 빨아야댄다. 또 사나아(사내)들 옷 빠는데 피서답 핏물이 내리가믄 절때로 앤 댄다. 욕을 바가치로 얻어 묵는다. 방정시럽구로 웃물에 가지마고, 멀찌기(멀리) 가가(가서) 넘들 앤 보구로 퍼뜩 빨아라. 그라고 널 때는 디양간(뒤란) 줄에다 너는데 핏물 자죽(자국)이 앤(안) 비구로(보이게) 안에다 숭카가(숨겨서) 널아라. 헤나(혹시나) 남자들이 보믄 앤(안) 대이까네(되니까). 여름에는 거랑에서 방구(바위)나 돌삐(돌멩이) 우에 널아가 말루면(말리면) 퍼뜩 마리고 핏자죽도 햇빛에 날아간다(사라진다). 잊아뿌지 말고 내 말 잘 멩심코(명심하고)."

아마도 상금을 키우면서 외숙모가 가장 긴 이야기를 하는 것 같았다.

"응, 응. 한 달에 메칠썩 이래 피를 질질 흘리고, 피서답을 하리에(하루에) 몇 개썩(씩) 빨고, 삶고, 널고, 개고 아이구 내사 싫대이."

"니가 이래 일찍 달거리를 할 줄 몰라가 이 외올베 서답을 내가 앤 맹글고, 빨지도 몬 했다. 빡시서(억세서) 그양 씨믄(쓰면) 사타리(사타구니)가 다 헌다. 그래가 방메이로 탕탕 뚜드리가(두들겨서) 한 분 빨아가 말라서 씨는(쓰는) 기다. 날이 조아서 내일 아침 일쩍 빨아가 앞마당 줄에 널믄 낮에는 다 마릴 끼다."

"뒷마당에 널아야댄다 캐놓고?"

"이거는 피가 앤 묻은 새 거 아이가?"

"웅. 글쿠나."

외숙모의 기저귀가 아래를 두툼히 받쳐주어 안심이 된 상금은 대답도 재빨랐다.

"자, 이거를 바뿐 내가 달마다 일일이 접아 줄 수는 없다. 애럽으이까네 (어려우니까) 잘 바래이. 시방은 애러버도 하다 보믄 는다. 달거리가 사나흘 만에 다 끝난 거 겉애도 질금질금 멀건(묽은) 피는 이레나 열흘 썩(씩) 익끈(오래) 끌 수도 있다. 그기 인자 진차로(진짜로) 끝났다 시푸믄(싶으면) 한분에(한꺼번에) 말라 났는 거캉 꼬장주(속곳)캉 정짓간 말고, 한데(바깥의) 헌 솥에 다 여가(넣어서) 잿물에 푹푹 삶애야 댄다. 그래야 농에 여나도(넣어놔도) 냄시가 안 나고 깨끔받다(깨끗하다). 알겠나? 이거를 훈지만지(대충대충) 접어가 차믄 끄나까리(끄나풀)로 묶아도 술"

술 풀리뿐다. 농에 옇기(넣기) 전에 잘 개(개켜) 나야(놓아
야) 갑재기(갑자기) 달거리가 퍽 터져도 퍼뜩 내가(꺼내) 씬
다(쓴다). 그래야 속꼬장주(속고쟁이)도 덜 베리고(버리고)."

외숙모는 말을 하면서 서답을 접고, 풀어서 재차 개키
며 가르친다. 아무 준비 없이 예사로이 성장을 맞는 남자
에게는 없는, 여성만의 달거리는 복잡하고 소중한 행사
다. 하지만 이 달거리로 인해 인류를 포함한 모든 포유동
물이 종족의 번식을 이어가는 위대한 과정이다.

"음, 음."

제법 지루해진 상금의 대답이 건성이었다.

한 발(양 팔을 벌린 길이) 길이로 자른 서답의 가위질 부
분은 바늘실로 일일이 감침질을 했다. 그래야 올이 풀려
나오지 않고 천의 수명이 길다.

"금아, 그라고 시방버텀 이숙모(외숙모)가 하는 이바구
짚이 새게 들아다댄다. 그래야 반듯하게 시집도 가고 팔
자가 평탄하다. 알겠나?"

"응."

"니는 이 달버텀 인자 아(아이)에서 여자가 댄 기다(된
거다). 아캉 여자캉은 다리다(다르다). 앉음새도 달라야대
고, 머시마들캉 어불리(어울려) 노는 일도 인자 앤 댄다.
머시마들은 달거리가 없는 대신에 몽정이라카는 거를 하

고 사나(사내)가 댄다. 그라고 그때버텀 본 봐 없는 나쁜 놈들은 아무 여자나 치마를 뱃기고(벗기고), 꼬장주를 뱃기고, 즘생처럼 덮칠라 컨다. 덮치는데 당하믄 고마 아가 들어서뿐다 아이가. 처자가 아를 배바라, 그늠한테 시집가도 여자를 무시하고 업신여긴대이. 지늠이 덮치고도 몸 간수 앤 한 년이라꼬 일생 구박하고, 팔자 조지는 기다. 해나(행여나) 숨구고(숨겨서) 시집가도 숫처자캉 달라가 헌처자로 소박 당하고 쫓기나온다. 여자한테는 밑이가(아래가) 목심하고 맞바꾸는 귀한 기다. 처자 때나 시집 가가도(가서도) 아무 남자한테나 당해가 목 매 죽고, 물에 빠자(빠져) 죽는 여자들이 있니라. 그라기 따문에 인자버텀은 절대로 남자캉 둘이 같이 있으면 앤 대고, 밤마실도 앤 댄다. 알겠나? 밤에 문단속도 단디 해야 대고. 외아지매가 한 말 한나도(하나도) 잊아뿌지 마래이."

"옹. 아지매. 천석이 그 새끼가 천날만날 내 뒤를 밟는대이."

"잉? 그기 참말이가?"

"옹. 그늠이 앤 들킬라꼬 숨아도 내가 그거 모리겠나? 발소리도 앤 내고 예수(여우) 겉은 늠이 내보고 '니는 내 끼다' '니는 내 각시다' 이란다 아이가?"

"대가리에 소똥(태열)도 안 베깨진(벗겨진) 늠이! 이마빼기 깨지고도 안죽(아직) 정신 몬 채리고 니한테 눈독을 들이더나?"

"천석이 그 새끼 삐석 말라 비틀어져가 쌈하믄 내가 이긴다. 걱정마라."

"상금아, 니 보기에는 히끄무리(허여멀건)해도 사나새끼들은 뻬(뼈)가 억시서 몬 당한다. 소캐뭉태기(솜뭉치)에 대가리 깨진다고, 상금이 니 함부래 쌈하지 마래이. 적 아배도 음흉한 산골중놈 겉은데, 그 나물에 그 밥! 새끼도 똑같네. 아따, 와 이래 도분(열화)이 나노. 내가 외아재한테 이바구해가 단디 조치하라 카꾸마. 천하에 잡노무 애늠(왜놈) 앞잽이들이 감히 누구를 넘보고 지랄이고 지랄이."

좀체 남의 흥을 모르는 외숙모가 욕까지 해댔다. 상금을 낳진 않았지만 핏덩이를 거두어 이날까지 키웠는데 어찌 열화가 안 날까?

"외아재보고 천석이 그 새끼 다리몽대이를 빠뿌라캐라(부러뜨려라 해라)."

"그래가 순사한테 또 불리가라꼬?"

둘은 웃으면서 시침질을 했다. 손 빠른 외숙모와 상금은 거의 해질녘까지 그 일을 마쳤다.

서답 한 필을 얻어 자신의 방으로 돌아오는 상금의 뒤태는 아직 설익은 감처럼 파름했다.

영임이 산고의 마지막에 되뇌던 것처럼 상금은 키가 크지는 않았다. 작지만 살집이 고루 붙어서 아담하며 허약하지 않았다. 한 밥상에서 동갑으로 자랐건만 상금은 날이 갈수록 박토의 조선소나무처럼 마디게 자라고, 외종 영실은 강가의 미루나무처럼 쑥쑥 컸다. 어릴 때는 영실을 따라 외삼촌 내외를 어매, 아배로 곧잘 불렀던 상금이다. 그 호칭은 여남은 살 무렵 동네아이들의 놀림이 되면서 차츰 함구하게 되었다. 그렇게 잊은 이름이 이젠 아득히 멀어져 묵음으로도 안 나온다. 외삼촌의 호적에 양녀로 올렸지만 철이 들면서 상금은 외아재(외삼촌)나 외아지매(외숙모)라는 호칭도 어색했다. 상금과 영실은 키만 아니라 표정도 점점 달라졌다. 영실은 외숙모의 치맛자락이 스치는 장독 옆 작약꽃처럼 함박웃음을 머금었고, 상금은 서리 앉은 응달 국화처럼 오소소했다.

외종들이 자주 자신들의 외갓집에 가고 나면 상금은 혼자 남아서 외톨이임을 실감했다. 어릴 때는 철모르고 몇 번 함께 갔지만 자신이 구경거리가 되는 느낌이 들어 발길을 끊었다. 이런저런 일들을 겪으면서 자신의 처지가 더부살이로 하잘것없다며 상금 스스로 눈칫밥을 먹었다. 그랬던 관계가 달라졌기 때문에 처음으로 외숙모와 오래 마주 앉아 많은 대화를 나누었다. 여태 상금이 서운했던 어떤 일들을 까맣게 잊게 해준 시간이었다.

상금과 영실이 어릴 적에는 쌍둥이처럼 잘 지냈다. 영실이 아래로 딸 둘을 더 낳았지만 모두 첫 돌 전에 잃은 외삼촌 부부는 영실과 상금이 우애 좋게 지내는 게 흐뭇했다.

상금과 영실이 일곱 살 무렵이었다.

막 초여름이 시작되어 사방의 꽃들이 흐드러지게 벌을 부르는 한낮이었다. 둘은 들에 나가 뱀딸기도 따먹고, 찔레순도 꺾어 먹고, 삘기를 뽑아먹느라 분주했다. 영실은 응달에서 통통하게 자란 찔레순을 꺾어 치마에 담고 있고, 상금은 비스듬한 둔덕에서 오줌을 누려고 치마를 걷고 속곳을 내렸다. 노느라 오래 참았던 오줌이 막 나올 때였다. 상금 바로 옆 내리막의 아카시아 무성한 나뭇잎 사이 열 두엇 살 되어 보이는 사내아이가 긴 막대기로 상금의 다리 사이 치마를 들어 올려 그곳을 빤히 봤다.

"야아~!"

상금의 외마디 비명에 영실이 돌아보았다. 얼른 찔레나무 아래 돌멩이 하나를 집어 사내아이를 향해 던졌다. 세 아이의 행동은 동시다발적으로 신속히 이뤄졌다.

"야! 이 개새꺄! 이 종내기(이 머스마)가, 니 지금 머하노?"

영실의 욕보다 돌이 빨랐다. 미처 아프다는 비명도 못 지른 사내아이의 이마 가운데서 피가 주르륵 흘렀다. 피는 금방 코와 입을 타고 앞섶을 적셨다.

"잡노무(잡놈의) 새끼, 대가리가 빠사겼네(깨졌네). 깨방 신아, 호방신아, 아이고 꼬시다! 영실아, 니 잘했다."

옷을 추스르며 상금은 신이 났다. 사내아이는 발아래 쑥을 한 줌 잡아 뜯어 이마에 붙이며 마을로 달려 내려갔다. 복잡한 후사를 알 바 없는 상금과 영실은 치마를 펄럭이며 신이 나서 들판을 누볐다.

상금이 먼저 방아개비 뒷다리를 잡아 낭랑한 목소리로 '방아개비 노래'를 불렀다.

…홍굴레(방아개비)야 춤 초라(춰라), 넉 아부지 밥상 채 래주께, 춤 초라, 춤 초라.

영실이 얼른 노래를 받았다.

…나부(나비)야 나부야 물어라, 벌아 벌아 꿀 쳐라. 앉인자리 꽃자리, 천리만리 가~먼 니 목심이 떨어진다.

상금이 얼른 나비 노래를 이어받았다.

…나부야 청산가자, 호랑나부야 넌도 가자, 가다가 날 저무거든 꽃잎에라도 자고가자, 그 꽃이 괄세를 하며, 풀 잎에라도 자고 가자, 풀잎도 괄세를 하며, 산천초목에 자 고가자.

영실이 달팽이 한 마리가 붙은 달개비를 꺾어 '하마 노래'를 불렀다.

…하마 하마 춤 초라 느그 아부지 개똥밭에 장구치고 나온다.

달팽이의 뿔이 요리조리 움직이며 춤을 췄고, 영실이 까르르까르르 웃음을 터뜨렸다.

언덕빼기를 팔짝팔짝 뛰던 상금이 "실아, 배미(뱀) 나올라 단디 바래이" 하면서 '배암노래'를 불렀다.

…독새(독사)야 독새야 너 뒤에 칼 간다, 너 뒤에 불 간다.

솔개 한 마리가 아이들 머리 위를 지나 날아갔다. 영실이 '솔개 노래'를 불렀다.

…솔갱(솔개)아 솔갱아 장태 밑에 쥐잡아 주끼, 삥~ 삥~ 돌아라.

저만치 펼쳐진 푸른 논에 황새가 미꾸라지를 잡아먹느라 느릿느릿 볏닢 사이를 거닐었다. 상금이 이번에는 '황새 노래'를 불렀다. 황새에게 들리라고 그러는지 청아한 목소리가 드높게 퍼져나갔다.

…황새야 덕새야 너 아재비 죽었단다, 고동 껍지 물 떠놓고, 어이어이 울어라, 황새야 덕새야 너 모가지 닷발(다섯 발), 내 모가지 열 발, 황새야 덕새야 너 모가지(목) 기

나 내 모가지 길지, 황새야 덕새야 앞에 가는 양반 뒤에 가는 쌍놈, 황새야 덕새야 아가리 딱딱 벌려라 열무짐치 드간다.

"금아, 배 고푸다. 퍼뜩 집이(집에) 가서 열무짐치 밥 비비가 묵고 접다."

아까부터 정짓간 아지매가 둘을 부르는 소리가 들판에 퍼져나가고 있었다.

열두 살인 사내아이는 구장의 아들이었다. 병원에 가서 열 한 바늘을 기웠다고 했다. 험상궂게 생긴 돌은 모서리가 예리해 칼 같은 청석(靑石)이었다. 영실의 주먹만 한 돌이었고, 이마가 찢어지도록 조준해 맞히기 힘든 일이 일어났다.

남의 집 꼴머슴으로 들어가서 주인에게만 잘 보여서 마름질을 하다가, 큰 꿈을 품고 막 구장자리를 맡은 지춘배의 눈이 뒤집혔다.

"내 새끼를, 천금 겉은 내 새끼를! 우리 천석이를!"

자신의 꿈인 셋째 아들이 다친 것이다. 아들 넷 중 가장 똘똘한 놈이었다. 팔 다리도 아닌 면상, 그것도 이마 한가운데 갈 지(之) 자로 벌어진 상처에서 피가 솟았다. 화를 못 참은 지춘배의 사지가 덜덜 떨렸다. 마구간에서 조랑말을 풀어 마차에 연결하는 동안 사내아이는 늦게 오는 통증에 잔뜩 찌푸려 쪼그려 앉았다. 이들이 사는 배반에서 의원까지는 한참을 가야 했다. 가는 동안 광목천으로 싸맨 이마의 피는 조금 멎었다. 아이의 통증보다 잔머리를 먼저 굴린 지춘배는 의원에 가기 전 경찰서부터 갔다. 사건 접수를 하는 내내 입 양쪽에는 침버캐가 허옇게 튀밥처럼 부풀었다. 조서 내용은 이랬다. 아무 잘못도 없는 내 아들이 들판에서 개구리를 잡는데 '설 가(薛 哥) 가시나' 둘이 작당을 해서 돌팔매질을 했다. 얼마나 큰 돌에 얼마나 세게 맞았는지 이마가 이렇게 박 터지듯 갈라졌다. 자꾸 가리는 아들의 손을 거듭 떼어내며, 천을 풀어서 상처를 보여주었다.

의원에서 지춘배는 의사에게 따지듯 물었다.

"선상님요, 지가 묻는 말에 단디 답을 주소. 이기 험테(흉터) 없이 잘 났겠능교? 아이믄 험테 남능교?"

"흉터 없이 낫기는 어렵습니다."

"야?(네?) 그라믄 펭생 이마빼기에 갈 지 자를 달고 살아야대능요?"

"예. 어린애들끼리 다친 거 치고는 상처가 너무 깊어요."

"이 씨부랄 호랑말코 겉은 년들, 어데 두고 보자!"

마취 없이 깁느라 허우적거리는 아이의 팔다리를 잡

던 간호원들이 자신들에게 욕을 한 줄 알았는지 흠칫 놀랐다.

합의는 어려웠다. 상금 측에서는 사고의 원인제공을 한 건 당신 아들 지천석, 이라며 맞섰다. 절대로 치마 속을 본, 그런 일 없다던 지춘배의 아들 천석은 영실과 상금과 삼자대면에서 그만 말문이 막혔다. 일곱 살이지만 유난히 입이 야물진 영실이 경찰서에서 떨지도 않고, 재차 묻는 데도 앞뒤 설명에 아귀가 딱딱 맞았다.

"내가요, 찔레 순 따다가 상금이 꽘(고함)에 딱 돌아보 이까네, 저 종내기(남자애)가 상금이 오줌 누는데 이만한 꼬재이(막대기)로, 상금이 치마를 들고 요래 앉아가, 상금 이 보지를 눈까리(눈알) 빠이(빤히) 뜨고 보데요."

"우짓빠린(개구쟁이) 머시마들 장난에 멘상(면상)을 딱 전자가(겨눈)."

지천석 쪽에서는 장래의 사회생활 출세에 막대한 피해 를 준 고의성을 따졌다. 날이 갈수록 지춘배 내외가 교대 로 골목에서부터 떠들어대며 들이닥치는 행패가 심해졌 다. 논리보다 쌍욕만 난무하는 통에 이웃이 나서봤지만 합의가 어려웠다. 설순호는 민망하지만 친구 둘을 중간에 넣었다. 논 세 마지기, 그것도 옥답 세 마지기를 요구하 는 지춘배에게 밭 한 마지기와 논 한 마지기를 주는 걸로 사건은 마무리 되었다. 아이 싸움이 어른 싸움이 되고 합의 이후 다 끝난 줄 알았는데, 지천석은 딴 마음을 품으며 자랐다. 한 해 한 해 나이가 들면서 천석의 상처도 흉측하게 자랐다. 천석은 지 부모를 안 닮고 누굴 닮았는지 혈관이 보이게 하얀 피부인데 상처는 검푸른 지렁이가 밟혀서 꿈틀대듯 양각으로 돌출했다. 눈에 총기가 서려 면서기라도 해묵을 줄 알았는데, 이마를 다친 이후부터 이상하게 그 총기도 사라져버렸다. 청년이 되면서 총기 대신 독기가 들어차 걸핏하면 싸움질을 해대 경찰서에 들락거렸다. 공부도 하는 둥 마는 둥해서 기껏 땅이나 파먹어야 하는데 장가나 제대로 들지 대놓고 염려를 했다. 천석을 장가들일 부모의 한탄을 들을 때마다 천석은 돌아서서 코웃음을 쳤다. 언젠가는….

상금은 요즘 들어 아홉 살부터 시작한 수틀을 자주 밀쳐내고, 자꾸만 훌훌 밖으로 나가고 싶어진다. 자주 경대(鏡臺) 앞에 앉아 요리조리 얼굴을 보는 일도 잦았다. 살짝 입꼬리를 올려본다. 왼쪽 입가에 볼우물이 폭 패어진다. 엄마는 양쪽 볼에 다 볼우물이 있어서 예뻤다고 갑산댁이 말했다. 상금은 볼우물이 왼쪽 하나지만 말귀가 트이면서 늘 듣는 말이 예쁘다는 감탄들이었다.

상금이 자라는 동안 갑산댁은 안 잊힐 만큼 자주 왔다. 외할아버지 설진수가 서울로 이사 가면서 갑산댁 내외에게 농토 일부뿐 아니라 옥산 집도 주고 갔다. 물론 등기의 명의까지 옮겨줬지만 갑산댁 내외는 안채와 아래채만 사용했다. 시제 때나 방학 때, 또는 잔치나 초상 등 큰일로 고향에 올 때 설진수의 가족이 와서 쓰게끔 예의를 갖췄다. 비워놓은 사랑채에 수시로 콩기름을 먹여가며 청소를 했다. 태어나 지금껏 소문도 들은 적 없이 후덕한 설진수의 심성에 갑산댁 부부는 장독 뚜껑 하나도 함부로 다루지 않았다.

갑산댁은 본가로 가버린 호야를 못 보는 대신 상금을 자주 찾아왔다. 올 때마다 갖가지 떡이나 전, 유과나 약밥 등 만들어왔다. 경주의 북쪽인 옥산에서 남쪽인 배반까지 길이 멀어 하룻밤 묵어가야 했다. 상금은 갑산댁 마른 젖을 더듬으며 꿈도 없는 잠을 잤다. 갑산댁은 상금에게 엄마나 외할머니, 친할머니를 대신한 모든 정성과 사랑을 주었다. 어릴 때부터 어미 없는 영임을 정성껏 보듬어 키운 갑산댁에게 상금은 손녀처럼 살가웠다.

상금 또한 가장 오래 산 외숙모보다 갑산댁이 무람없이 좋았다. 요즘은 갑산댁도 그다지 보고 싶지 않다. 마치 유치가 돋는 잇몸처럼 구겨 앉은 팔다리가 근질거리고, 마당을 넘어오는 새소리에도 가슴 속에 이랑이 일고, 추녀에서 댓돌 아래 구르는 빗방울 소리도 가슴을 적신다. 한숨이 자주 터지고, 본 적도 없는 어머니 얼굴을 새겨보느라 자주 사진첩을 열었다. 색이 누런 단 한 장뿐인 결혼사진 속 새끼손톱보다 작게 희미한 윤곽의 여인은 아무리 보아도 낯설다. 그 낯설음은 늘 상금 스스로 천애의 고아임을 재확인한다. 누가 몰래 뚫은 듯 가슴에는 맞바람이 지나간다.

가끔 보았던 외할아버지도 상금이 세 살 되던 해에 천도교 본당이 있는 서울로 이사 가고 없었다. 하긴 손 한 번 안 잡아준 외할머니의 외갓집은 있으나 마나였다. 부친이 천도교 입문을 했지만 어릴 적부터 여성의 정조를 목숨처럼 여겨야 할 지조로 아는 새 외할머니는 일 년에 몇 번 만나는 상금을 안거나 쓰다듬는 일이 전혀 없었다. 세상살이의 규범을 쉽사리 버릴 수 없는지라 상금을 다정히 보는 일조차 스스로를 더럽히는 부정 같았다. 방학이면 대구에서 공부하는 외종 오빠들이 돌아와 웅성거려도 상금은 늘 혼자라는 자각이 부쩍 잦았다. 때론 외종들이 건네는 사소한 농담과 웃음도 의미 확대되고, 심사가 제법 사납기까지 했다.

"영실아, 빨간색실 쪼매만 채도가(빌려주라)."

"어언제(아니), 나도 뻴로 없아가 앤(안) 댄다. 니도 내매로(나처럼) 실 쫌 애께(아껴) 써라. 가시나야."

"니가 시방, 수(繡)실 째매 농갈래(나눠) 준 거 까지고(갖고) 내한테 유세 떠나?"

이종 영실은 젖을 번갈아 먹으며 자란 동갑내기지만 걸핏하면 상금 스스로가 차별성을 두었다. 그건 어쩔 수 없는 태생적 운명이며 피해의식이었다.

"얄궂에라, 내가 언체(언제) 유세했노? 어매가 시제 마꿈(제각각 마다) 조도(줘도) 똑(꼭) 니가 먼첨 모지린다 카고(모자란다 하고). 채간(빌려간) 기 얼맨지 알기나 아나?"

"아이구, 시장시럽고(씨답잖고) 가시럽다(가소롭다). 더럽꾸로 실나깨이(실끄나풀) 선나까(조금 가지고) 엉가이(어지간히) 지랄해라."

"가시나, 조막띠(주먹)만한 기 눈까리(눈깔) 디비는(뒤집는) 거 좀 바라."

키 작은 이가 급히 올려보면 흡사 눈을 까뒤집는 것과 같다.

"머어? 조막띠? 키 크믄 눈꾸영(눈구멍)에 비는(보이는) 기 없는 가배(가봐)?"

마침 소변을 보려 일어서던 상금은 영실의 발가락을 밟았다.

"아야야야, 내 발 삐대지(밟지) 마라, 니 부로(일부러) 이라제?"

"부로 아이다. 구불어질라(넘어질라) 캐서 글타. 와(왜)?"

"내가 어매 쪼라서(졸라서) 오래비 방으로….."

"그래, 또 다말어가서(달려가서) 일라바치라. 난도 니캉 한방살이 솔깃증난다(성가시고 귀찮다)."

한 방을 잘 쓰던 둘이 지난해부터 티격태격 다투다 설을 지나면서 '머리끄댕이(머리카락)'를 잡기에 이르렀다. 어릴 적에는 뭐든 나누는 좋은 우애였는데 날이 갈수록 상금의 심사는 도를 넘었다. 먼저 시비를 걸고도 서럽게 우는 쪽은 상금이었다. 더러 울음소리가 담장을 건너는 통에 외삼촌 내외는 난감했다. 난감한 건 또 있었다. 영실은 그나마 소학교를 다니는데 상금은 3학년 무렵부터 공부를 작파했다. 나날이 이마에 그늘이 내려앉고 눈치가 빤해져서 걸핏하면 눈물바람이었다. 출생의 비밀은 사건이어서 멀어져도 사라지지 않고 암암리 어른에서 아이들에게로 전수되어 대를 잇기도 한다. 그래서 떡은 돌수록 줄고, 말은 돌수록 는다고 한다. 평생 상금의 발에 족쇄로 걸린 출생의 비밀….

난산 끝에 영임이 목숨 줄을 놓았다는 기별을 받은 오

빠들은 드러내놓고 내색도 못 했다. 3남 1녀로 귀염받은 외동딸 영임이라 오빠들의 상심도 컸다. 갑작스런 영임의 죽음에 큰 충격을 받은 설진수는 이 복잡한 내막의 죽음을 어떻게 처리할지 막막했다. 이럴 때 가장 도움이 되는 내 편이 가족이다. 영임의 백부와 삼촌들, 친인척들이 체면 앞세우지 않고 나서주었다. 거의가 천도교도라서 가능한 일이기도 했다. 도교나 유교도였으면 집안 망신이라 쉬쉬하며, 가마니 장사를 치를 일이었다. 8개월 전 몸을 풀어 아직 유선이 활발한 갑산댁 딸이 고맙게도 어미 잃은 갓난쟁이를 품어주었다.

참으로 사람 좋은 갑산댁이 생각해낸 임시방편일 뿐, 설진수는 경주에 사는 큰아들 내외와 의논을 했다. 백일을 막 지난 갓난쟁이가 있는 큰며느리는 성격이 수더분하고 후덕했다. 양녀로 호적에 올리겠다는 장남에게 설진수가 한 일은 '상금(祥錦)'이라는 핏덩이의 이름과 논 열 마지기였다. 영임이 잠실에서 잉태한 것을 알 리 없는 설진수가 비단 '금(錦)'자를 이름에 쓴 것은 우연이라 하기에 기묘했다. 누에의 점액질은 비단이 되고, 사람의 어떤 점액질은 아기가 된다. 스님은 아니지만 부처님을 모시는 절간의 신성한 일을 하는 사내와 상복을 입은 영임의 사랑을 밖에서는 '입에 담기조차 더러운 치정'이라 불렀다. 그리고 치정의 끝은, "호야 아배요, 아만 놓고, 지가 죽을 죄를…. 아만 놓고 나믄 지를…."이라는 처절한 읍소의 난산이었다.

영임은 죽음으로 자신의 죄를 벌했다. 한 여성의 운명을 전적으로 한 남성에게만 국한 시키던 부조리에서 영임의 죄책감은 삶의 의지보다 죽음의 의사가 더 강했다. 죽어야 마땅하다며 목숨을 놓아버렸다.

우물가에서 정화수 올리고 삼신할매를 부르며 빌던 갑산댁 가슴도 벼락 맞아 갈라진 먹감나무 속처럼 까맸다. 그날 한의에는 용하지만 응급에 무능한 윤 의원은 나름 최선을 다했다.

밤길에 눅눅해진 두루마기 자락을 여미며 윤 의원은 급히 방에 들어섰다. 후끈, 군불을 많이 넣어 뜨거운 방에 설익은 피 냄새가 더욱 역했다. 수태가 생명본능의 종족보존과 육정이 내뿜은 희열의 결과지만 출산의 장면은 날것으로 처절했다. 갑산댁이 열심히 피를 쓸고 닦았지만 윤 의원의 버선발이 장판에 끈끈히 들러붙었다. 난산의 고통을 짐작한 윤 의원은 신음을 삼키며 먹물들인 면보를 폈다. 침통에서 가장 가느다란 침을 우선 급한 경혈 두 군데에 먼저 시술했다. 산후하혈의 혈자리인 슬개골 안 위의 2촌에 해당하는 다리 안 혈해와 다음은 엄지발가락의 발등 쪽 부위인 대돈이다. 갑산댁을 시켜 다리 사이에 베개를 끼워 준 다음 돌아눕지 못하도록 잡게 하고 등판의 격수, 간수, 비수에 중침을, 미추가 시작되는 부위의 차려와 산후복통의 요양관에 장침을 시술했다.

산모의 상태는 생각보다 심각하고, 침이 순조롭게 들어가지 않아서 윤 의원의 손이 떨렸다. 등 쪽의 침을 빼기까지 잠시 시차를 두는 동안에 산모의 신음은 여전했다. 윤 의원은 재차 산후복통과 자궁수축무력증에 용이한 경혈을 다스리기로 했다. 음부의 바로 윗부분 관원과 중급, 손의 합곡과 다리의 기본 혈자리인 족삼리와 삼음교에 두루 침을 놓은 후 방에서 나왔다. 안방 문 앞 마루에서 조금 비켜 앉아 두루마기 소매 속에서 곰방대를 꺼냈다. 마루 끄트머리 기둥에 기대 잠시 졸던 설진수가 기척에 얼른 깨서 연초 봉지를 내밀었다.

"좀 어떻십니꺼?"

"글씨이(글쎄)… 날씨가 도래방정을 떠는 날은 산모가 놀래고, 아도 놀래가지고 죄나이(천천히) 나와야대는데 어떡(어서) 나오니라꼬 산도를 고마 헤비파뿌는 기라(후벼파는 거라)."

"마이 여전은교(많이 여의치 않은가요?)?"

"글씨이(글쎄), 저녁 밥상 술적심(밥을 먹기 전 국물 음식에 숟가락을 먼저 적셔서 밥이 달라붙는 걸 방지함)이나 댈랑가 몰따(모르겠다)."

술적심은 배부른 끼니와 별개로 있으나마한 약식 행위 같은 것이다. 저녁은 하루의 마지막 밥상이며, 내일은 또 새로운 날의 아침밥상으로 윤 의원은 조치를 했지만 밤을 넘기기 어려운 위급함을 그렇게 표현했다.

"…밤길 와주세가(와주셔서) 참말로 고맙심니더."

"개안타. 그기 내 할 일 아이가. 저승 아인(아닌) 이승길은 다 내가 댕길 길인 기라."

아무리 자식이지만 산실에 들어가지 못한 설진수는 마루 기둥에 다시 기대고, 윤 의원은 천천히 일어나 방으로 들어갔다. 하혈은 조금 약해졌지만 영임의 전신이 서서히 붓기 시작했다. 오한의 식은땀인 자한과 발열이 거듭되어 윤 의원은 다시 영임의 등 혈자리마다 침을 꽂았다. 열과 오한부터 잡느라 배의 풍문, 경유, 신유와 복부의 중겹, 상지부의 열결, 하지부의 혈해와 삼음교 위 복류의 차례다. 이 침들을 뽑고도 한참을 기다린 윤 의원은 부기를 빼기 위한 산후 배뇨불량을 다스려야 했다. 이미 폐유와 신유는 아까 다스렸고, 등판의 방광유와 아랫배의 중겹과 곡골이 마지막 경혈이었다. 침은 들어가기도 벅차고, 뺄 때도 여의치가 않았지만 윤 의원은 그렇게라도 경혈을 자극해보는 게 허망했다.

　이목구비가 단정한 아버지를 닮아 유난히 반듯하고, 귀밑 솜털이 보송하던 영임은 출산 이튿날 새벽 숨을 거두었다. 열네 살에 달거리를 맞아, 열여섯에 시집을 가고, 열일곱에 호야를 낳고, 스물두 살에 과부가 되었던 영임이었다. 막 스물세 살이 된 정월에 상금을 수태하여 만산이 붉은 날 떠났다. 뜨거운 피를 다 쏟아 가벼워진 관이 도덕산을 오를 때 하늘은 영임의 청춘인 양 파랬다. 흰옷 입은 상주 하나 없는 쓸쓸한 행렬처럼 하늘엔 흰 구름 한 점 없었다. 새파란 하늘 아래 단풍잎들이 붉은 눈두덩으로 엎어지며 우수수수 울어주었다. 사람도 나무 같아서 다 자라 바람에 날린 씨앗 하나 툭 발아되어 옹알이처럼 잎을 틔우고, 물이 차올라 시퍼렇게 출렁거리다, 제대로 익지도 못한 채 어느결에 몸을 뉘는 일이 있다. 다만 조금 빠르거나 늦을 뿐, 누구나 가는 길….
　발목이 퉁퉁 부어올라 장지까지 못 간 갑산댁은 도덕산 아래 거랑에 앉아 대답 없는 바윗돌을 쓸며 울었다. 열 상주 안 부러운 갑산댁의 곡(哭)은 한 편의 서사로 오래 상여를 뒤따랐다. 굵은 울음은 붉다 못해 스러진 단풍잎들과 함께 돌들 틈에서 한참 구비 돌았다. 볼우물이 예뺐던 영임처럼 돌 틈에 자꾸 볼우물이 생겼다 사라졌다.

 여름밤, 달빛이 비스듬히 마루 끝에 걸터앉았다. 상금도 그 곁에 앉아 별자리들을 오래 본다. 징용을 떠났던 아버지는 통 소식을 알 수 없다고 갑산댁이 그랬다. 상금을 위해서 꾸준히 연줄을 놓아 수소문을 했지만 언제 어디로 갔는지, 생사조차 모른다고 했다. 일본에서 몇 날 며칠 배를 타고 가는 더운 나라에 갔다는 소문도 있는데, 아무도 살아 돌아오지 않아서 막연하다고 했다. 징용에도 차별이 있어서 조실부모해서 의지가지없는 이들을 가장 먼 전쟁터로 보내서 길을 닦고 굴을 파도록 시킨다고 했다. 본 적 없는 어머니와 아버지, 그들은 어디로 갔나. 어디서 무엇이 되어 이토록 캄캄한 그리움을 남기나. 알 수 없는 크고 작은 별들이 강물로 흐르며 반짝반짝 노랗고 파랗게 말을 건네는 것 같기도 하다. 외롭고 쓸쓸하다. 지독한 고독은 때로 분노다. 이렇듯 맘이 아궁이 식은 재처럼 가라앉다가, 다시 화르르 장작개비처럼 뜨거워 심사가 뒤숭숭하다. 한 번씩 치솟는 이 분노 때문에 올해 정월 대보름날 널뛰기를 하다말고 영실과 크게 싸우고 말았다.
 두 사람이 긴 널빤지 끝에서 교대로 힘을 주는 널뛰기는 또래끼리여야 균형이 맞다. 어릴 때부터 둘은 널뛰기를 잘해서 어른들의 구경거리가 되곤 했다. 신장이 아닌 체중이 비슷해야 서로가 공평하게 최대한의 높이를 즐긴다. 키가 작고 하체가 발달한 상금은 악착같은 데가 있었다. 얼굴이 빨개지도록 발뒤꿈치에 힘을 바짝 주어 널을 차지게 내리밟으면 영실은 신속하게 버금가는 힘을 실어야 했다. 한쪽이 힘 조절과 발 내릴 시간을 어영부영 놓치면 널빤지에서 튕겨 나와 구르기 십상이다.

마을 앞마당 공터에 부들부들해진 헌 가마니 몇 장을 둘둘 말아 널빤지 가운데 지점의 아래에 괴었다. 이 가마니 높이는 널의 두께와 길이에 맞춰야 했다. 얇고 짧은 널에 두툼한 가마니 뭉치를 장치하면 널은 허공에 붕 떠서 위험했다.

음력설부터 시작된 널뛰기는 대보름까지 계속되었다. 일 년 동안 발바닥에 못(티눈)이 생기지 말라는 주술적 의미의 놀이였다. 겨우내 아랫목만 찾던 발에 큰 자극을 주어 전신의 혈류와 근육을 일깨우는 훌륭한 놀이였다. 남녀가 유별하다며 문 밖 출입도 제한적이다가 단오와 정월대보름에는 치맛자락을 펄럭이며, 망아지처럼 날뛰는 놀이가 공공연히 허락되었다. 새처럼 훨훨 날아올랐다가, 힘주어 상대방을 공중으로 높이 날려 보내는 일은 상호 호환의 기쁨이 배가되었다. 이렇듯 널뛰기의 즐거움은 순간순간 까마득한 고공의 긴장을 유발해서 더욱 즐기고 싶었다.

서로 공평한 힘을 계속 나누어 널만 뛰는 것은 초보들이 하는 짓이었다. 상금과 영실처럼 열 두어 살이 되는 여자아이들은 저마다 널뛰기의 기술을 연마했다. '큰 밟 먹이기'와 '잔 밟 먹이기'였다. '큰 밟'은 평균적 속도의 주고받는 널뛰기에서 크게 두 번 연달아 밟아서 상대방을 순간적으로 놀래키는 일이다. 당연히 자신이 밟을 차례라 여기고 발을 내리려는 순간 연이어 널이 날뛰는 바람에 정신을 차리지 않으면 균형을 잃고 널빤지에서 떨어지고 만다. '잔 밟'은 크지 않는 널뜀을 신속하게 여러 번 해버려서 상대가 언제 자신의 차례인지 헷갈리게 만들어버리는 일종의 변칙이다. '큰 밟'은 몸의 움직임이 커서 상대가 어느 정도 눈치를 챌 수 있다. '잔 밟'도 한참 만에 한 번 정도면 당사자들이나 구경꾼들도 장난삼아 웃는데, 자주 시도하면 골탕 먹이려는 시도로 보아서 감정을 건드린다. 영실의 날렵한 다리가 그날따라 '잔 밟'의 재주에 재미를 들였다.

그런 날이 있다. 하고자 하는 대로 척척 몸이 따라가는 영실에게 지난 대보름날은 그런 날이었다. 두 눈을 크게 뜨고, 어지간히 정신을 차렸음에도 상금은 두 번이

나 널에서 떨어졌다. 처음엔 엉덩방아 정도로 아픔을 견
뎠다. 두 번째는 성이 나서 다리에 힘이 들어가다보니 상
체가 먼저 꺾여서 젖가슴을 제 무르팍이 치는 꼴이 되었
다. 살짝 스치기만 해도 비명이 터지는 젖멍울의 통증은
엄청났다. 두 번 떨어지면 탈락되어 짝이 교체되기에 널뛰
기 차례를 기다리던 동무들과 아낙들의 웃음이 낭자했다.
상금은 흙투성이가 된 설빔 주홍치마를 추스르다 말고,
널 위에 주저앉아 배꼽을 잡고 웃는 영실의 머리채를 잡
아챘다.

"야! 이 쑤악은(숭악한) 가시나야! 내가 익끈(한참) 참았
는데, 싱구이(끝내) 날로 고랑떼(골탕) 믹일라꼬."

"이 쫀채이(잔챙이, 작은) 가시나가, 니가 두대발이(아둔
하고 모자란 사람) 맹키로 더덩덩(허둥지둥)거렜지 내가 와
(왜)?"

다툼에서 본질을 벗어난 신체적 결함이 나오면 본격적
감정싸움으로 발전한다.

"내가 쫀채이믄 니는 활대(바지랑대) 아이가? 여게 마카
(모두) 본 사램이 천지베까리(아주 많다)다. 고랑떼(골탕)
믹에고(먹이고), 시추런케(시치미떼고) 잡아띠는(잡아떼는)
년은 아가리를 째뿔라마(찢어버릴까 보다)."

여기까지는 아슬아슬 다가서는 말싸움이었다.

"야! 이거 나라! 풍신날라리 육갑 떨고 자빠졌네. 보기는 멀 바! 눈꾸영(눈구멍)을 파뿔라 마(파버릴까 보다)."

둘은 순식간에 콩고물 같은 흙바람을 일으키며 싸움이 붙었다.

"내 찰인 중(차례인 줄) 알민서로(알면서도) 쌍클리구로(헝클어지게) 아물따나(아무렇게나) 한 기(것이) 잘한 기가(것이냐)?"

"흥! 목딱발이(목발 쓰는 장애인) 매로(처럼) 졌이믄 고만이지, 우엣소리(헛소리) 치아라(치워라)!"

"아이고, 액씨들이 와 이카능교! 이 손 노소(놓으소). 상금 액씨요!"

"우짜꼬, 폴심(팔힘)이 똑 사나(사나이)겉네. 금이 니가 이카믄 안대지."

"우야꼬오, 참말로 심이 장사네. 뻬석 마린(마른) 실이 잡는데이."

"실이 액씨요, 자자, 내 손 붙잡고 일나서소(일어서세요)."

"엄마야, 금이 액씨가 실이 액씨 멀꺼디(머리카락) 다 뽑고 절단이데이."

"금아, 손 피아라(펴라), 싱구이(끝내)이카먼 니 손 빠진다(부서진다)."

친구들보다 친척 아지매들이 먼저 나서서 말리느라 부

산했다. 누구는 상금의 허리를 껴안고, 누군가는 팔을 비틀고, 또 누군가는 영실의 곱게 땋은 머리칼을 말아 쥔 상금의 손가락을 억지로 폈다.

"실이 액씨가 참으소."

"가시나가 널 띠다가(뛰다가) 애 단다꼬(약 오른다고) 꺼디(머리카락)를 잡고, 아이고 무시버라."

"맞심더, 실이 액씨가 참는 기 맞지러."

웅성웅성 동무들과 구경꾼들 모두가 영실이 곁으로 몰려가서 치마저고리와 머리의 흙먼지를 털어주느라 부산했다. 둘은 얼마 안 가 떨어졌지만 상금은 확연히 다른 차별을 느꼈다. 늘 이랬고, 늘 외로웠다. 학교를 그만둘 무렵부터 외롭기만 한 게 아니라, 아주 단단한 무언가 차돌처럼 뭉쳐져 쿵 가슴에 박혔다. 어린 살에 박힌 돌 아닌 이 돌은 세월이 갈수록 이런저런 일들에 치여 모서리가 생기고, 가슴 속에서 와그락와그락 새끼를 치며 자라났다. 사소한 일에도 성질을 다스리지 못하는 상금은 늘 후회와 자책에 시달렸다. 이렇듯 스스로에게 난 화가 얼마 지나지 않아 누군가에게 또 고약한 성깔을 부리고 마는 일로 되풀이되었다. 이 모든 과정은 태생적 운명이 성격으로 형성되는 것이었다.

"배 고푼데 마카 밥이나 무러 가자."

"그카자. 널은 밤에 또 띠믄(뛰면) 대고."

"소나아(사나이)고 안들(아녀자)이고, 손모가치(손목)가 헤깝어믄(가벼우면) 아무작(아무짝)에도 몬 씬다(쓴다)."

"옛날 겉이(같이) 얼굴은 안 까래비가(할켜서) 마문다행 (천만다행)이구마는."

흔하디흔한 어릴 적 일까지 들추는 이도 있었다.

"실이 이야(언니야), 개안능교?"

어린 것들조차 상금에게는 얼씬하지 않고, 오히려 흘끔 흘끔 곁눈질로 욕을 했다.

돌아서들 가면서 누군가 "저래가 옛말에 지 미꾸영(사 람의 근본 또는 밑바탕)은 몬 속이는 기라 캤다", "그케에 (그러게), 왕대밭에 왕대 나고, 뱁대(시누대) 밭에 뱁대 난다 아이가?" 이런 말을 제법 큰소리로 했다. 분명 영실이 상 금을 골탕 먹인 고의성이 다분한데 어느 누구도 상금의 편을 들지 않았다. "옛말에도 사촌 말짜(하급)는 이종사 촌이라 캤다." 남성우월주의가 아들 선호사상과 더불어 외가(外家)는 말 뜻 그대로 외척(外戚)이었다. 언젠가 상금 의 등 뒤에서 마을 아낙들이 그런 말도 했다.

누가 울대를 잡아 누르듯 상금의 목이 서서히 메어왔다.

한 가운데 가마니를 깔고, 공평한 길이와 무게로 균형 을 잡은 널만이 덩그러니 상금을 바라다봤다. 그때였다.

뭔가 희끗한 기척이 느껴졌다. 맞은편 빈 논에 지은 나락 섬에서 아까부터 누군가 상금을 훔쳐보다 숨었다. 상금이 어릴 적부터 도둑괭이처럼 숨어서 지켜보던 그놈이었다. 경찰서에 갈 정도로 호되게 당하고도 아직 그 버릇은 여전했다. 사랑과 집착은 근본부터가 다르다. 사랑이 배려에서 비롯되는 선심이라면 집착은 소유에서 비롯되는 욕심이다. 지천석은 상금에게 들킨 날보다 들키지 않는 날이 더 많게 소유욕을 키워왔다. 마을에서 가장 예쁜 인물인 상금을 곁눈질하는 사내아이들이 많았지만 천석은 집요했다. 동무들과 어울려 노는 것보다 숨어서 상금을 지켜보는 일이 더 재밌었다.

상금도 일찍이 천석의 미행을 눈치챘다. 막상 영실과 싸우는 것을 다 지켜봤다 생각하니 부아가 한층 끓어올랐다. 가까이 다가오면 어떻게든 패버리려고 두 주먹에 힘이 들어갔다. 아직 달이 뜨기에는 한참 먼 빈 밭둑에서 상금은 긴 막대기라도 있는지 주변을 살폈다. 천석은 더 이상 다가오지 않고 나락섬 뒤로 몸을 감추었다. 추위가 제법 사나웠지만 버선을 벗어 잔모래와 흙을 털고, 그 버선으로 누구의 손도 닿지 않았던 등의 먼지를 털기 위해 상금은 팔을 한껏 올렸다.

외숙모가 저만치서 바쁜 걸음으로 다가왔다. 시비의 원

인제공을 한 영실을 단단히 혼내고 오는 길이었다.

"상금아, 혼차 여게서 머하노?"

상금은 더 먼 산마루로 시선을 던졌다.

"사게(빨리) 집이 가서 뱁(밥) 묵자. 니 좋다카는 찰밥에
맛있는 기 천지다."

"⋯⋯."

그 말에 시장기가 확 돌면서 침보다 먼저 눈물이 설큼
맺히려고 해서 상금은 고개를 떨구었다.

"어뜩(얼른) 일나라(일어나라). 오날은(오늘은) 저녁뱁 일
칙(일찌기) 묵고, 달집 귀겡도 해야대고, 다리도 밟으로 가
고 그카자(그러자)."

우세스러운 소동에 대해선 언급 없이 외숙모는 상금의
손을 이끌어 집으로 향했다. 상금을 앞세워 걷는데 미처
뜯어내지 못한 검불들이 저고리 등판이랑 한 갈래 땋은
머리랑 치마에 고루 붙어있었다. 외숙모는 하나하나 뜯어
주며 측은지심으로 마음이 아려왔다.

"우리 상금이 치마가 댕강하이 짧대이. 저고리도 작아
가 끼고. 올 가실에 새 치마저고리 이뿐 거 맹글어 주꾸
마. 색동저고리가 조으까? 노랑저고리가 조으까? 실이보
다 키가 더 클나나? 뒤태도 우예 이래 이뿌까?"

외숙모의 지극한 사랑과 별개로 자신의 잘잘못을 떠나

툭하면 노골적으로 받는 따돌림에 상금은 하냥 서럽기만
했다. 집으로 향하는 양발에 누가 쇠사슬을 채운 듯 무
거웠다. 어디론가 떠나고 싶었다. 천 리나 만 리나 아무도
모르는 어디론가 멀리 떠나고 싶었다. 그러나 갈 곳도 오
라는 곳도, 아무 데도 없었다. 본 적도 만난 적도 없는 씨
다른 오빠가 하나 있으니 알고는 있으라며 외숙모와 갑
산댁이 말했다. 씨는 다르지만 배는 같아서 세상에서 하
나뿐인 혈육지간, 이름은 김윤호.

내 편이 그리운 오늘 같은 날, 막연히 생각나는 오빠였
다. 저기 나락섬에 숨은 지긋지긋한 놈도 혼구녕을 내서
쫓아줄, 오라버니.

윤호, 오라배…. 상금은 생전 처음 속말로 가만히 불
러봤다.

상금과 영실이 막 나이를 한 살 더 먹어 열다섯 살의 대
보름을 맞았다.

봄부터 가을까지 뼈가 아프게 바빴던 농부들도 겨울
에는 가마니를 엮고, 짚신이나 새끼를 꼬며 모두들 한적
했다. 그러다 맞은 정월대보름에는 추위는 뒷전이고, 집
에서 키우는 개까지 몽땅 들판에 나와서 어슬렁거리며 기
웃댔다.

정월 대보름은 추석이나 설날에 버금가는 큰 명절이었다. 또 다른 말로 원소절(原宵節), 또는 상원일(上元日)이라고도 했다.

보름달이 뜨면 사람들은 마을 근처의 산이나 언덕, 들판에서 달구경을 하며 소원을 빈다. 아이들은 '새삼밭에 불이여!'를 외치며 쥐불놀이를 하는데, 쥐불을 논두렁이나 밭두렁에 놓아 해충을 죽임으로 농사에 도움을 주기 위함이었다.

이날은 부럼 깨물기, 달맞이, 달집태우기, 새해 농사 점치기, 보름날 타작, 더위팔기, 새쫓기, 줄다리기, 지신밟기 등 갖가지 행사를 밤이 이슥하도록 했다. 종일 오곡밥을 먹고, 애어른 구별 없이 귀밝이술도 한 잔씩 마셨다.

온 마을 사람들이 공터나 들판에서 즐기는 동안, 나이가 지긋한 어르신들은 동제(洞祭)를 지내고 한 해 동안 치를 마을 일들을 의논했다.

달집태우기에 모인 사람들 사이에 흉흉한 소문이 있었다. 막상 자신에게 닥치지 않는 소문은 그저 헛소문이라 믿는 천하태평 무던한 성격들도 다리밟기를 하며 또 다른 이들에게서 그 이야기를 듣자 제법 솔깃한 걱정을 했다.

"그기 참말가? 참말로 처자들을 데꼬간다 말가?"

"공장에 일을 시키고 돈을 준다 카데요."

"그래, 맞다. 앤 믿으까바 봉급을 부모 명의로 저금을 여가 준다 카더마."

"뜬비지도 몬 묵고 고상하느니 돈 벌러 가믄 뱁은 앤 굶기기겠제?"

원래 어렵던 살림살이지만 일제의 공출로 살기는 더욱 팍팍해졌다. 사방에 널린 게 땅이지만 제 땅 한 뼘 없고, 몸이 성치 않아 놉(품삯일)에도 못가는 사람들은 두부를 만들고 남은 비지를 얻어 끼니를 대신했다. 생비지는 텁텁하여 목이 막혔다. 그래서 아랫목 열기에서 발효시킨 뜬비지를 가을에 된장단지에 붙여놓으면 겨울을 날 때까지 저장이 되었다. 가을걷이한 서리 맞은 풋고추를 광목 자루에 담아 김장김치 겉잎으로 꽁꽁 덮어 된장단지 넣고, 자루 입구를 열어두면 뜬비지와 함께 건건이 반찬이 되었다. 보릿고개에는 싱게이(감태)장아찌를 물기가 자작한 햇막장에 넣어서 깡보리밥과 함께 먹곤 했다. 이 장아찌는 오래 두면 녹아버려서 사나흘 만에 먹는 밑반찬이었다. 이렇듯 하루 한두 끼 뜬비지 한 줌도, 깡보리밥 한 수저도 맘껏 못 먹는 집이 허다했다. 마른버짐이 얼굴 뿐 아니라 전신에 번진 아이들이나 어른들 모두 극심한 영양실조였다. 육체의 허기는 정신까지 헐벗게 만들어 제대로 된 판단조차 어려웠다.

"그케, 꼽다시(고스란히) 굶아죽는 거 보다 돈 벌러 가는 기 났지러. 목심은 앤 건지나."

"맞지러. 옛말에 까시밭(가시밭)도 삐대믄(밟으면) 질(길) 이 댄다꼬, 먼첨 가는 딸아들이 고생 좀 해가 동상들도 다 안 살리겠나."

"머하는 공장잉고?"

"군인들 밥그륵캉, 총알 맨들고, 뺑기도 맨들고 그라는 공장인갑던데요."

"니네(너나) 없이 녹그륵(놋그릇)을 얼마나 갖다바쳤노? 인자 맹글 사램이 없구마는. 머시마들은 군인 맹글고, 딸 아들은 일꾼대고."

"오데로 데꼬 가는지 알 수도 업고, 이기 참말로 나라 일가뿐(잃어버린) 설움이데이."

"아이다. 군인들 입을 사리마다(팬티)캉, 양말캉, 옷캉, 이불캉 머 그런 거 맨드는 데라 카더라. 그런 거사 머 짜 드라(그다지) 심(힘)도 앤 들고 개안치러."

"내가 듣기로는 소가죽 뚜드래가 군인들 신는 워카 맹 그는 데라 카는 겉던데?"

"허어어어이, 이 사램들아. 그런 거는 마카 애년(왜년)들 시키고, 조선 처자들은 온 세계 나가있는 애놈(왜놈)들, 수

캐 겉은 군인들 아랫도리 물 빼는데 갖다 바친단다!"

"에잉? 머, 머, 머시라?"

"머라카노? 시방? 내가 귀먹구(귀머거리)는 아인데, 이기 무신 말이고?"

"배 창시(창자)를 빼가(뽑아) 빨랫줄을 해도 시언찮을 애놈(왜놈)들이네."

"빨랫줄도 오감타(황감하다)! 꽃봉오리 겉은 조선 처자들을 애놈들 밑닦개! 머시 어짜고 어째?"

"글네. 애놈 뿐만 아이다. 애놈들한테 붙아가 간신 밑자지 짓을 하는 조선놈들버텀 마카 배창시로 젓을 담가뿌래야지."

"우리가 등신축구(바보 중의 바보)네. 다 큰 처자들을 데꼬 가가 머할지 안 바도 빤하다 아이가?"

"열한 살, 열두 살이 다 컸나? 안죽(아직) 달거리도 안 한 얼라들도 델꼬 간다더마."

"생재비(덜여문 날것으로)로 암내 맡은 애놈들 밑닦개를 맹글면 밑이가 우째대노?"

"니미 떡을 할 애놈들은 하늘이 앤 무섭나? 캬아아악. 퉤, 퉤, 퉤."

어디로 가서 뭘 하는지 누구도 보지 못했지만 전혀 허무맹랑한 일은 아닌 거 같았다.

며칠 후 염려하던 일이 실체를 드러냈다.

신문에 근로정신대 공고가 난 뒤, 드디어 경주 읍내에도 본격적인 처녀공출 준비가 가동되었다. 동네별로 모집된 처녀들이 월성소학교에서 매일 아침마다 열을 지어 국민체조와 일본에 충성을 바쳐야 한다는 강연을 들었다. 위에는 적삼과 허리까지 내려오는 속적삼을 입었지만, 아래는 몸빼(일본식 바지)를 입어야 했다. 분위기는 사뭇 위협적으로 총칼을 찬 순사들이 내지르는 구령에 맞춰 행진을 하고 체조를 배웠다. 일부 철든 처녀애들은 얼굴 가득 근심스러웠고, 아직 어린 처녀애들은 일 안하고 나와서 동무를 만난 게 마냥 즐겁고 신났다.

설순호와 아내는 몇 날 며칠 고민 끝에 영실과 상금의 중매를 부탁하기에 이르렀다. 원래 중매의 특성이 조상의 근본부터 까발려진다. 영실에게 먼저 중매가 들어왔다. 너무나 믿을만한 집안의 아들로 막 고등학교를 졸업하고 소학교에 부임 받은 선생이라고 했다. 스무 살과 열다섯 살이면 둘의 나이 차도 적절했다. 좀 더 두고 볼 여지조차 없는 맞춤한 자리였다. 영실보다 생일이 석 달 늦지만 월경 탓인지 여자 티가 솔솔한 상금이 마음에 걸렸다. 다른 곳에도 상금의 중매를 부탁했지만 고개를 젓기 일쑤였다. 심지어 그 어린것에게 후처(後妻)나 첩(妾) 자리까지 운운하는 통에 점잖은 설순호의 낯이 벌겋게 달아올랐다.

상금에 관한 중매는 점점 절망적인데 더 긴박한 문제가 터졌다. 일본놈 앞잡이로 소문 난 동네 구장 지춘배가 노골적으로 상금을 내놓으라 했다. 어차피 친딸도 아니고, 건강 상태도 좋다고 소문났고, 무엇보다 인물이 예뻐서 최고로 좋은 곳에 뽑힐 거라며 장담했다. 구린내 풀풀 나는 구장의 입을 힘껏 후려치고 싶은 걸 간신히 참은 설순호는 그날 저녁밥을 먹다 말고 수저를 놓았다. 제 새끼를 제대로 품어보지도 못하고 떠난 영임의 한(恨)과 불쌍한 상금을 하찮게 여기는 세상의 이목에 가슴이 메었다.

그날 밤, 설순호는 서울의 아버지에게 편지를 썼다. 답장은 이내 왔다. 전국적으로 실시되는 일이며, 특히 군, 읍 단위 시골 쪽에서 더 많은 처녀애 모집이 있다고 했다. 일본뿐 아니라 일본군이 주둔한 아시아 곳곳에 보내진다는 소문도 있다니 더욱 두렵다. 아버지는 일단 마땅한 자리가 난 영실이부터 혼례를 치르고, 일 년 후 시집에 신행(新行)으로 보내는 방도를 택하라 했다. 신부의 나이가 지나치게 어린 정략결혼 등에 일, 이 년을 묵혀서 시집으로 보내는 관습이 있었다. 이때 신랑도 처갓집에서 함께 머물렀다. 상금은 더 이상 중매를 기다릴 필요 없이 인천에서 병원을 개원한 둘째 아들 설순원을 보내어 다리 수술을 시킬 테니 그리 알라고 했다.

설진수는 신체 건강한 어린 처녀들을 모집한다는 소릴 들었을 때부터 의사인 순원에게 수술에 관해 물었다. 동학인 천도교가 왜정에 핍박받던 시절이라 최대한 실체를 숨겼지만 굳이 파고들면 영실이나 상금이 우선 표적이 될 수도 있었다. 영실은 시집을 보내지만 남은 상금은 다리를 분질러서라도 결코 왜놈들에게 보내지 않기로 했다.

일본 관리들과 구장이 두세 명씩 조를 만들어 돌아다녔다. 마치 값나가는 물건을 흥정하듯 어느 딸이 더 적합한지 살피고, 딸들의 인물이 좀 반반하거나 신체가 건강해 보이면 한 집에 둘이나 셋도 받아준다며 생색을 냈다. 특히 딸이 많은 집에서는 실제로 둘 셋까지 보낸 집도 있었다.

한 마디로 노예를 구하는 거나 진배없었다. 봄부터 들판에 일하러 나온 사람들을 불러 모으고, 가가호호 돌아다니며 근로정신대 참여를 강요하는 성화에 딸 가진 부모들은 가슴을 쳤다. 나라에서 시키는 일을 백성이 무슨 힘으로 버티겠나. 가진 거 없어 남의 땅에 빌붙어 살아도 딸자식과 사기그릇은 함부로 밖으로 내돌리지 않는 것을 삶의 철칙으로 알던 조선인이다.

벌써 두 차례나 처녀 공출이 실시되어 떠났다. 조상대대로 땅 한 뼘 없이 찢어지게 가난하거나, 노름빚 따위로 마누라도 팔아먹을 위인이나, 밤낮 술에 찌들려 판단력 상실인 아비들은 제 발로 동네 구장을 찾아가 흔쾌히 승낙했다. 대신 노름 밑천 몇 푼이나 탁주값을 받아 챙겼다. 아직 풋것인 열 두어 살짜리부터 막 첫 월경을 터뜨린 열 대 여섯 살 여자애들을 일본은 가장 선호했다.

전신에 돋은 땀띠가 아직 기세등등한 늦여름 무렵이었다. 작은 외삼촌 설순원이 왔다. 인천에서부터 들고 온 커다란 통가죽 여행가방 속에 수술 도구가 들어있었다. 저녁을 먹은 뒤 한참 늦은 시간에 수술을 하기로 했다. 상금이 지레 겁을 먹고 옥산으로 도망이라도 갈까 봐 수술은 비밀리에 진행되었다. 외숙모는 편지에서 당부한 데로 며칠 전부터 준비에 들어갔다. 수술과 치료에 쓰일 천을 삶아 말려 준비해 놓았고, 행여 누가 올까 봐 골목 초입을 지키기로 했다. 특히 가장 조심해야 할 구장 지춘배의 집과는 불과 여남은 집 건너였다. 혼례는 치렀지만 상금과 한 방에 머무는 영실은 뒤란 장독대에 올라가 망을 보았다. 상금만 모르고 철저히 비밀에 붙인 채 움직였다.
외삼촌 둘이 상금의 방으로 들어갔다. 의아해하는 상금을 안정시킨 뒤, 설순호가 뒤에서 상금을 가만히 안고 간단한 설명을 했다.

"상금아, 왜놈들은 절대 믿을 수가 없다. 왜놈들은 마카 도독놈(도적놈)들이다. 나라도 뺏은 늠들이 어린 딸아들을 데꼬가가 어디다 어떻게 할지 누가 아노? 공장에 취직을 시킨다카지마는 유곽이나 그런데 팔아묵는다는 소문이 자자하다. 또 군대 데꼬가가 온갖 궂은일을 다 시킨다 카더라. 그라이까네 작은 외아재가 발을 다친 거 맨치로 맨들어가 니를 왜놈들한티 안 보낼라칸다. 알겠나? 니는 절대로 가믄 앤댄다."

차마 어린 조카에게 하루 몇 명이 될지도 모르는 군인들의 정액받이, 성노예가 될지 모른다는 끔찍한 이야기를 못하고, 에둘러 '궂은일'이라고만 했다.

"응. 난도 절대 안 갈 끼다."

"금아, 수술할 다리에 마취를 할 거야. 수술하는 소리가 들려도 아프지는 않을 거야. 작은외삼촌 믿고 가만히 있으면 돼. 알겠지?"

"응. 퍼뜩 끝나나?"

"그래. 잠시면 끝나. 이빨 하나 뽑는 서방 비슷해."

"그래도 무섭다."

"상금아, 애놈들 따라 가능 거 보다는 이기 났제? 그라이까네 참고 퍼뜩 해뿌자."

부분 마취를 하지만 혹시나 담 밖으로 소리가 나면 안 되기에 상금의 입에 재갈을 물린 뒤 엎드리게 하고, 설순 호가 다리를 잡은 채 수술이 시작되었다.

발뒤꿈치 인대를 끊었다. 아버지는 상금이 다리병신이 되어도 좋으니 일본놈들에게 공출되는 일은 막아야 한다고 했다. 버선 신고, 치마를 입으면 다리가 보일 일이 없으니 상처를 조금 크게 만들라는 당부도 받았다. 상처보다 더 과장된 붕대가 다리 전체에 둘러졌다. 이튿날 아침 설순원이 떠나며 먹는 마이신과 진통제와 소독제, 연고 등을 듬뿍 주고 갔다. 수술 시간은 짧았지만 발의 인대는 예민한 곳이다. 아무리 누워서 조리를 하라 일렀지만 한창 나이의 상금은 누워만 있는 것이 힘들었다. 막바지 더위의 기승으로 날씨가 무척 더워지고 상처에는 고름이 잡혔다.

구장 지춘배가 번들거리는 눈빛으로 집에 찾아왔을 때 외숙모는 앞장 서 아래채로 향했다. 상금이 방문을 활짝 연 문턱에 다리를 올리고 있는 걸 데려가 보여주었다.

"함 보소! 무다이(뜬금없이) 각재(갑자기) 발 디꾸마리(뒤꿈치)에 헌디(종기)가 생기디마는, 그기 얼매나 짚이(깊이) 고름이 박힜는지 짜도짜도 끝이 엄네요(없네요). 천똥만똥(천진난만) 번지러븐(설쳐대는) 아가 메칠 째 저래가 신방돌

(섬돌) 한 분(번) 몬 삐대고(밟고) 뽀돗이(겨우) 오강(요강)
에나 앉는 행펜이시더."

외숙모의 놀라운 연기력에 상금도 눈을 크게 껌벅
거렸다.

"그아레(그저께)까징 멀쩡하다마는."

구장이 노란 얼굴에 노란 의문을 가득 품고 붕대를 요
리조리 살폈다.

"아이구 얄궂에래이. 먹구(귀머거리)도 아이고, 시방 내가
그라믄 보폼하고(과장되고) 이지렁시럽게(한가하게) 헝감(엄
살) 떠능 거로 비능교(보입니까)?"

"아지매 와 이래 찔뚝 없이(불퉁스럽게) 이캐샀능교(이러
십니까)?"

"우리 상금이 다리에 고름이 떡당시기(떡이 들러붙은 함
지처럼 엉망진창)라 내가 하도 아치러버가(애처로워서) 그라
니더."

"아파죽겠구마는 공짜 구겡 고만하고 가라. 눈이 당달
(봉사)이가? 보고도 모리나? 지 속 껌은 년이 정지문 닫고
댕긴다 카디마는."

어릴 때부터 천석이가 몹시 미운 상금은 머슴 출신 지
춘배를 무시하여 예사로 반말을 썼다. 가만있어도 더운
데 붕대를 칭칭 감아놓은 다리를 문지방에 걸쳐 놓으면

공간이 생겨 조금 시원하고 통증도 좀 줄었다. 그런데 구장 앞이라 치맛자락으로 덮어놓은 게 짜증났다. 상금의 단호한 핀잔에 돌아서다 말고 구장 지춘배가 간살스럽게 알랑거렸다.

"메칠 있다가 또 오께요. 헌디(종기) 그거사 머 별 거 아이지러."

조선은 없고 일본이 나라 주인이 된 세상에 무조건 충성을 해야 출세한다고 믿는 지춘배에게 상금의 종기 사건은 낭패였다. 친딸도 아니겠다, 부모 형제도 없겠다, 또 무엇보다 얼굴 여간 반반해서 이번에는 무슨 일이 있어도 꼭 뽑아 보내려했다. 상금을 보면 좋아서 입이 찢어질 정신근로대 총책임자가 그랬다. "꼼보(얼굴의 홍역 흉터)나 헐치이(언청이, 구순구개열)는 앤(안) 대고, 다리 빙신(소아마비)도 앤 대고, 같은 값이믄 다홍치마라꼬, 모개(모과) 겉은 거 말고, 눈 쾌(코) 입 지 자리에 붙은 거." 더구나 영실과 상금 둘에게 아직도 앙금이 가슴 한구석에 뭉쳐져 있었다. 아들 지천석의 이마를 볼 때마다 부아가 치밀어 올랐다. 해마다 아들은 불쑥불쑥 자라고 흉터도 보란 듯 따라 자랐다. 지춘배는 아들의 흉물스런 이마를 볼 때마다 제 엄지를 끊어내고 싶었다. 쉽게 합의에 지장을 찍어 주는 게 아니었다. 흉이 이마의 한 귀퉁이라면 머리카락으로 가리기라도 하는데 정중앙이라 방법이 없는 것이 더 기막힌다. 기어코 논 다섯 마지기, 열 마지기라도 받아냈어야 아비로써 책임을 다하는 일인데 생각할수록 원통할 따름이다. 어쨌든 혼사를 치른 영실은 포기하고 상금이라도 잘 구슬려 머릿수를 하나라도 더 채워야 자신의 체면이 선다. 그러기 위해 속에 뭉친 악감정은 감추고 일부러 태연하게 오가며 기회를 살폈다. 벌써 몇 번 들리고 다시 또 온다는 말을 상금의 상처가 알아들었는지 낫는 것 같다가 덧나고, 주변의 살갗에도 고름이 번졌다.

상금은 외할아버지의 바람대로 되고 말았다. 외삼촌들도 상금에게 후유증을 제대로 알려주지 않았다. 미리 말하면 수술을 거부할까 봐 그랬던 것이다. 좀 났다가 덧나다가 질질 끌던 상처가 다 나은 건 가을 첫서리가 내린 한참 뒤였다. 그동안 상금의 또래 동무들과 이웃 마을 동무들 합해서 열한 명이 일본인들 등쌀에 돈 벌러 떠났다. 일부 입을 줄이려는 부모와 자식을 돈벌이에 내보내 덕을 좀 보겠다는 치들의 자발적 참여도 있었다. 상금은 나아도 다 낫지 않아서 왼쪽 다리를 잘름거렸다. 처음엔 아직 덜 나아서 그런 줄 알았다. 평평한 길보다 높낮이가 있는 곳에선 균형이 무너져 자주 넘어졌다. 시간이 갈수록 처음보다는 나아지는 편이지만 예전처럼 걸을 수가 없었다.

생살이 돋은 흉터는 불에 덴 듯 벌겋게 얼룩졌다. 근데 겨울이 지나고, 봄이 오도록 상금은 정상적인 걸음을 걷지 못했다. 지춘배는 열 번도 넘게 와서 보고, 열 번도 넘게 숨어서 보다가 끝내 쌍욕을 질펀하게 뱉으며 상금을 포기했다.

"니이미 쓰버릴 년이 바람 부는 날 가리(가루) 팔로(팔러) 간다꼬, 해필이믄(하필이면) 이자납세(이제와서) 헌디 가지고 다리 병신이 대고 지랄이네, 지랄이. 아이구 쓰벌, 재수 옴 붙은 년! 퉤! 퉤! 퉤!"

담뱃진이 잔뜩 낀 누런 이빨 사이로 침과 가래만 뱉는 게 아니고, 가다 돌아서 코까지 핑, 풀어 던졌다.

절망은 지춘배만이 아니었다. 상금은 자신이 다리 불구가 된 사실이 너무나 기가 막혀 걸핏하면 곡기를 끊고 악을 쓰며 대성통곡을 해댔다. 온 식구들이 매달려 달래도 보고, 왜놈들에게 팔려가는 거보다 낫다고 조근조근 설득도 해봤다. 외숙모는 날로 성격이 강팔라지는 상금의 눈빛만 봐도 가슴이 덜컥 내려앉았다. 한동안 악을 피우던 상금의 분노가 점차 잠잠히 내면으로 향했다. 영실은 정상적인 부모 아래서 중매가 사방에서 들어와 정혼을 했다. 자신은… '짜린(짧은) 주(바지) 입고, 진(긴) 대임(대님) 매는 꼴'에 불과했다. 어느 순간부터 더부살이 주제에 울고불고 법석을 떠는 일이 사리에 안 맞아 부끄러웠다. 외할아버지의 결정도 일면 이해는 되었지만 제대로 반듯이 걸어지지 않는 것에 여전히 화가 들끓지만 일체 내색을 않기로 맘먹었다. 길길이 뛸수록 시집 못 간 자신의 처지가 더 드러날 뿐이었다.

혼례로 쪽을 찐 영실이 열다섯 살 가을에 월경을 하자 너무나 기쁜 외숙모는 찰떡을 해서 이웃에 돌렸다. 여자에게 월경이 없다는 건 아기를 못 낳는 불구로 시집에서 쫓겨나도 할 말이 없었다. 월경은 건강한 여자라는 증빙이며, 미리 혼인한 영실에게 찾아온 월경은 경사 중의 경사였다. 월경하면서 영실은 부산으로 유학 간 오빠가 쓰던 방을 꾸며 옮겼다. 방학에는 신랑과 함께 지내고, 방학이 끝나자 일요일에 신랑이 다녀갔다.

상금은 비로소 빈방의 고독을 처절하게 느꼈다. 떨어져 있으면서 영실과 다투는 일도 없어졌다. 혼사 치른 지일 년이 된 영실이 신랑을 따라 경산으로 떠난 뒤 더욱 적적해진 상금은 갑산댁이 사는 옥산의 옛 외갓집에 자주 찾았다.

제3부

물속의 달

백의(白衣)의 우리 민족들이 그토록 염원하던 해방 이듬해였다. 일본 식민지 36년 간, 봄바람은 여린 싹의 앞날에 땅을 치며 울고, 녹음은 지들끼리 부대껴 시퍼렇게 멍들이고, 단풍도 이 산 저 산 소지하듯 불타고, 눈(雪)도 긴 긴밤 뜬 눈(目)의 눈물이 되었었다. 해방이 되자 봄바람은 새싹의 겨드랑이에 간지럼을 먹이고, 녹음은 튼튼한 가지에 생혈로 흐르고, 단풍도 말술에 취한 얼굴로 들썩들썩 풍년가를 부르고, 겨울이 되자 비로소 눈 같은 눈이 겨울잠으로 내린다.

　하늘이 파래서 흰 눈이 더 눈부신 배반(俳盤, 경주 동남쪽의 地名)의 들에 한 승려가 지나고 있다. 승복이 묽은 먹을 머금은 한 자루의 붓인 양 눈 위에 점, 점을 찍으며 간다. 승려는 신라 천 삼백년 불교의 성지인 남산 자락을 한 번씩 일별하며, 옥룡암 쪽으로 발길을 돌린다. 등에 매달린 봇짐 두 개로 걸음이 묵직하다. 발등을 보며 걷는 등에 알 수 없는 쓸쓸함이 얹혀있다. 오후의 햇살이 어깨를 감싸다 말고 칼바람에 쏠려 자주 흘러내리고 만다.

승려는 호야다. 김윤호, 세속 나이 스물네 살, 진견(眞見) 스님이다. 윤호는 출가해 구족계(具足戒)를 받았다. 음력 7월 15일, 지난해 백중에 하안거(夏安居)를 끝냈으므로 승랍(僧臘) 1년을 반을 넘긴 아직 풋 중이다. 스님의 연령은 법랍(法臘), 계랍(戒臘), 하랍(下臘)으로 불리며 생물학적 나이와 별개로 승랍으로 세는 것이 불교의 율장(律藏)이다.

작은 절집 옥룡암 다리 앞에서 걸음을 멈추었다. 배가 몹시 불렀던 엄마가 돌아가신 전후, 그 며칠간의 기억이 호야에게는 전혀 없다. 혹시나 하며 수시로 유년을 떠올려도 그 며칠은 완전히 밀봉되어 열리지 않는다. 어렴풋이, 아주 어렴풋이 떠오르는 단 하나의 기억은 황토다. 호야가 집이나 골목에서 본 적 없었던 아주 붉은 흙이 정확히 어디에서 본 것인지조차 불분명했다. 호야는 관례를 올린 그 해 겨울방학이 되어서야 할머니 몰래 외가가 있는 옥산에 갔다. 갑산댁의 남편, 만식이아재가 엄마의 마지막을 들려주었다. 엄마의 산소에 인사를 올리고, 붉은 흙의 실체도 그때 알았다. 나이가 어린 호야는 엄마의 하관(下官)이나 봉분을 만드는 평토제에 참석하지 못했다. 그걸 몹시 마음 아파한 만식이아재가 무덤에 떼(잔디)를 입히기 전 자신을 업고 엄마의 산소에 왔었다고 했다. 그 붉은 흙무덤이, 며칠간 애타게 그리던 '어매'라고 한 말이 붉게 박혔었다. 큰 얼굴에 곰보 자국이 빼곡한 만식이 아재는 호야가 모르는 그날의 일들을 들려주며 자꾸 눈가를 훔쳤다.

초상이 나면 전반적인 일 처리를 위해 업무를 분담해야 했다. 호상(護喪)은 복의 순서인 복차기(服次記)를 수록해 상례를 주관했는데 영임의 5촌 아재인 설형석이 그 일을 맡았다며 만식이아재는 호야를 데려가 늦은 인사를 시켰다. 이 일을 집사분정(執事分定)이라 한다. 호상(護喪), 상례(相禮), 축(祝), 사서(司書), 사화(司貨), 조빈(造嬪), 돈장(敦匠) 7개 업무로 나뉜다. 호상은 장례의 전반을 집행하는 사람이다. 상례는 상의 의식절차를 진행하고, 축은 제반 고유문 및 축을 쓰고 읽으며, 사서는 조문록 외 기록을 집필한다. 사화는 부의금 접수 등 상가의 제반 경리 출납을 담당하고, 조빈은 시신에 관한 처리와 빈소 설치를 담당한다.

상례(喪禮)는 사람이 운명하여 초우(初虞), 재우(再虞), 삼우(三虞), 졸곡(卒哭), 소상(小祥), 대상(大祥), 담제(禫祭)를 마쳐야 비로소 탈상에 이르는 3년간의 많은 절차를 말한다.

복차기는 상복(喪服)의 순서에 의해 기록한 것인데 참최(斬縗) 3년, 제최(齊縗) 1년, 대공(大功) 9월, 소공(小功) 5월, 시마(緦麻) 3월 등 복을 입는 기간에 따라 오복(伍服)으로 나누었다.

참최 3년은 죄인이 된 아들이 아버지를 위해 입는 3년 기간의 복(服)을 말한다. 상복은 질이 나쁜 삼베로 소매와 하단(下端)을 꿰매지 않으며, 천의 거친 면을 바깥으로 나오게 하여 만들고, 대나무로 만든 지팡이를 짚는다.

제최 3년은 아들이 어머니를 위해 입는 복이다. 상복은 조금 나쁜 삼베로 짓고, 하단은 꿰매어 입는다. 오동나무나 버드나무 지팡이를 짚는다.

아버지와 어머니의 차이가 확연히 드러나 제최 장기(杖朞)는 상장(喪杖)을 짚고 1년 동안 입는 복으로 중간 삼베로 지어 입는다. 제최 부장기(不杖朞)는 상장을 짚지 않고 1년 동안 입는 복이다. 제최 5월은 상장을 짚지 않고 5개월 동안 입는 복이고, 제최 3월은 상장을 짚지 않고 3개월 동안 입는 복이다.

대공 9월은 9개월 동안 입는 복으로 상복은 중간급 삼베로 짓고, 부판(負板 등에 붙이는 천 조각), 적(適 앞 어깨쪽에 붙이는 천 조각), 쇠(衰 앞가슴에 붙이는 천 조각), 벽령(辟領 옷깃에 붙이는 천조각) 등이 없는 단순한 상복이다.

소공 5월은 5개월 동안 입는 상복으로 가는 삼베로 짓는다. 시마(緦麻) 3월은 3개월 동안 입는 복으로 가는 삼베로 짓는다.

복의 종류는 7종으로 나뉘었다.

본종(本宗) 오복(伍服)은 고조에서 현손까지이고, 일가친족은 8촌까지의 범위였다.

삼부(三父)는 함께 사는 의붓아버지로 동거계부(同居繼父), 어릴 때 같이 살았던 의붓아버지 부동거계부(不同居繼父), 원래부터 같이 살지 않았던 원부동거계부(元不同居繼父)가 있었다.

팔모(八母)에는 적모(嫡母), 계모(繼母), 양모(養母), 자모(慈母 다른 어머니가 계시는데 대신 길러준 어머니), 가모(嫁母 잠시 맡아 길러 준 어머니), 출모(出母 쫓겨난 어머니), 서모(庶母 아버지의 첩), 유모(乳母 젖을 먹여준 어머니)가 있다.

또 한 가지 상의 종류로 심상(心喪)이란 것이 있다. 상복을 입지 않으나 마음속으로 슬퍼하는 것을 말한다. 아버지가 생존해 있으면 어머니 복을 1년 만에 벗고, 나머지는 마음으로 슬퍼하며 심상 3년을 한다. 가출(家出)이나 개가(改嫁)한 어머니는 심상으로 슬퍼하며, 생가(生家)의 부모가 생존해 있는데 양자를 가게 된 사람 역시 나머지 기간을 심상으로 한다. 적손(嫡孫)이 승중(承重)으로 할아 버지가 생존해 있으면 할머니는 기년(朞年 365일)이나 심상 3년이다. 아버지가 별세한 후 어머니가 개가하였거나 아버지와 이혼한 어머니 역시 심상 3년이다. 출가한 딸이 친정 부모를 위한 복이나, 제자가 스승을 위한 사복도 기년(朞年)이나, 심상은 3년이다.

초종(初終)은 초종장사(初終葬事)의 준말이다. 병이 위독 하여 소생의 가망이 없다고 생각되면 자녀와 가까운 가족들이 모여 정숙하고, 깨끗한 옷으로 갈아입힌다. 예론(禮論)에서 사람이 운명함에 있어 남편은 부인의 손에 운명하지 않으며, 부인은 남편의 손에 운명하지 않는다고 한다. 가장 가까운 이가 겪을 충격 때문일 것이다.

유명(遺命)이나 유언(遺言)은 미리 기록하여 보관한다.

임종(臨終)은 회생이 어렵다고 생각되면 안방으로 옮겨 머리를 동쪽으로 향하게 눕히고, 조용한 분위기에서 운명을 지켜본다. 부모 이외의 가족은 정침이 아닌 상시 거처에서 운명해도 무방하다.

수시(收屍)는 운명이 확인되면 눈을 감기고, 머리를 북쪽으로 바르게 눕히고 깨끗한 솜으로 입, 코, 귀를 막고 턱을 받쳐 입을 다물게 한 뒤 머리를 높이고 반듯하게 베개로 괸다. 팔과 다리를 주물러 펴고 한지나 무명천으로 양어깨를 동이고 두 팔과 손을 곧게 펴서 베 위에 올려 모아 동여맨다. 남자는 왼손을 위로 하고, 여자는 오른손을 위로 한다. 요 위에 반듯이 옮겨 뉘이고 홑이불로 머리까지 덮고 병풍으로 가리며, 촛불을 켜고 향을 피우고 통곡을 하는 것이 예법이다.

고복(皐復)은 초혼이라고도 하는데 운명하면 고인의 입던 속(내의) 옷옷을 지붕이나 높은 곳에서 왼손으로 옷깃을 잡고 오른손으로 옷허리를 잡고 북쪽을 향하여 흔들며 고인의 성명을 부르고 '복'이라 세 번을 외친 다음 그 옷을 시신 위에 두거나 지붕 위에다 둔다. 육체를 떠나 허공에 떠도는 혼을 불러 머물게 하는 행위다.

상가(喪家)라는 표시로 지붕 위에 고인의 옷을 두거나, 문간에 상중(喪中)이라는 표시를 하는데 간혹 기중(忌中)이라 쓰기도 한다. 기중은 소심외기(小心畏忌)라 하여 두려워하고 조심한다는 뜻이다. 기중은 특별히 부모의 상에만 해당한다.

상주는 세수나 목욕을 하지 않고, 삼일불식(三日不食)이라 하여 삼일 동안 미음이나 죽을 먹었다.

성복(成服) 때까지 남자는 흰 두루마기를 입되 외간상
(外艱喪)으로 왼쪽 소매를 끼우지 않고, 여자는 내간상(內
艱喪)으로 오른쪽 소매를 끼우지 않고 앞섶을 여미지 않
으며, 여자는 머리를 풀어 쪽을 짓지 않았다. 상례 기간
중 폐물이나 일체의 장신구는 착용하지 않고, 시신 앞에
촛불을 밝히고 향을 피우되 술, 과일은 차리지 않는다.
성복 전에는 조문객 등 어떤 사람도 시신 앞에 절하지 않
으며, 상주하고 인사하지 않고 다만 통곡으로 인사를 대
신한다.

상주(喪主)는 상가의 주인으로 고인의 아버지가 된
다. 아버지가 없을 때는 장자가 되고, 장자가 없으면 장
손이 되는데 이를 승중(承中)이라 한다. 장손이 8세 이하
일 때는 숙부나 가까운 친척이 대행케 하는데 이를 섭주
(攝主)라 하는데 호야가 여기에 속해 호야의 사촌형이 대
신했다.

상복을 입는 복인(服人)의 범위는 고인의 8촌 이내 친족
과 외족(外族)으로는 외사촌 이내, 처족(妻族)으로는 처부
모에 한한다.

덕망과 식견이 높아 존경받는 고인은 사전에 중의(衆意)
를 모아 존경받는 향호상(鄕護喪)을 둘 수 있으며, 이때
부고의 서식도 달라진다.

문상객을 파악하기 위한 도기소(到記所)를 두는데 부상(父喪)에는 조객록(弔客錄), 모상(母喪)에는 조위록(弔慰錄) 또는 애감록(哀感錄)이라 하고, 부의금과 물품의 수납을 기록하는 장부를 부의록(賻儀錄) 또는 봉부록(賵賻錄)이라 한다.

전은 빈소의 제상에 아침저녁으로 주과포를 올리는데 성복 후부터 장례일까지 하며 절은 하지 않고 곡만 한다.

치관(治棺)은 고인의 신체 크기에 따라 알맞게 선택한다. 목재는 주로 향나무, 오동나무, 잣나무, 은행나무, 소나무 등을 쓰되 이 때 못이나 쇠붙이는 일절 사용하지 않는다.

대렴의 습(襲)과 염(殮)에 쓰이는 물품을 염구(殮具)라 칭한다. 남자의 수의(壽衣)로는 바지, 저고리, 속바지, 속적삼, 두루마기, 도포(道袍), 폭건(幅巾 검은 명주로 만들 휘양), 유건(儒巾), 멱목(幎目 명주로 만든 얼굴 가리개), 악수(幄手 손 가리개), 충이(充耳 귀막이 솜), 버선, 대님, 요대(腰帶), 행전(行纏), 조대(條對 두루마기 끈) 대대(大帶 도포 끈), 투수(套袖 소매에 끼우는), 오낭(손톱 발톱 머리카락을 넣는 주머니), 대렴금(大斂衾 시신을 싸는 큰 이불), 천금(天衾 시신을 덮는 이불), 지요(地褥), 베개, 방령(方領 명주로 만든 턱받이), 속포(束布 시신을 묶는 삼베), 충비(充鼻 코막이 솜), 향탕수(香湯水), 양시(楊匙 숟가락), 신, 백미, 솜이 있다.

여자는 속속곳, 단속곳, 바지, 적삼, 치마, 저고리, 원, 조대, 먹목, 악수, 층이, 버선, 요대, 오낭, 대련금, 천금, 지요, 베개, 방령, 속포, 충비, 향탕수, 양시, 신, 백미, 솜 등이다. 수의를 바느질할 때는 실의 매듭을 묶지 않는다. 이승에서의 모든 일을 마음에 새기지 말고 풀어내고 가라는 뜻이다.

영임은 호야를 내려놓고 갔을까? 시어머니의 저주 속에 자란 핏덩이를 영임은 잊고 갔을까? 호야는 엄마의 마지막을 기억하지 못해서 엄마가 더욱 그리웠다.

화가 몹시 난 할머니가 외가에 나타났고, 그날 엄청 크게 울면서 외가를 떠나왔던 그 기억도 호야에게는 없다. 정작 중요하지 않은 팽이치기나 연날리기 등 자질구레한 일상은 희미하게 남아 있었다. 어릴 적의 너무 큰일은 충격으로 인해 스스로 붕괴된 것 같다.

"호야, 내 새끼, 집에 가자!"

보통 여자들에 비해 큰 키에 바싹 야윈 호야 할머니 한씨는 목소리도 컸다.

"면목이, 참말로 면목이 없습니더. 대신 깊이 사죄 올립니다."

사랑에서 안채 마당에 들어선 외할아버지 설진수는 안사돈 앞에서 허리를 반으로 접었다.

"호야 아바이(아버지)가 저승에서 다 보고, 자알, 알 낍니데! 알고, 말고! 구신(귀신)이 더 잘 알고말고. 아 앞이라진(긴) 이바구 말고, 호야 옷이나 챙기라(챙겨라)."

또박또박 흑백의 바둑알을 놓듯이 한 씨는 죄 없는 갑산댁을 노려보며 말했다. 설진수를 마주 보지 않는 건 밖(바깥) 사돈과의 내외를 구분 짓는 거지만 유난히 고개를 외로 튼 건 상종조차하기 싫다는 확연한 표시였다.

"예예, 어지(어제) 통기 받고 단디 챙기났심니다."

호야의 옷가지 보따리를 내오려고 마루에 오르던 갑산댁은 목이 메어서 말끝이 흐렸다.

"우리 호야 탯줄캉, 저거 할배가 생년월일 적어가 작명한 거캉 따로 있일 낀데 잊아뿌지 말고."

호야의 옷이랑 싼 보따리가 세 개였다. 만식이아재가 만들어준 팽이 몇 개와 팽이채, 연 날리는 얼레와, 나무로 만든 기차 등 호야가 무척 좋아하던 장난감이 든 보따리를 한 씨는 휙 밀쳐버렸다. 호야가 내 꺼, 라며 손을 뻗자 뼈가 앙상한 흰 손으로 아이의 손을 사납게 쳐냈다. 외갓집의 누구도 호야에게 그런 짓을 안했기에 호야는 너무 놀라서 눈만 끔뻑거렸다.

"메칠 후에 통기 디리겠심더. 대서소에 나오시서(나오셔서) 등기를 하입시더."

반 쯤 허리를 편 설진수가 고개는 들지 못한 채 사돈에게 말했다. 영임의 잘못으로 호야가 고아가 된 입장이라 설진수는 상답 열 마지기를 호야 앞으로 등기해 줄 생각이었다.

"알았심더. 호야, 가자! 니가 앞장서라!"

쪽 진 머리의 반지르한 동백기름처럼 한 씨의 말에 갑자기 윤기가 돌았다.

"호야, 호야, 할매 따라가도 넉 어매 잊아뿌문 안 댄대이. 으흑흑흑흑."

갑산댁이 눈물을 터뜨리자 정짓간 일을 거드는 아낙도 그만 소리 내어 울었다.

"아이구 호야, 인자가믄 언체 보노. 너거 어매가 보고 잡으믄, 호야!"

죽은 영임에 대한 안타까운 그리움과 호야와의 이별이 겹쳐 슬픔은 더욱 커졌다.

한 씨가 그 말에 돌아서려다가, 다시 앞으로 나아갔다. 그래, 천륜인데, 하늘도 못 끊는 천륜인데…. 두 여인의 서러운 울음소리에 한 씨도 맘이 언짢았다. 대신 앞장서 가던 호야가 돌아보았다. 무척 무서운 할머니에게 잡혀가면 다시는 이곳에 못 올 거 같았다. 툭툭 떨어지는 호야 눈물이 저고리의 앞섶을 적시고 있었다. 그 예쁘던 엄마가 없는 할머니 집으로 가는 길, 외할아버지도, 만식이아재도 없는 집으로 가는 길, 엄마가 잠들었다는 도덕산을 보고 또 보며, 대답 없는 엄마를 부르며, 목을 놓아 울었다. 이날 터졌던 호야의 울음보는 도덕산에서 메아리가 되어 자옥산 아래 옥산천에 맴돌다, 형산강의 지류인 칠평천을 따라 길게 건너가고 있었다. 우리나라 모든 강은 북에서 남으로 흐르는데 유독 형산강만은 남에서 북으로 향하는 역류의 강이다. 남들이 다 엄마를 욕해도 남에서 북으로 치오르는 강물처럼 윤호에게는 그리움만 치솟는 엄마였다. 자라면서 엄마의 사진 한 장도 없이 그 큰 그리움을 이기기에 어린 가슴은 멍이 들었다. 억지로 떠올리며 기억하는 건 엄마의 냄새였다. 근근쩔쩔하고 배릿하던 엄마만의 냄새, 보이지 않아 만질 수도 없는 허공 같은 그리움이었다.

풀리는 기억을 한 줌 말아 쥔 스님은 눈에 묻힌 솔잎 속이파리를 몇 개 뜯어 가만히 어금니로 씹었다. 쓰고 강한 솔향이 이내 입안을 채우고 콧속까지 빠져나갔다. 말 못 할 말들이 함께 쓰게 삼켜졌다. 매번 절 문에 다다르면 잊자고 했던 한 사람이 솔향기 속에 뚜렷하다. 할머니였다. 초파일에 어린 호야를 데리고 분황사 절문에 이르면 막 새싹이 연한 솔잎 서너 개를 따서 호야에게 씹도록 했다. 세속에서 함부로 입에 올린 나쁜 말을 솔잎 양치로 씻은 뒤 부처님을 뵈어야 한다고 했다. 할머니는 험한 말을 너무 많이 해서 소나무 한 그루도 모자랄 것 같다는 생각을 그때도 했다. 그리고 또 한 사람이 할머니의 등 뒤에서 나타난다. 너무 여려서 길가에 흔히 핀 메꽃 같았던, 강아지풀 같았던 한 사람….

진견 스님은 상념으로 차오르는 가슴에 합장을 했다. 지심귀명례(至心歸命禮) 귀의불(歸依佛) 귀의법(歸依法) 귀의승(歸依僧).

아무 기척 없는 법당에서 무거운 등짐을 벗은 스님은 삼배를 올린 후 등짐 둘 중 하나를 내려놓고 조용히 일어섰다. 절집에서 요긴히 쓰일 선물이다. 주지 스님도 공양주 보살님도 출타 중이신 거 같다. 계신다 해도 굳이 찾아가서 자신의 신분을 밝히고, 옥룡암과의 인연이며, 어머니의 영령 운운하고 싶지 않다. 어릴 적부터 순했던 성격이 엄마를 잃고 말수가 적어졌고, 4년 전 그 사건을 겪으면서 호야의 묵언은 더 깊어졌다. 진견 스님은 추사 선생의 편액 일로향각(一爐香閣)을 가만히 올려본 뒤 거대한 바위로 향했다.

신라의 불국정토 남산 자락에 발을 딛고 서 있는 것도 스님에게는 희열이다. 좁은 돌계단을 오르며 한 발 한 발

먼 시간을 밟는다. 돌은 천지가 불러주는 시간의 역사를 받아쓰며 묵묵히 서 있다. 거대한 바위 앞으로 다가선 스님은 염주를 굴리며 합장했다. 사면이 모두 불상으로 부조되어 영산정토에 이른 듯하다. 영산정토는 부처님께서 보살들과 나한들에게 설법했던 곳이다. 바위의 북면에 구층탑과 칠층탑 사이에 마애여래불이 연꽃 대좌에 앉아계신다. 신령한 사자상 두 마리가 탑을 지키며, 선명한 조각의 탑은 막연히 황룡사 구층 목탑을 연상시켜 발길을 쉬 옮길 수 없다.

석가모니불의 두광은 연꽃 문양에 구슬이 달려있고, 천개(天蓋)와 두 개의 비천상이 있다. 천녀들은 음악을 연주하거나 꽃을 뿌리는 듯 아름답다. 동면에는 삼존불상과 여섯 구의 비천상이 옷자락을 나부끼며 하늘을 오른다. 소나무 두 그루 아래 승려가 참선에 들었고, 주위에 11구의 불상과 보살상들이 불교국의 흥성을 보여준다. 가장 높아 까마득한 동면 가운데 본존 아미타여래상이 편안히 결가부좌한 채 웃음을 띠고 있다. 왼쪽에는 협시보살인 관세음보살이고, 오른쪽 대세지보살은 풍화에 깎여 옷자락 일부만 남았다. 삼존불 머리 위로 극락을 찬미하는 비천 여섯 분이 꽃잎을 흩뿌리거나 합장을 했다. 하단에는 향로를 들고 염불하는 스님이 보인다. 동면의 둘째 면에는 선정에 든 스님이 있다. 반야나무와 보리수 아래에서 선정에 든 싯타르타 같기도 하다. 동면의 셋째 면에도 스님상이 있다. 좁은 서면에는 능수버들과 대나무 사이 큰 연꽃에 약사여래로 보이는 여래좌상이다. 화려하고 큰 두광 주위에 불길이 보이고, 머리 위에는 천녀가 피리를 불며 날고 있다. 언덕과 잇닿은 남면 감실 속에 익살스러운 삼존불이 보이고 그 옆에는 여래입상이 반듯한 자세로 서 있다. 다시 한 번 천천히 바위 전체를 돌아 나온 스님은 푸르러 더욱 높은 하늘을 올려보았다.

쟁반을 든 비천상과 피리를 부는 비천상이 하늘에 그려진다. 쟁반을 든 비천상은 늘 그리운 어머니이신가, 피리를 부는 저 비천상은 할 말 못 한 연이의 하소연인가. 스님은 눈을 감으며 방금 떠올린 환영들이 소지되어 창공에 흩어지길 바라지만 환영은 스님의 눈 속으로 사라진다.

…착해즉도(着解則度) 여불부생(餘不復生) 월제마계(越諸魔界) 여일청명(如日淸明), 집착에서 벗어나면 망설임 없이 다다르고, 남겨질 그 무엇도 생기지 않으니, 모든 어지러움의 경계를 초월하여, 항시 태양처럼 청명하리니.

그래, 억지로 지우지 말자. 억지로 잊지도 말자. 보이면 보고, 생각나면 생각하자. 보임을 탓하지 말고, 보는 나를 버리자. 생각을 보내려 말고, 생각하는 나를 보내자.

버림에서조차 얽매이지 말자. 내가 버리는 게 아니고 생각이 나를 버리게 하자. 스님이 요즘 부지런히 붓을 가다듬는 법구경의 한 구절을 연거푸 되뇌며, 아까보다 가벼워진 걸망을 지고 발길을 돌렸다.

윤호가 철이 제대로 든 것은 관례(冠禮)를 치른 뒤부터였다. 16살 가을 추수를 끝낸 뒤였다. 명절이나 제사, 시제 때만 보아서 서먹한 할아버지와 삼촌들과 친척들이 모두 모인 아래서 윤호와 사촌 둘의 관례가 엄숙히 진행되었다. 사나흘 전부터 아녀자들이 모여 시제(時制)에 버금가는 음식을 장만하느라 분주했다. 관례를 행하기 사흘 전에 조상에게 고사를 드렸다. …좋은 때를 맞아 예식을 거행하니 어린 뜻을 버리고 순조롭게 덕을 이룩하여 오래도록 장수하고, 많은 복을 받아 잘 살라는 축사를 했다.

이날만은 할머니도 목의 핏대가 붉어지는 화를 내지 않고 행동도 조신해서 윤호는 참 좋았다.

관례란 아이에서 어른이 되었다는 사실을 알리고 성인(成人)으로서의 도리와 의무를 부여받는 의식이었다. 15세부터 20세 사이의 적정한 때 관(冠)을 쓰고 성인의 복장을 함으로서 사회적 책임을 공포하는 예식이다.

고려 5대 광종 16년(965)에 태자(경종)에게 처음으로 행하여 오랫동안 이어오다가 갑오경장(1894) 이후 성인식으로 바뀌었다. 조선시대에 조혼(早婚)이 성행하여 10살 전후에 하기도 했다. 『예기』 곡례편에서 20세를 약관(弱冠)이라 하는 것으로 보아 이때가 성인의 적령기임을 알 수 있다.

관의 종류에는 폭건(幅巾), 초립(草笠), 사모(紗帽), 탕건(宕巾) 등이 있다. 폭건은 포백(布帛)으로 만든 유건을 말하고, 초립은 누런 풀로 지은 갓이고, 사모는 비단천의 가장자리인 베깃으로 만들었고, 탕건은 갓 안에 쓰는 작은 모자다. 부모나 본인이 기년(朞年), 즉 일 년 이상의 상복(喪服)을 입으면 관례를 할 수 없고, 자(字)도 관례를 치른 후에 쓸 수 있었다.

관례의 절차는 삼가례(三加禮)가 있는데 삼가란 초가(初加), 재가(再加), 삼가(三加)를 말하는데 이는 일제의 단발령 이후 없어진 절차였다.

초가는 두 가닥 땋아 내렸던 머리를 합하며 쪽을 짓고 관을 쓰며 심의를 입힌다. 재가는 초가에서 쓴 관과 심의를 벗고, 사모를 쓰고 조삼과 혁대를 매고 계해를 신는다. 삼가는 복두를 쓰고, 예복인 난삼을 입고 혁혜를 신는다.

여자도 정혼을 하거나 나이 14세가 되면 계례(笄禮)를 행하게 되었다.

설순호는 부모를 잃고, 모든 관계가 모호한 상금의 입장을 고려해서 영실의 계례도 생략했다. 대신 천도교의 성지인 용담정에 데려가 사람됨의 근본을 문답으로 강론하는 시간을 가졌다.

계례는 머리를 올려 비녀를 꽂는 의식으로 어머니가 주장하고 주례는 친척 중에서 깨끗하고 예법에 밝은 부인을 선정하여 3일 전에 행사를 요청했다. 요청받은 당사자는 초상이나 궂은 일을 일체 보지 않고, 합방도 피하며 몸과 마음을 정갈히 해야 했다. 계례의 차례는 날이 밝으면 의복을 내놓고 세수를 했다. 어머니가 주장으로서의 맨 윗자리에 서서 주례를 맞아들였다. 주례는 방에 들어와 비녀를 꽂아주고 배자(背子)를 입힌 뒤 사당(祠堂)에 참배하여 네 번 절을 시켰다. 다음으로는 조부모, 부모, 숙부 등에게 차례로 절을 올린다.

윤호는 관례를 올린 그해 겨울방학에 6살에 떠나온 옥산을 찾아 상금과 외삼촌의 소식을 가슴속에 새겼다.

방금 스님의 눈에 고였던 푸른색이 그대로 설국이 된 들판을 물들였다. 다듬이질 잘 된 옥양목 홑청의 솜이불인 양 두툼한 눈밭이다. 스님이 호야였던 어린 시절, 한겨

울 폭신한 이불 아래서 엄마의 젖무덤을 더듬으며 잠이
들었던 기억이 어렴풋하다. 아버지도 형제도 없이 자란 호
야의 기억은 엄마에게만 확대되어 있다.

할머니의 손에 이끌려 울며 옥산을 떠나 율동의 집으
로 돌아온 호야는 가장 먼저 휑한 마당이 낯설었다. 영임
과 호야를 내쫓은 한 씨는 아래채 잠실에 불을 놨다. 작
고 나지막한 잠실은 이내 활활 탔다. 마을 사람들과 가
까이 사는 친인척들이 달려와 불을 끄는 동안 천하의 욕
이란 욕은 다 나와서 부채질을 해댔다. "씹구영을 인두로
지질 더러븐 년!", "넘우 사나 앞에서 씹 가래이(가랑이)를
처 벌린 호양잡년!", "금수만도 못한 더런 년놈들, 인두겁
을 쓰고 흘레 잡질"을 붙던 곳이라 불에 싹 태워야만 부
정이 사라진다며 악을 썼다. 불 너울 바람이 욕들에게 대
들었다.

"지푸라기 한 줌도, 풀씨 한 알도 세상 모든 만물은 음
양의 이치가 맺어져 태어나는 법! 머나먼 일월이 손을 맞
잡아 돌고, 허공과 천지가 알몸으로 하나 되어 돌고 도는
데, 젊으나 젊은 청춘의 열화를 어찌 그다지도 몰라준단
말인가! 너는 하늘과 땅 아닌 어느 곳에서 왔는가?"

큰 입을 연 불길이 긴 혀를 날름대며 한 씨를 비웃었다.
한 씨의 이 지독한 욕에는 남편을 첩에게 빼앗긴 처절한

한이 더불어 얽혔다. 이 외에도 남녀의 성교와 쾌락에 빗대어 필설로 다 말할 수 없는 욕이 생물인양 살아 퍼덕였다. 남편을 송두리째 앗아간 젊은 첩과 부정을 저지른 며느리, 서슬과 서슬이 양날의 칼처럼 한 씨의 가슴에서 요동을 쳤으니 서늘한 욕이 욕끼리 부딪쳐 듣는 이마다 진저리가 났다.

호야는 지나친 할머니의 보호 아래 별 말없이 잘 자랐다. 경주에서 중학교를 마친 뒤부터 대구에서 고등학교를 다니는 동안 그냥 순한 모범생이었다. 외가 쪽으로 일체의 왕래를 막는 것에도 크게 반항하지 않고 잘 참았다. 더 커서 자신이 할머니의 그늘에서 벗어나면 그때 맘껏 찾아가리라 속마음만 다졌다. 윤호는 할머니가 고등학교 2학년인 자신의 혼사를 진행할 때도 크게 반대의견을 내지 못했다. 어차피 할머니가 외고집으로 성사시킬 것을 익히 알았기 때문이었다. 대학을 졸업하고, 할머니를 떠날 때까지는 어떤 문제도 일으키지 않으려 애썼다.

문제는 혼례 당일 밤부터 발생했다. 멀리서 온 친척들을 이웃의 다른 친척집으로 가서 자라며 내보내더니 새신랑과 새 각시를 자신의 방에서 데리고 잤다.

"식구도 없는데 방마다 불 떼고 그럴 거 없다!"

혼례 전에도 할머니는 호야와 한방 쓰기를 즐겼다. 숨

이 막히게 호야를 안으며 툭하면 샅을 더듬었다.

"내 새끼 꼬치가 얼매나 잘 여물았능가, 할매가 함 만지 보자."

첨엔 영문을 모르던 호야도 관례를 치를 즈음엔 기겁을 하며 손을 떼어냈다.

음력 시월 열 하룻날이라 날씨가 꽤 찼고, 뒷집에 나가 사는 금척댁이 며칠 전부터 호야 방에 군불을 넣으려고 했지만 극구 말렸다.

호야는 그런 할머니 앞에서 아무런 말도 못했다. 할머니가 문 앞에 눕고, 중간에 눈매 얌전한 새 각시가 눕고, 다음은 호야 자리라고 했다. 셋 모두 입은 옷 그대로 버선만 벗고 자리에 들었다. 셋 다 각기 다른 생각에 잠겨 통 잠을 이루지 못하는 걸 서로 알면서도 억지로 자는 척, 세 개의 긴장이 어둠에 설키며 팽팽했다. 잠이 안 오면 소변은 더 마려운 법이다. 새 각시가 살며시 일어나 어둠을 더듬어 방문을 살며시 여는 순간 불호령이 떨어졌다.

"머꼬? 이기! 친정에서 머 배왔노? 시할매 얼골(얼굴)을 치매(치마)로 때리라꼬 갈치더나?"

"……."

너무나 놀란 새 각시는 나가지도 들어오지도 못한 채 엉거주춤 서 있었다.

"칩은데(추운데) 문은 와 이카노! 나가든지 둘오든지 날래(어서) 어째라!"

"하, 하, 할무이….'"

새 각시 연이(娟伊)는 너무나 놀라서 캄캄한 눈앞이 더욱 아득했다. 생전 처음 온 집에서의 첫날밤이었다. 겁을 먹어 말을 더듬는 연이가 안쓰러워 호야는 잽싸게 방문 밖으로 데리고 나왔다.

"아이고, 우리집에 열부 났네. 흥! 얼라도 아이고 다 큰 각시를 칙간(측간, 변소)도 모시고 댕기고(다니고)."

벌떡 일어나 앉은 한 씨는 머리맡의 화로를 끌어당겨 장죽을 입에 물고 연초를 쟁였다. 꾹꾹 엄지로 누르는 동안 콧바람에 화로의 재가 풀풀 날렸다. 부젓가락으로 익숙히 불씨를 골라 연초에 불을 붙일 때 새신랑과 새 각시가 들어섰다.

며칠 후면 만월이 될 상현달이 어린 내외를 위해서인지 아까보다 밝게 방안을 비춰주었다. 할머니가 정해 준 자리에 다시 누운 호야는 북쪽 벽으로 돌아누웠다. 변소에서 나오는 연이의 어깨가 추워보여서 감싸주고 싶었는데 할머니가 볼 것 같아서 미안하다고 낮게 말했다. "예"라는 연이의 대답은 더 낮았다. 달빛에도 다칠 듯 여윈 몸매의 연이가 마당의 돌멩이에 걸려 넘어질까 손이라도 잡아

주려다 그것도 참았다. 자신의 집인 윤호에게도 모든 게 다 낯설고 아연했다. 할머니가 혼례를 서둔 이유가 하루라도 빨리 후손을 봐서 앞으로 쭉 열 명쯤은 낳아야 한다고 채근해왔다. 호야가 대학에 들어가서 장가를 가겠다고 했지만 할머니는 절대로 자신의 견해를 꺾는 분이 아니어서 그냥 따랐다. 그런데 첫날부터 합방을 통제하는 이유는 알 수 없었다.

너무 젊어서 어린 부부가 뒤치락, 뒤치락 도무지 불편한 몸을 움직일 때마다 한 씨는 젊은 날을 떠올리며 한숨이 문풍지 소리를 냈다. 자신이 하는 일이 삼신할매에게 천벌을 받을 것을 안다. 아는 데도 마음이, 마음대로 안 움직인다. 혼례 며칠 전부터 이상하게 심술이 동했다. 대청마루를 가운데 두고 마주 보는 호야의 방에서 벌거벗고 엉겨붙는 그 짓을 자꾸 상상했다.

자신이 가슴을 뜯으며 견디어 낸 금욕의 긴긴밤이 대청마루 가운데 커다란 구렁이처럼 똬리를 틀었다. 일부다처제가 예사롭던 시절이라 모두들 그러려니 여겼다. 아무도 공감해주지 않은 짓밟힌 청춘의 한을 이런 식으로라도 되갚는 게 맞는지 답은 없었다. 젊으나 젊은것들이 내 앞에서 아니라도 그 짓을 할 날이 쇠털처럼 많다. 또 하나 남편에게 소박을 맞은 자신이 어쩐지 호야에게도 버림을 받을 것만 같았다. 아직 세상물정 모르는 호야가 여자의 맛을 알고 나면 남편처럼 다시는 자신에게 안 나타날지도 모른다는 생각이 뒤늦게 들었다. 대학에 들어가면 어차피 떠날 것인데 그때 혼례를 치를 걸 후회로 가슴을 치고 싶었다. 세 사람 모두 잠시 잠깐 자다 깨다를 반복하자 방안이 훤해졌다. 이틀 후 윤호는 학교가 있는 대구로 떠났고, 연이는 좀 편해졌다. 역시 한 씨의 문제는 남녀의 성합에 있었다.

윤호는 주말에도 율동으로 오지 않고 대구 하숙집에 머물렀다. 대학을 포기하고 취직을 해서 연이를 데리고 오는 문제도 고민했다. 서울의 대학에 입학해서 연이를 불러올릴 길이 있을까, 혹여 된다고 해도 할머니가 순순히 연이를 보내줄까, 윤호는 끝내 아무런 결정도 내리지 못했다. 고등학교 졸업 후 부러 찾아와 유일하게 믿을 수 있는 외삼촌과 의논하면 방법이 있을 것 같다는 생각도 했다. 외삼촌은 알음알음 알아낸 호야의 하숙집에 네 번이나 다녀갔다.

윤호가 없는 동안 한 씨는 연이에게 제법 살갑게 대했다. 달라진 한 씨에 비해 심약한 연이는 선뜻 다가서지 못했다. 담 하나를 사이에 둔 뒷집에서 살며 정짓간 일을 하는 금척댁 눈에는 연이의 담담한 표정이 돋보였다. 가까

이서 보아도 사람의 관계가 속속들이 다 보이지는 않는
다. 금척댁이 마을 아낙들과 개울가에서 빨래를 하면서
예사로 말이 샜다.

"얄궂데요. 무신 새각씨 얼골이 초상집에 온 거 매로 청
승시럽니더. 머를 물아도(물어도) 대답이 모기 소리매로(소
리처럼) 앵앵거리가 들리도 않고, 두 마디만 하믄 눈에 눈
물이 한 눈 차고. 저래가 거신(거센) 시할매 밑에서 아 놓
고 잘 살랑가 싶잖네요."

차진 빨래방망이 소리에도 금척댁의 말은 귓가에 척척
올라붙었다.

"그래. 사나나(사내나) 인네나(여자나) 널푼수가(넉넉한
성격) 있고, 설렁설렁해야 호야 할매 매몰시럽은 비우(비위)
를 맞추는데 호야 각시는 애럽겠네(어렵겠네)."

"친정이 지지리도 몬산다 카디마는 너무 없이 살아가,
생전 첨 귀경(구경)한 허연 쌀밥 앞에서 기가 팍 죽았구
마는."

"맞심더. 혼사가 암만 남자 집 살림은 울로(위로) 보고
정하고, 여자 집 살림은 알로(아래로) 보고 정한다카지마
는 친정도 어느 정도는 어금버금(엇비슷)해야 여자가 기를
피고(펴고) 사니더."

"그기 아이고, 호야 할매가 첫날밤부터 신랑각시를 끼

고 자디마는 요새도 그라는 거 겉니더(같아요). 내가 소지 (소제) 할라꼬 호야 대림(도련님) 방을 열아보믄 통 잤는 기척 없이 맬가타(말갛다) 아잉교."

"아이구야꼬, 할마시가 참말로 천벌 받겠데이. 제(죄) 중 에 젤로(제일) 큰 제가 젊으나 젊은 신랑각시를 생재비(날 것으로) 띠놓는(떼놓는) 그 제라 안 카나(그러나)? 그래노이 (그러하니) 안 그래도 약한 새각시가 그단새(그사이) 살이 쏙 빠자가 마이 예뱄더라(여위었더라)."

"맞심더. 잠을 통 몬 자능가, 부뚜막에 앉아가도 졸고, 불 때다가 졸고. 안 비가(보여) 찾아보믄 디양간(뒤란) 굴 뚝 옆에서 자는데, 새각시 꼴이 참 기가 차니더."

"아이구 얄궂에라. 그래가 옛말에 새파란 홀시어마시가 아들 합방에 질투한다 카디마는 그기 맞는 말이세. 흥! 그랄라카믄 장개를 와 보내노. 호야가 그래 아깝으믄 펭 생 사타리(사타구니) 새(사이) 끼고 그양 살지. 각시 친정서 알믄 무신 우세고. 심사도 참 더럽다. 영감 뺏기고 그 분 풀이를 청춘이 시퍼런 호야 한테 하는가베."

"아이구 난도 그란 일 겪었심더. 우리 시어마시가 서른 청춘에 과부라가 질투를 얼매나 하든지. 잠들라카믄 방 문을 왈칵 열고. 안즉 나(나이)도 애린데 장개 보낼라꼬 디게 설치디마는 그기 다 심사(심통) 떨라꼬 일부러 그랬는가베요."

"겨을에는(겨울에는) 씩고닦고(씻고닦고) 식구 시키서(셋
이서) 이방 저방 불 땔 거 없다지마는, 날이 다 풀랬는데
도 호야 방에서 둘이 몬 자구로 심사를 지긴다(저지른다)
아이가."

"금척댁이 그카지마라고 쫌 캐라. 저 할마시 죄 받아
서 죽을 때 곱게 몬 죽지. 심사를 고래 쓰니까 영감태이가
짝은집으로 가뿟제."

"지사(제사)도 짝은각시가 지낸다 아이가. 짝은 이가 인
상이 가마있어도 상글상글 웃는 상에 말씨도 얼매나 곱
은지. 첩사이(첩)라도 동네서 귀엠을 받는다카데요. 저라
면서(저러면서) 절에는 와 댕기는지 몰래에(모르겠네). 부체
님 앞에서 궁디 쳐들고 절한다꼬 복 받을 줄 아나?"

"그래. 말이 났이(났으니) 말인데 호야어매 그 일 탄로나
가 매질할 때도 참말로 내사 몬 바주겠더라. 홀몸도 아인
호야어매를 얼매나 모지락시럽게 팼노?"

"맞심더. 대나무 회초리가 빠지도록(부서지도록). 지도
그때 맴이 따갑대요. 호야가 얼매나 울아쌌든지, 지발(제
발) 호야가 그거를 다 잊아뿌야대는데, 아이구 참 불쌍은
인네(여편네). 친저(친정) 가가(가서) 고마 오래나 살지 기때
기(귀때기) 새파란 나(나이)에….'

고등학교 3학년 여름방학에 윤호가 돌아오자 다시 한씨의 성정에 다시 시퍼런 날이 섰다. 연이는 또 소변을 참다가 심한 방광염에 걸려 피오줌을 누기에 이르렀다. 아랫배를 자주 부여잡는 연이를 뒤란에 불러서 상태를 들은 윤호는 할머니 몰래 약을 사다 날랐다. 밤이면 젊디젊은 부부는 잠결에 서로의 몸을 더듬으면서 애가 마르는 밤을 보냈다. 숨소리와 손길을 숨기기에 방은 너무나 작았고, 삼베이불의 숭숭한 구멍 사이로 소리는 망설임 없이 샜다.

윤호가 돌아온 지 열흘이 채 못 되어 드디어 일이 터졌다. 여전히 불면으로 고통당하던 세 사람이었다. 윤호는 날이 새고 난 뒤 자신의 방에 와서 낮잠을 밤잠처럼 잤지만, 연이는 정짓간 부뚜막에서 잠시 졸며 충혈된 토끼 눈이 되었다. 옷을 갈아입느라 방문을 닫고 잠시 연이와 마주하는 순간 둘은 뜨겁게 안았다. 그럴 때마다 할머니는 귀신처럼 나타나 기척도 없이 방문을 확 열어 제켰다.

"이 염천에 방문을 와 닫노!"

밤에 돌아누운 연이의 몸에서 나는 땀내가 윤호에게는 단내가 되었다. 크지도 않는 방에서 특히 옷이 얇아 살이 맞닿는 여름이어서 열여홉 살의 욕구를 견디는 일은 위태로운 고문이었다. 몰래 맞잡아본 연이의 손도 펄펄 열이

났다. 아침이 되면 세 사람 모두 푸석한 얼굴로 서로를 외면했다.

그날은 밤이 꽤 깊어도 잠을 못 이룬 연이가 최대한 조심해서 소리죽여 일어났다. 변소를 가느라 살그머니 걷는데 빳빳이 풀 먹인 삼베치맛자락이 한 씨의 얼굴을 베듯이 지나쳤다.

"아야야! 이기 시방 오데서(어디서)하던 버리장머리 없는 행사고(행실이냐)?"

한 씨 역시 잠을 안 잔 듯 순식간에 불호령과 함께 치맛자락을 휘감아 밀치는 바람에 연이가 넘어졌다. 동시에 윤호가 벌떡 일어났다. 연이는 시할머니를 피해 벽 쪽으로 넘어진다는 게 그만 요강을 엎고 말았다. 뚜껑이 깨지고 없는 그 요강에서 오줌을 누는 특권은 한 씨에게만 있었다. 넘어진 요강에서 시할머니의 오줌이 흘러나오자 급한 연이는 이미 젖은 치맛자락으로 오줌을 훔쳤다. 연이의 눈물도 보태졌다. 호야가 얼른 나가 마루의 걸레를 들었다. 마른걸레로 닦은 후 우물에서 물을 길어 급히 빤 걸레로 호야는 차분히 뒷정리를 했다. 연이는 우물에서 걸레를 빨며 울었다. 마루 끝에 앉아서 연이를 보던 윤호는 날씨도 덥지만 더 갑갑한 광경에 대문을 나섰다.

고샅을 나온 호야가 고개를 들자 열이레 커다란 달이

만식이아재의 얽은 얼굴로 걱정스레 내려다보았다. 만식
이아재는 곰보 얼굴에 어릴 적 불장난으로 화상까지 입어
얼룩얼룩했다. 호야는 얼굴조차 기억에 없는 아버지보다
만식이 아재와의 추억이 많다. "호야 대림(도련님)요, 지가
팽대이(팽이) 하나 깎아 왔심더. 요기 채도 새로 묶아서이
까네(묶었으니까) 함 쳐보소. 아매 우리 마을서, 아니 안강
서는 채고(최고)지 싶푸니더. 허허.", "호야 대림요, 수게또
(스케이트) 타고접지요? 지가 장날 철사 존 거 사와가(사
와서) 맹글었심더. 가입시더. 자옥산 알게(아래에) 논이 다
얼었심더. 그게 가가(가서) 지가 밀아디리께요."

　정월대보름엔 동네서 제일 큰 가오리연을 만들어주었
고, 매끈히 다듬은 참나무 얼레는 어른들도 부러워했다.
봄이면 호야를 지게 위에 태우고 진달래꽃이 불길처럼 번
지는 도덕산 자락을 구경시켜 주기도 했다. 무시로 영문
없이 헛헛한 날은 옥산이 그리웠다. 그 길로 하염없이 어
머니의 산소까지 가고 싶었다. 가서 그동안 말이 되지 못
한 말들을 날이 새도록 하고 싶었다. 만식이아재 없이 호
야 혼자서는 산소를 못 찾고, 더구나 한밤에 길을 나설
수도 없었다. 대신 윤호는 중학교에 들어가서 사귄 친구
기영의 집으로 향했다. 여우가 우짖는 소리를 그렇게 무
서워했는데 그날 밤은 적막을 찢는 여우 울음도 반가웠

다. 세상천지에 홀로 깨어 길을 걷는 듯 쓸쓸했다.

"기영아, 기영아, 기영아 자나?"

기영보다 안방의 어머니가 먼저 깼다. 여름이라 모기장을 치고 방문을 다 열어두고들 잤다.

"뉘기여? 윤호여? 윤호가 왔능가? 이 오밤중에 먼 일이 생게 부렀다냐?"

늘 다정다감한 기영어머니의 목소리는 자다 깨어도 정이 뚝뚝 묻어나왔다.

"아, 예. 어무이. 그냥 좀, 잠이 안 와서, 그래서….

"으잉? 새 신랑이 깨 볶다 말고 칭구가 보고 잡았어라?"

엉겁결에 잠을 못 잤다는 윤호의 말은 필시 어떤 문제가 짐작됨에도 모르는 척 눙쳐주는 것도 고마웠다. 그 사이 기영이 깨어 몸을 반쯤 마루에 내밀고 있었다.

"윤호야, 어여 들와."

"그리여, 모기 뜯웅게 사게 드가 자더라고."

윤호는 기영에게만 아직 합방을 안 한 걸 말했다. 어린 나이에 친구들보다 먼저 장가를 든 것도 공연히 미안하고 부끄러웠다. 기영 역시 가끔 놀러 간 윤호의 집에서 할머니의 무섭고 깊은 눈과 깐깐한 말투를 보아왔던 터라 윤호가 안쓰러웠다. 더러 자고 간 적이 있는 윤호는 시렁에서 베개 하나를 집어 들고 앉아 망연히 마당을 보다가 하늘을 올려봤다. 어둠이 깊을수록 별빛은 더욱 선명해 그야말로 빼곡한 별밭이었다. 연이는 지금 잠들었을까? 아직도 울고 있을까? 캄캄한 하늘을 보며 나를 원망하지 않을까? 저 별들이 다 고단한 시집살이에 지친 여인들이 아로새긴 눈물이라면 저 캄캄한 하늘은 슬픔의 강이다.

"거게 있지 말고 모기장 안으로 사게 들어와야."

"응."

"할매랑 각시랑 먼 일이 있어 분냐?"

"아니, 응….."

"걸어오니라 대겼어. 일단 잠이나 자자고."

"잠 깨워서 미안하네."

"근천시럽게(쓰잘 데 없이) 먼 인사냐. 언능 자."

전라도에서 어릴 적 왔는데도 기영은 부모님 말씨에 더 익숙했다. 순한 호야가 어떤 문제를 일으키지 않는 것을 안 기영은 웃음조차 가식으로 느껴지던 윤호 할머니를 떠올렸다. 웃음이 가장 웃음답지 않은 기묘한 웃음이란 평소에 늘 인상이 경직되어 웃을 장면을 놓친 뒤 의식적으로 남을 따라 웃는 흉내를 내는 것이다. 윤호 각시 연이는 동글납작한 얼굴로 목소리까지 순했다. 윤호와 동갑인데도 어쩐지 서너 살 위 누나처럼 보였다. 푸석한 머리칼에 마른버짐이 핀 얼굴은 찢어지게 가난해서 겉늙어

버린 지도 모른다.

율동에서 현곡까지 제법 먼 거리여서 이내 쓰러져 자던 호야는 꿈을 꾸었다.

잠이 쏟아지는 호야를 누가 깨웠다. 소리도 형체도 안 보이는데 엄마라고 했다. 호야의 팔을 아프도록 잡아당기고, 호야의 꺾이는 다리를 붙잡아 세웠다. 더 잘 거라고, 왜 이러냐고 물어도 대답이 없었다. 갑자기 율동의 집에 불이 활활 붙었다. 마을 사람들이 모두 버지기(대야처럼 넓은 옹기그릇)와 물도(물동이), 옹가지(대야보다 작은 옹기그릇)를 든 채 원고개 못에 물을 퍼내러 간다며 법석이었다. 그때 불타는 잠실에서 엄마가 나왔다. 불붙은 엄마를 본 호야가 막 달려가려는 찰나, 잠이 깼다.

온몸이 쑤실 듯 아팠다. 현곡까지 걸어와서 아픈 것과 좀 다르게 머리부터 어깨에 걸쳐 전신에 통증이 번졌다. 기영의 집으로 오는 동안 윤호는 결심했다. 고등학교만 졸업하면 연이를 대구로 데려가 자립을 하리라 생각했다. 꿈 때문인지 윤호의 마음이 뒤숭숭하고, 할머니의 성격을 아는 터라 기영네에서 며칠 머물겠다던 생각을 접고 집에 가기로 했다. 그다지 오래 자진 않았는지 새벽 이내가 금장 예기청소 일대를 파릇이 감싸고 있었다.

"옴마, 윤호 니는 벌써 일나부렀냐?"

"예. 어무이. 잘 주무셨습니까? 제가 새벽에 잠을 깨워서."

"나가 본시 비개(베개)에 대갈빡만 뉘믄 저승이제라. 겁나 잘 잤응께 걱정 말어야. 호박잎사구 찌고, 고등어 꾸웅게 아첨밥 묵어라이."

"아닙니다. 집에 빨리 가봐야 할 거 같습니다."

"어짜 쓰까, 다 되얐는디 후딱 한 술 묵고 가야."

"어무이, 고맙습니다. 담에 올 때 맛나게 묵고 갈게요."

"그람 오날 몬 묵은 거이 모타났다가 낸중에 배터지게 묵어부러라잉."

마당을 가로 지르는데 고등어의 비리고 고소한 냄새에 뱃속의 회가 동하는지 꾸르륵 댔다.

꿈에 엄마를 본 건 두 번째였다. 고등학교 입학식 앞 둔 즈음이었다. 은회색 양단에 커다란 국화 문양이 은은한 누비두루마기를 입은 엄마가 따뜻한 손으로 잡아주었다. 엄마가 웃었던 그날은 예쁜 목소리도 들었다. 호야, 윤호야, 내다, 엄마다. 알아보겠나, 엄마를 알아보겠나, 고맙다, 고맙다, 그런 말을 했던 것 같다. 얼마나 그리운 엄마인데 큰 소리로 '엄마'를 외치고 싶은데 입이 열리지 않았다. 억지로 입을 열고 혀를 움직이려고 했지만 끝내 부르지 못했고, 이내 하늘이 회색두루마기 색의 연기로 덮여 분간 없이 아득했다. 실은 호야에게 엄마의 얼굴이나 목소리가 기억에 없었다. 그래서 꿈 역시 얼굴과 소리는 보이지도 들리지도 않는 그냥 상징적 허공이었다.

연이를 두고 집을 나온 건 아무래도 잘못된 것 같다는 생각이 뒤늦게 밀려왔다. 바들바들 떨던 병아리 같은 연이에게 할머니는 사나운 매라는 생각도 들었다. 거기까지 마음이 미치자 윤호의 걸음이 빨라졌다. 가면서도 엄마를 못 봐 그리운 꿈을 몇 번이고 생각했다. 윤호에게는 엄마와 관련된 건 무엇이든 간직하는 버릇이었다.

한 씨도 그날 밤엔 잠을 제대로 못 잤다. 자신의 마음을 다스리려고 아무리 염주를 굴리며 불경을 외워도 생각과 행동은 별개로 움직였다. 며느리의 사건 이후, 신선사에 더 이상 가지 않고 경주 읍내의 분황사에 다녔다. 분황사는 큰 사찰이라 신도들도 많고, 신선사처럼 모든 게 만만하지 않아 썩 맘에 들진 않았다. 스님들도 많이 기거하시고 보살들의 생활수준도 높아서 여러모로 껄끄럽지만 한편 자신의 지위가 덩달아 상승되는 기분에 다닐만했다.

한 씨는 딸 하나 아들 하나를 낳은 스물넷에 남편을 빼앗겼다. 처음 한동안은 남편이 간간이 본가를 들렀으나 한 씨가 수시로 첩의 집에 달려가 행패를 놓자 차츰 정이 멀어졌다. 멀어진 만큼 증오는 배가되고 한 씨가 거품을 물고 극도의 질투에 휩싸이자 남편은 아예 발길을 끊었다. 남편에게 자신이 버림을 받은 것이 아니라, 젊고 예쁜 여자가 남편을 차지했다는 게 한 씨의 여성성에 관한 원천적 증오였다.

또 하나 한 씨가 남편 대신 심혈을 기울여 키운 아들을 잃은 이유에 있었다. 일본에 유학하는 아들이 공부는 뒷전이고 노름에 빠졌다. 자식을 제대로 키우라는 남편에게 갖은 굴욕을 당하며 상당한 논밭을 팔아야 했다. 그럼에도 노름과 술과 여자에 미쳐서 아들은 못할 짓을 저질렀다. 일본에 유학하는 한 씨 친정 조카말로는 일본 유학생들이 암암리에 펼치던 애국운동을 일본놈들에게 일러바치는 밀정이 되었다고 했다.

남편이 부산에 가서 화장한 아들의 유골함을 가져온 이후부터 모든 불행의 원인을 며느리에게 돌렸다. 여자가 재수가 없어서 남편을 요절시켰다며 사사건건 미운털을 박았다. 한 씨가 말 못할 아들의 비밀을 간직하는 동안 성질 또한 더없이 괴팍해지고 속속들이 독해졌다. 행여 진실이 소문이 되어 새어나갈지 몰라 미리 차단하려는 방어기제가 더욱 악질적인 심성으로 만들었다. 한 씨는 아들이 만주에서 약도 안 듣는 황달로 죽었다는 소문을 냈다. 애국지사들이 독립운동을 하느라 만주 땅에 머무는 소문에 치부를 편승했던 것이다.

마지막 또 하나 결정적 여성성 증오는 며느리 영임의 화냥질이었다. 겨우 스물일곱이던 외아들을 잃은 원통함에 영임의 훼절은 기름에 불을 붙인 격이었다. 자신도 생과부가 되어 젊음을 고스란히 삭히면서 살았으나 여성의 성적 욕망 자체를 용납하기 어려운 모순적 혼돈에 빠졌다. 그런 복합적 요인의 경멸과 증오가 연이와 윤호의 성합을 용인할 수 없게 뒤틀린 심사로 나타났다.

호야가 마을 초입에 도착했을 때 어쩐지 텅 빈 느낌이었다. 해가 불쑥한 이때 집집마다 연기가 오르고, 남정네들은 논의 물꼬를 살피느라 들락거릴 시간인데, 어쩐 일인지 고요한 가운데 개 짖는 소리만 마을을 휘감았다. 뭔가, 이상하다. 누가 등에 찬물을 끼얹는 듯 서늘한 기운이 느껴졌다. 멀리서 손을 허우적거리며, 윤호를 향해 다가오는 이는 오촌 아재였다. 손만 아니라 다리도 건들거리며 헛짚고, 뭐라 말을 하는 것 같은데 들리지는 않았다. 오촌아재는 윤호를 보는 순간 급히 다가오다 벗겨진 짚신 한 짝을 손에 든 채 헐떡거렸다.

"호야! 호야, 니 오데 갔다가 인자 오노! 원고개 못에, 원고개 못에! 니 각시가! 못에! 못에! 못에 빠졌뿟다!"

호야는 태어나 처음으로 이명을 들었다. 굵고 빛나는

쇳소리가 쇠침이 되어 세상의 이쪽 끝에서 저쪽 끝으로 관통했다. 끊어지지 않고 길게 기차보다 더 길게 이어졌다. 경주에서 대구까지 자신이 타고 다니던 기차보다 더 길게 이명의 무자비한 쇠끝이 윤호의 머리를 꿰었다.

윤호가 어젯밤 올려본 어룽진 달, 원고개 못에 빠진 달을 따라 연이도 물속에 들어갔다. 윤호가 품지 못한 연이를 물에 빠진 달이 품었다. 물속의 달을 아무도 건질 수 없듯, 달 속의 연이도 밤은 건지지 못했다. 달이 떠난 아침에 연이가 건져졌다. 이명이 지나면서 몸속의 오장육부도 모두 빠져나갔는지 텅 비었다. 혼례를 올린 지 겨우 반년이 넘은, 참 부질없는 새 신랑 윤호는 허청걸음을 걷다말고 아무 집 담벼락에 기대섰다.

"호야, 정신 채래라. 죽고 사는 거 다 팔자다. 너거 각시가 머 밥을 굶았나? 옷을 벗고 살았나? 잉? 입에 풀칠도 계우(겨우) 하다가 부잣집에 시집 와가 허연 쌀밥 묵고, 호강에 받채가(겨워서) 오강(요강)에 똥 사는 기지(거지). 잉네(여편네)가 관상이 청승시럽디마는 우리 집안 우세 시킬라꼬 작정을 했지러. 니가 안즉 청춘이 구만리다. 산 사램은 살아야댄다."

짚신 한 짝을 바짝 꿰신은 친척 아재의 말은 끊이지 않았다. 책임을 회피하는 반론은 늘 적나라하고 비열하다.

호야는 집으로, 연이에게로, 천천히 걸음을 떼었다.

"니 각시가 말이다. 적(저의) 어매는 소아마비로 다리를 절아가 넘우 품팔이도 잘 몬 댕기고, 적 아배는 폐삥(폐병)이라 카둥구나(하더구나). 맏딸이 돼가지고 지가 자살을 해뿌믄 밑에 줄줄이 있는 동상들 시집 장개는 다 우예되겠노? 물에 빠자 죽는 자살도 내리기라(내림이라) 저거 삼촌도 애기청소서 자살을 했다카데. 시집 와가 맞고 사는 인네(여자)가 천지배까리다(많다). 너거 할매가 쪼매 유벨나지 마는(유별나지만) 뚜대래(두들겨) 패지는 안한다 아이가?"

변명은 길수록 이기적이며, 비합리적 궤변이다. 시집살이 고단한 거는 당연한 이치인데 그걸 문제 삼는 건 연이의 문제다. 또 하나 반가운 증빙은 연이의 삼촌이 눈 맞은 처자 집안에서 혼례를 반대하자 둘이서 금장 예기청소에 빠져 죽었다. 연이의 자살은 시집살이가 아니라 유전에서 비롯된 것이다. 특히 물에 빠져 죽는 것까지 닮았다. 대충 그런 논리였다.

윤호는 눈물이 흘러내릴까 봐 자꾸 고개를 들어 하늘을 봤다. 눈물조차도 부끄러웠다. 어젯밤 그렇게 많던 별이 없어서 드넓은 하늘에 구름 몇 조각이 희끔한 얼굴로 호야를 내려 봤다. 구름은 밤새 세상을 하직한 이들을 하늘로 실어 갈 상여인가. 흰 꽃상여처럼 두둥실 저 구름은 뭉게뭉게 누구를 기다리는가. 원고개 못에서부터 연이를 따라 온 상여구름이 못난 나를 구경 나왔는가.

집안 어른들이 병풍 뒤의 연이를 끝내 호야에게 못 보게 했다. 넋이 나간 어린 신랑은 뭐든 다 시키는 대로 했다. 할 말이 없고, 울지도 않았다. 다만 얼굴이 몹시 창백할 뿐이었다. 여름이고 더구나 물에 빠진 주검은 부패가 바로 일어나므로 통상의 삼일장이 아닌 이틀장으로 치러졌다. 더구나 이 죽음은 시집에서의 내밀한 구박에 의한 것이었다. 가을에 혼례를 하고 이듬해 여름까지 단 한 번도 서로를 품지 못한 호야와 연이는 열아홉 동갑이었다.

영악한 한 씨는 호야의 처지에 비추어 버젓한 혼사 자리는 애초에 피했다. 누구라도 호야 엄마의 행실을 흠잡을 게 뻔해서 몹시 못마땅하지만 배운 것도 가진 것도 없는 집안의 중매를 받아들였다. 형제자매는 많고, 너무나 가난해서 입 하나 덜어내느라 시집온 연이는 너무나 가난한 친정으로 가는 내남 망상(경주의 남쪽 지명)의 길목, 원고개 못을 자신의 집으로 삼았다. 신혼의 단꿈을 꾸지 못한 대신 물속의 달에 안겨 잠이 들었다. 그간 못 잔 잠을 원 없이 잘 영원한 잠에 들었다. 시할머니 아니라 천지가 개벽을 해도 깨어나지 않을 깊은 잠이 들었다.

겨우 삼우제까지도 버티지 못한 호야는 집을 나왔다. 마을 사람들이 아무도 논밭에 나오기 전인 어두운 새벽이었다. 연이의 초상 마무리인 삼우제까지 보는 건 자신의 뻔뻔함 같았다. 몸을 섞진 않았지만 혼례를 올려 엄연히 남편의 자리에 있었건만 자신은 매사 너무나 소극적이었다. 낯선 시집살이에서 연이가 느낄 고충을 알면서도 짐짓 못 본 척 외면했다. 비겁함에 관한 호야의 자책은 잘 벼른 송곳처럼 깊이 아팠다.

　외갓집에 쫓겨 가던 날도, 외갓집에서 돌아오던 날도, 호야가 스스로 무엇을 판단하거나 거부할 수 있는 게 아무것도 없었다. 지극히 평범한 가정에서 자라지 못한 윤호는 애초부터 판단의 정체성이 형성되지 않았다. 할머니는 윤호가 자라는 동안에도 걸핏하면 엄마를 힐난하고, 며칠에 한 번은 윤호 앞에서 패악질을 부려 이불 속에서도 귀를 막고 살았다. 시끄러운 게 정말 싫었다. 윤호는 다툼의 모든 소리에 민감하고, 할머니를 화나게 하는 자체가 싫어서 그냥 참기만 했다.

　사흘간 제대로 먹지도 못하고 잠을 못 자 휘청거리는 호야는 외삼촌 설순호가 근무하는 군청 산림과에 들렀다. 윤호의 몰골을 본 외삼촌은 해장국밥집에 데려가서 밥부터 먹인 후 근처 다방에 데리고 갔다. 윤호는 외삼촌에게 초상의 상황을 몇 마디로 전했다. 외삼촌이 긴 얘기는 다음에 하자며 잠시 기다리라고 했다. 윤호는 잠시나마 다방의 푹신한 의자에 기대앉아 죽은 듯 잤다. 외삼촌이 넉넉히 마련해준 여비로 윤호는 기차를 탔다.

기차가 경주를 벗어나자 윤호는 다시 죽은 듯 잠에 빠졌다. 대구에 내린 윤호는 하숙집으로 가서 제법 큼직한 가방을 챙겨 버스정류장으로 갔다. 어디로 갈지 정해진 바가 없었다. 가장 먼저 눈에 뜨이는 진주 가는 버스를 탔다. 어디든 다 윤호에게는 생전 처음 가보는 낯선 곳이었다. 진주에서 내려 다시 눈에 뜨이는 순천 가는 버스를 탔다. 할머니와 같은 말씨를 들어야 하는 경상도 땅을 벗어나 더 멀리 떠나고 싶었다. 순천에서 하룻밤을 잔 윤호는 목포행 버스를 기다리다 탔다. 전라도 목포는 유일한 친구 기영이 태어난 고향이었다. 윤호에게 전라도 말씨는 다정해서 좋았다. 할머니의 싸늘한 말투에 질린 윤호에게 기영어머니의 전라도 말은 억양부터 다르고, 일정한 운율을 길게 뽑아 마치 노랫가락처럼 들렸다.

목포는 생각보다 큰 도시였다. 짙은 갯내음에 비로소 할머니가 계시는 율동을 한참 벗어났다는 생각이 들었다. 갯내음이 경주의 감포항보다 훨씬 심한 것은 목포항의 어마어마한 규모 때문이었다. 여관에 방을 잡아 가방을 놓고 나와 해변을 무작정 걸었다. 사람들의 표정과 말투와 행동이 모두 살아 펄떡이는 물고기 같았다. 아니, 긴 항구가 거대한 한 마리의 물고기로 꿈틀대고, 바삐 오가는 사람들은 햇살에 반짝이는 비늘 같았다.

한국 전통의 골기와 집보다 유리창이 많은 일본식 이층집들이 즐비했고, 항구에서 조금 벗어나자 초가집이 현저하게 많았다. 선창에서 일하는 이들의 살집은 얇고 입성은 낡고 헐벗었다. 무엇보다 얼굴이 모두 황동빛이었다. 산그늘을 품고 사는 구릿빛 얼굴의 농부들보다 훨씬 검붉었다.

밥집을 찾아 들어갔을 때 얼마나 반갑게 맞는지 윤호는 자신을 아는 사람인가 싶었다.

"아이고, 어서 오시시요. 점섬 묵을 때가 한참 지나가버렸는디 겁나 시장하랑께라. 쪼까만 지두리시요. 지가 후딱 채래디릴텡게."

며칠간 말을 하는 일조차 염치없어서 침묵으로 일관하던 윤호도 이런 환한 인사에는 입이 열렸다.

"괜찮습니더. 천천히 하시소."

"옴마, 멀리서도 와부렀소. 고향이 겡상도 어딘게라?"

"예, 저어, 대굽니다."

윤호는 잠시 머뭇대다 거짓말을 둘러댔다. 자신이 도망

오듯 떠나온 경주를 말하면 연이의 삼우제도 안 지낸 일이 탄로 날 것 같았다.

시야를 펑 뚫어버린 바닷바람에 숨통을 트였는지 밥이 술술 넘어갔다. 이래서 산 사람은 산다고들 하나 보다. 생선조림으로 늦은 점심을 먹은 윤호는 해가 지고 달이 중천에 오를 때까지 해변을 걷고 또 걸었다. 포구의 끄트머리 어느 한적한 마을 앞 바위에 앉았다. 울퉁불퉁한 바위에 균형을 잡으며 앉는 순간, 별똥별 하나가 내려왔다. 윤호는 그 별똥별이 연이처럼 몸을 날려 물에 빠질까 봐 얼른 손을 뻗었으나 순식간에 수평선 너머로 가버렸다. 별똥별은 못 잡고 기우뚱 바위 모서리에 찍힌 손바닥이 아팠다. 하늘과 바다는 구분 없이 검었다. 실감 나지 않는 연이의 죽음과 삶처럼 캄캄했다. 살아있는 물고기가 뭍에서 헤엄치지 못하듯, 흐르는 은하에 산 사람이 올라가 몸을 던질 수는 없다. 며칠 사이에 연이와 윤호는 너무 멀어져 버렸다.

윤호는 며칠 만에 죽은 듯 잔 게 아니라, 죽었다 깨어난 것이 더 맞는 말이었다. 숙소에 들어와 대충 씻고 초저녁에 쓰러져 잤다. 엄마를 잃은 뒤 할머니 집에서나 하숙에서도 윤호는 단잠을 자 본 기억이 별로 없다. 특히 관례를 치를 즈음부터 기억도 나지 않은 꿈을 밤새 꾼 듯 뜬잠이었다. 몸이 가벼워진 윤호는 이튿날 아침 선창가에서 시락국 백반으로 아침을 먹은 뒤 유달산에 올랐다. 멀리 초록 섬들이 손으로 뚝뚝 빚은 쑥개떡처럼 바다에 떠 있었다. 윤호는 태어나 섬을 처음 보았다. 쑥향 대신 솔향이 잔잔한 이등봉의 정상에 올랐을 때였다.

"날쎄가 보통 푹푹항게 아니지라."

중년의 남성이 말을 걸어왔다.

"아, 예. 그래도 바닷바람이 불어와서 괜찮습니더."

"어찌 앤 보던 얼골이라 혔더니 오데서 오싰능게라?"

"예. 저어 경상도에서 왔습니더."

놀기 삼아 유람을 온 것이 아닌 윤호는 대충 얼버무리고 말았다.

"동짝 끝이서 서짝 끝이꺼정 오시느라 욕밨구만이라. 아따 징허게 반갑소이. 시방 댁이가 앉아 기신 이 방구 이름이 머신지 모르제라? 바로 이거시 수도승 방구여라. 여 그 유달산을 잘 안당가요?"

"아닙니더. 목포도 첨이고요."

수도승 바위라…. 윤호는 손바닥으로 바위를 쓸어보았다. 아직 하루치 삶의 고단함에 지치지 않은 아침 햇살을 먹은 바위가 맑다. 윤호의 체온과 맞닿는 바위는 손바닥

지문과 교감을 나눈다. 윤호는 자신의 손이 돌과 하나 될지도 모른다는 생각이 들었다. 손에서부터 서서히 온몸이 다 돌이 되는 무언의 세계…. 훤히 트인 저 한바다에 연이와 할머니에게 못다 한 말들 다 실어 보내고 빈 껍질 같은 몸, 돌이 되면 어떠랴 싶었다. 연이를 보낸 뒤 시종일관 매달린 의구심에 돌은 답이 되는가. 나는 무엇이며 어디로 가서 무엇을 할 것인가? 어떻게 살까, 어떻게 살까를 묻고 또 물었던 윤호에게 묵언 정진하는 수도승 바위는 잘 만난 도반(道伴)일지 모른다. 수도승 바위의 무채색 대답은 윤호가 방랑하는 내내 떠나지 않았다. 끝내 대구로 돌아와 학교를 자퇴하고 하숙집에서 나오게 했다.

"그라믄 시방부터 지 고향인 목포 요모조모를 갤체디리도 갠찮을랑가 모르겠소이?"

"예예. 그래 주시믄 저는 고맙지요."

"저어기, 저 짝에 보이는 저것이 바로 우리 조선 곡물 수탈 목포 지점이얐던 동양척식주식회사이제라."

"예. 신문에서 봤는데 실물을 보게 되네요."

"긍께 왜놈들이 목포에다 저 악질적인 회사를 차린 것이 교통 따문이어라. 1914년에 대전 목포간 철도가 놓아져 부리고, 1921년에는 순항선조합을 맹글어서는 여수, 제주, 인천, 부산 오가는 배들은 몽조리 목포항을 중간기

착지로 삼았응게요. 1흑(黑) 김허고, 3백(白), 면화, 쌀, 소금을 일본으로 실어갔제요. 목면공장이 여그 목포에 스무 개나 댔응게 그 규모가 대단했지라."

"예. 전라도가 우리나라 대표적인 곡창지대라서 군산과 목포에서 대량의 곡물 집하가 이뤄져서 일제가 본국 보낸 것으로 압니다."

"잉, 그제라. 맞구만요. 목포가 우리나라 4대 항구였응게. 왜놈들이 아조 우리 목포를 지놈들 거점으로 삼아 천년만년 살아불라고, 시방 쩌그 보이시제라. 질이 모다 빤뜻빤뜻 안 하요. 도시구획을 잡아 바다를 메꽜당게요. 저게서 저게꺼정도 다 옛날엔 바다였제라."

통성명에서 임정한이라 밝힌 사내는 역사 선생으로 소학교에서 아이들을 가르치다 파면되었다고 했다. 일제 몰래 우리 역사를 가르치다 네 번이나 걸린 후 징역을 살았고, 지금은 선박업을 하는 처갓집에 얹혀 그럭저럭 세월을 때운다고 했다.

선사시대 목포부터 유달산 자락의 노적봉과 이순신 장군의 지략 등 임 선생은 역사 선생님답게 상세한 설명을 해주었다. 해풍이 먼저 자리 잡은 소나무 그늘에 앉아 이야기를 듣다 보니 점심 무렵에야 산을 내려왔다.

경상도에서는 특히 낯선 사람에게 웃는 것이 이상하고,

무뚝뚝한 걸 당연히 여겼다. 고주알미주알 설명하고, 다정다감한 걸 간살을 떤다며 흉을 잡았다. 연이도 모르고, 할머니도 모르는 낯선 곳 낯선 사람이 건네는 인정 속에서 윤호는 마음의 평정을 얻었다. 자신의 성장부터 현재의 처지까지 아무것도 모르는 이들이 사는 곳, 그 낯설음이 편안했다. 한편 연이에 대한 끝없는 자책까지 들키지 않아서 오롯이 영면을 기구할 수 있었다. 할머니 곁에서 고통받는 연이를 데리고 집을 떠나지 못한 자신의 무심함에 종신토록 벌을 받겠다는 다짐도 했다.

유달산에서 내려와 임정한 선생과 회를 곁들인 점심을 함께했다. 가슴을 채울 그 무엇도 없어 산바람도 바닷바람도 무시로 드나드는 윤호에게 잠시 잠깐 베풀어준 동행이 고마웠다. 극구 사양하는 분을 모시고 밥 한 끼를 나누어 윤호는 고마움을 대신하려고 했다. 그런데 멀리서 목포를 찾아주신 분께 도리가 아니라면서 임 선생은 기어이 밥값을 지불해 버렸다. 마음의 빚을 후일에라도 갚을 생각으로 윤호는 임 선생의 주소를 받아 들고 고창으로 향했다. 꼭 가볼만하다며 임 선생이 추천해준 곳이 선운사였다.

누가 길섶에 불을 놓은 듯 빨갛게 타는 길이 이어졌다. 꽃은 잎을 만나지 못하고, 잎은 꽃을 만나지 못하는 상사화(相思花), 꽃무릇이었다. 이 핑계 저 핑계 변명해줄 잎

조차 만나지 못해 꼿꼿이 홀로 선 대궁, 제 몸이 먼저 새
파란 멍이 든 회초리로 서 있었다. 연이가 내내 참았던 붉
은 울음인가. 때마침 범종소리가 대신 긴 목청으로 울었
다. 먼저 울린 종소리를 따라 뒤에 오는 종소리가 속세엔
가지 말라며 매달렸다. 범종 소리의 파문들이 꽃무릇 송
이마다 걸려서 붉은 부적으로 피었다. 스스로 벌을 준 회
초리 끝 꽃술마다 길 눈 어두워 헤매던 종소리가 오욕칠
정이 빚은 피빛 울음 같았다. 꽃무릇 오리길 내내 붉게 짓
무른 자책은 윤호의 종아리를 시퍼렇게 물들였다. 유달산
의 수도승 바위를 꿈꾸며, 윤호가 선운사 일주문에 닿자
하늘이 오리(伍里)나 가까워져 있었다. 윤호가 속세에서
오리나 멀어졌다.

며칠 후 윤호는 유달산에서 만난 임 선생님이 두 번째로
가보라던 절 보림사로 향했다. 전라남도 장흥 땅 보림사에
닿자 그곳이 막다른 종착지인 양 윤호의 다리가 풀렸다.
참으로 먼 첩첩산중, 인적이라고는 없는 깊은 골짜기를 되
돌아 나오기 여러 차례, 묻고 또 물어 겨우겨우 찾아갔다.
윤호가 할머니를 따라갔던 분황사나 어머니의 영령을 모신
옥룡암과 비교가 안 되는 어마어마한 큰 절이었다. 놀라움
끝에 자신이 치러야 할 죄의 크기만큼으로 보여서 저절로

합장하며 등을 굽혔다. 절 마당에서부터 흘러나오는 시냇물 한줄기가 맑은 불경소리로 흘러갔다. 물은 더없이 맑은데 오래 걸었던 윤호의 몸에서는 쉬어 터진 냄새가 진동을 했다. 얼른 셔츠를 벗어 얼굴과 머리, 팔다리만 씻어도 정신이 맑아졌다. 여름 해가 길어서 아직 나무그림자들이 서로를 얽어매는 숲에는 매미들이 자지러질 듯 울었다. 연이의 동생들이 그렇게들 울었다. 장모가 등에 업은 갓난쟁이까지 일곱이나 되는 동생들이 빼곡히 둘러선 사람의 숲에서 매미처럼 울었다. 윤호는 다시 한번 어느 누구도 아닌 자신이 죄인임을 자인했다. 소나무 속잎을 따서 할 말을 못 한 죄인의 입을 씻고 싶지만 마치 변명할 윤호의 손길조차 거부하는 듯, 소나무들은 키가 아득했다.

보림사는 일주문부터가 예사롭지 않다. 거대한 일주문을 들어서는 동시에 윤호는 흠칫 놀랐다. 마치 자신을 꾸짖는 듯 사천왕상의 유리알 눈빛에 쏘였다. 지금껏 본 적 없는 크기의 나무 조각이었다. 불끈 쥔 주먹이 곧 자신의 면상을 향해 날아올 것만 같았다. 며칠 동안의 여행에서 윤호가 얻은 것은 어떤 어려움 앞에서도 피하지 않겠다는 결심이었다. 거대한 사천왕상을 가만히 올려보니 괴기스럽지 않고 넉넉한 얼굴이었다. 보는 순간 외형의 억압에 외면했다면 몰랐을 온화한 관용도 보였다. 절 마당 동편에 큼직한 기와지붕을 올린 우물이 있고, 수량이 넉넉해서 넘치는 물이 절 마당을 가로질러 담장 밖으로 흘러나갔다. 윤호는 차마 부끄러운 육신으로 우물가에 들어서지 못하고, 물소리처럼 잔잔히 소리 내 울고 싶은 심정이었다. 대신 합장했던 손을 풀고 도랑물 가에 엎드려 다시 한번 얼굴을 씻고 입을 헹궜다.

정면에 보이는 대적광전을 올려보며 죄짓고 떠도는 윤호는 막상 들어갈 엄두가 나지 않았다. 대적광전을 한 바퀴 돌아보다 서편 단석에 앉은 채 무심히 산새소리에 넋을 얹었다.

그날 밤 집을 나오기 전 연이가 우는 소리를 들었다. 문을 활짝 열어두고 담배를 피우던 할머니 일갈에 뒷집 금척댁의 개도 놀라 짖었다.

"이기 시방 무신 소리고? 누가 죽었나? 오밤중에 청승을 떨어도 유분수지, 잉네년(계집년)이 어데 울음소리를 내고 지랄이고, 지랄이. 몬 그치나? 아이고, 그래! 시할매 별나다꼬 동네방네 자는 사램들 다 깨아가매 소문내는 택가?(셈이냐?) 아무짝에도 씰모 없는 내가 더 호호마이(호호할멈) 대기 전에 어사(어서) 죽어야지."

우물가에서 걸레를 빨며 소리 죽여 흐느끼는 어깨를 보며 윤호는 말없이 돌아섰다. 돌아서며 콧잔등이 시큼하고 가슴이 먹먹했다. 평소에도 할머니는 보통 사람에 비해 목소리가 엄청 컸다. 화가 나면 방문의 창호지가 푸르르 떨리는 어마어마한 성량으로 상대를 압도했다. 할아버지와 작은할머니가 못 견딘 것도 누구도 당할 수 없이 큰 목소리의 패악 때문이었다. 부정한 며느리에게 단순히 폭력만 쓴 게 아니라, 한 씨의 입에서 쏟아지는 욕도 힘이 셌다. 특히 윤호의 기억에 남는 '아무 늠한테 씹 가래이(가랑이) 처 벌리는 년 씹구영은 윤디(인두)로 팍 찌재뿌래야(지져버려야)'였다. 어린 윤호가 크는 동안에도 말을 못 참는 할머니는 이 끔찍한 욕을 예사로 했다. 커가면서 그 욕의 의미를 알았고, 윤호는 그럴 때마다 화롯불에 벌겋게 단 인두가 자신이 가슴 속에 무형으로 살고 있는 엄마를 지지듯 뜨겁게 아팠다. 할머니는 실제로 바느질할 때 화롯불에 오래 얹어두어 뾰족한 앞부분이 빨갛게 익은 인두를 들고 흔들며 그런 욕을 했다. 그걸 보는 윤호는 엄마의 잘못보다 더 큰 그리움이 화롯불의 잉걸처럼 이글거렸다. 할머니가 엄마에게 그 인두를 들이대면 자신이 대신 맞거나 빼앗아버리고 싶었다. 엄마의 사진 한 장도 그 무엇도 없는 윤호가 유일한 추억인 냄새를 기억해내려고 했지만 그조차도 형체가 없어 희미해져갔다.

얼마나 그 자리에 있었을까, 자박자박 자갈돌 밟는 소

리가 들렸다. 갑산댁과 아주 닮은 보살님이었다.

"총객은 오데서 왔어라? 여게가 산 속이라 쪼까 있으면 해거름판이라 곧 질 꺼인디."

"예. 경상도에서 왔습니다. 저어, 하룻밤 자고 갈 수 있는지요?"

"옴마, 먼 질 오싰소이. 하룻밤 암만, 그거이 갠찬웅게 걱정마시요. 아까버텀서 거시기 질게 기시길래 공양도 지았으니, 언능 일 나서 한 술 뜨도록 허더랑게."

"보살님, 고맙습니다. 저어, 주지스님께 인사부터 올려야 할 텐데요?"

"큰 시님이랑은 다덜 송광사 하안거에 드시고 앤 계시제라. 새끼 중 한나랑 지랑만 있응게 엠려 놓으시요. 오메에, 이늠우 와기리(매미)들이 어째 이로코롬 지랄나게 울아싼다냐. 낼도 허벌나게 더우(더위)가 올란갑네. 싸게, 저짝 공양간에 오르시요."

"예."

윤호가 며칠간 느낀 건 세심한 친절이다. 경상도에선 평소 단답형의 말이 오가기에 부족한 설명 때문에 오해를 부르고, 오해를 풀기에 앞서 벌컥 성부터 내고 본다. 이런 언어습관을 자연스럽게 보고 배우면서 대를 잇고, 일종의 특색이 된다.

"산골째기 촌이라 찬이 요로코롬 부실허요. 때깔이 없 아도 꼬사리 너물은 들지름에 뽂아서 맛낭게 드셔보시요. 땀을 허벌나게 흘리는 삼복에능 외지(오이장아찌)랑 무시 지(무장아찌)가 지쩩(제격)이게라우. 하지감재(하지감자) 된 장국을 더 디리야 쓰겄네. 밥도 낙낙하이 있응게 마이 더 드시시요."

"아, 예예. 고맙습니다."

보살님은 허기진 윤호의 눈빛을 눈치쳤는지 꾹꾹 누른 고봉밥 위에 푼주의 밥을 한 주걱 더 보태 올렸다.

"어짜 돌중시님도 밥 쪼까 더 묵을라요?"

"지한티 돌중, 돌중 카지마시요이. 그거이 겁나 싫당게 요. 기양 동자시님이라 부르시요. 큰 시님도 동자시님 그 라는디, 보살님만 으짜 돌중 돌중 해쌌소."

"옴마? 나가 껄떡대다 손님 기신데서 뺨딱지 맞게 생게 부렀구마 우짠다냐. 하하. 마이 커버렸네잉. 겁나 죄송시 럽구만요, 동자시님."

"히히. 으메 존 거. 징허게 좋응게 자꾸 불러주시요. 근 디 보살님, 나 뱃구녕 속에는 거렁뱅이들이 솔찮게 들앉능 게비여. 허벌나게 묵어도 배가 고푸당게요. 하지감재국 쪼 까만 아니 한 그륵 더 주시요. 히히히."

"국끄럭버텀 일로 조라이. 이 할마이 된장국이 너무 맛낭께로 그라제라? 심들아도(힘들어도) 모다 좋아라항게 한 끼 히서 묵는 기 난도 좋은 겨."

"제가 가서 떠오겠습니다."

윤호가 얼른 일어나며 동자스님의 국그릇을 받아들었다.

"아이구 어짜쓰까. 일로 냉큼 주시요."

"제가 폐를 끼치는 거 같아서."

"인자 저녁 묵고 나믄 선선해질텐디 동자시님이랑 쩌그 절 앞에서 모싯잎이나 쪼까 따주시오. 동자시님은 모구(모기) 문다고 히딱 나오들 말고, 곱고 보드랍은 거만 골래 따야 쓴당게. 가슬에 뱁차(배추)가 나오기 전까징은 모시너물(모시나물) 말라놨다 쓰야댕게 자꾸 따다 모다야혀. 큰시님이 모시떡을 좋아하싱게 하안거 끝내고 오시믄 맹글어디리야제."

"예. 제가 할 일이 있어서 다행입니다."

"배고푼 포리(파리)가 경통(설거지통)에 경질(설거지)허기 전에 후딱 치우고, 나가 산때알(산딸기) 한 바가치 따놓을 텅게 목간하구서리 맛나게 묵어믄 좋겠지라."

윤호는 아침에 눈을 떠서 이상한 기운에 사로잡혔다. 거울을 찾아 자신을 좀 봐야겠다는 생각도 들었다. 몸이 엄청 가벼웠다. 하룻밤 사이에 체중이 달라질 리 없을 텐데 뭉치고 굳어서 전신을 채우던 어혈들이 술술 빠져나간 듯 가벼웠다. 무엇보다 머리가 맑았다. 너무 맑은 물에는 물고기가 살 수 없듯이 너무 맑은 윤호의 머릿속에 며칠 전의 일들이 까마득히 멀어졌다. 누가 걱정 근심으로 자란 나무 한 그루를 쑥 뽑아낸 듯 가슴도 가볍다. 보림사 요사에도 잠귀신이 사는지 꿈도 없이 잘 잤다.

윤호는 동자스님과 함께 유치면으로 나와서 정미소를 찾았다. 절에 공양으로 보낼 쌀 한 가마니의 값을 치렀다. 맛과 향이 각별하다는 득량만 김과 건파래, 건미역 등을 사서 며칠 더 있을 요량으로 돌아왔다. 오랜만에 마을에 내려간 동자스님은 기뻐서 경중경중 뛰다시피 다녔다. 동자스님이 침을 삼키며 바라 본 눈깔사탕도 사고, 공양주 보살님이 좋아한다는 박하사탕도 넉넉히 샀다.

절 앞에 이르러 둘은 옷을 입은 채 개울물에 들어앉아 시원하게 씻었다. 목욕과 빨래를 동시에 하는 게 재밌어서 둘은 형제처럼 무람없었다. 절 마당의 우물에서 흘러나온 개울물은 몹시 차고 달았다. 윤호는 다시 찬찬히 거대한 절집을 올려다보았다. 동자승이 절 문의 옆을 가르치며 설명을 시작했다.

"여게 보림사의 이 절 문은 정면 3칸과 측면 2칸의 맞배지붕이어라. 중종과 현종, 정조시대에 중수되얐제요. 이러코롬 큰 사천왕상 4구와 금강역사상 2구는 우리 절에만 있는 귀헌 것이여라. 우리나라 목각 사천왕상 가운데 가장 크고 가장 오래 되얐다고 주지 시님이 그랬어라. 우리 보림사는 송광사의 말사인디 그 머시냐, 아조 옛날에 원표(元表)시님이 암자를 맹글고, 신라 경문왕이 보조선사를 시켜 창건했다고 하더랑게요. 거시기, 우리나라서 가장 먼첨 선종(禪宗)을 본 비아서 가지산파(迦智山派)의 근본 도량잉게라. 인도 가지산의 보림사, 중국 가지산의 보림사, 그라고 여게 이 가지산으 보림사라 그말이제요. 이거시 삼보림이라니 월매나 자랑시럽은 절잉가, 지는 참말로 기가 펄펄 살아뿌요이."

씻고 나니 인물이 더 반듯한 동자스님이 고른 치열을 드러내고 웃으며 탑 앞에 섰다. 맑고 검은 눈동자에 햇빛 머금은 탑이 온전히 새겨졌다. 눈 속의 탑이 실제 탑보다 더 아름다워서 윤호는 한참을 들여다보았다. 지금은 영문 모르는 이 아이가 나중에 참 부지런한 스님이 될 것 같다는 생각을 했다.

"여게 요 탑 안에는 귀헌 부체님 진신사리가 들어 있제라. 나가 여게 오기 전 도적놈들이 긍께 사리를 홈칠라고 탑을 꽉 엎어 부맀당게요. 근디 탑을 다시 줏아올린면서

봉께 탑지랑 사리가 나왔어라. 탑지에 딱 씽게(쓰인 게) 원
표시님이란 분이 씨운(세운) 암자에다 870년 신라 경문왕
이 보조선사를 시키서리 새로 창건했당게요. 긍께 선상님
이 경주, 신라 서라벌서 왔응게 시방 여게랑 인연에 끈타
불(끈)이 영 없는 건 아잉게라."

"맞는 말이네요. 그래서인지 이곳에선 맘이 아주 편안해
집니다."

보림사 대적광전 앞에는 두 개의 탑이 나란히 서 있었
다. 1933년 미수에 그친 도굴 이후 발견된 북쪽의 탑지에
는 경문왕(870년) 10년이 되던 해에 선왕인 헌안왕의 왕
생을 기원하여 세운 탑임을 밝혔다. 서원부(西原部 청주)의
장관 김수종(金遂宗)이 왕명을 받고, 백사(伯士) 진뉴(珎
紐)와 함께 추진했다. 김수종은 958년 보림사의 철조비로
자나불 조상기에 무주 장사현(전북 고창) 부관으로 지냈
다. 그가 보림사의 불사에 각별한 활동을 펼친 것으로 보
였다. 남쪽 탑지에는 진성여왕(891년) 5년에 사리 7매를
넣었다고 기록되었다. 북쪽 탑지의 상면과 하면에 조선시
대 수리한 기록이 있다. 성종(1478년) 9년 대회안거(大會安
居)를 마친 대중 300여 명이 기울어진 탑을 세우고자, 화
주(化主) 원식(元湜)과 대시주 박성미(朴成美), 대중들의 보
시를 받아 중수했음을 적었다. 쌍봉사(雙峰寺), 무위사(無

爲寺)의 대회안거와 무위사 주존불 조성 사실까지 남겼다. 남쪽 탑지의 바닥과 측면에는 숙종(1684년) 10년 5월 26일에 탑을 중수한 사실도 기록했다.

"여그, 양쪽에다 보이는 돌이 괘불지주라는 거이고, 대적광전으로 올라가 보더랑께라."

윤호는 법당으로 들어서면서 가슴에 쿵, 하는 소리가 들리는 것 같아서 합장한 손을 바짝 당겨 뛰는 가슴을 눌렀다. 상상해 본 적 없는 어마어마한 거대 철제 부처님이 계신다. 돌에서 생명이 굳은 박제를 느꼈다면, 쇠에서는 생명이 녹은 체온이 느껴졌다. 열에 의해서 태어난 부처님이어서 그런 것일까? 윤호는 이 부처님 앞에서는 자신의 모든 것을 고스란히 녹여야 할 것 같았다.

"이 부체님 이름은 철조비로자나불좌상이라 부르는디, 거시기 이름이 겁나 길어불고 그라지라. 통일신라시대에 맹글어진 불상인디요, 어깨에 8행의 불상 조상기가 새겨져서 진짜배기로 아조 귀한 불상이랑게요. 명문에 858년, 헌안왕 2년 칠월 열이레 날에, 탑을 세왔던 김수종 그분이 발원하여 이 불상을 주조했다, 이르케 딱 씌어있응게요. 그라고 보조선사탑비에 859년 부수(副守) 김언경이 사재를 털어서 2,050근의 노사나불을 주성했다고 안 혀요. 긍께 이 불상이 858년에 착수되야서 859년에 완성되았다

그 말이어라."

동자승으로부터 내력을 듣는 동안 윤호는 입을 다물지 못했다.

아득한 신라시대 서라벌의 하늘을 그렸다. 그때 태어났다면, 화랑과 선화로 연이를 만났더라면, 할머니를 피해 멀찍이 여기 전라도 땅으로 왔더라면…. 시간은 바람처럼 오고감에 흔적조차 없다. 흔적은 늘 바람이 아니라 바람을 맞은 것에서 나타난다. 별과 별 사이, 우주를 채우는 바람이란 원래 그런 것이다. 이 별에서 저 별로 바람으로 건너는 건 영혼뿐이니.

이날 이후 보림사에 머무는 몇 달 동안 윤호는 대적광전에서 속세를 까맣게 잊는 경험을 거듭했다. 문 밖 나뭇잎 한 장의 미동도 없는 적막 속에서 자신의 형체도 사라지고, 무게도 사라지는 무아(無我)에 잠겼다. 모든 물질은 존재와 부재의 사이에 머무는 것을 깨달았다. 존재와 부재, 그 투명한 경계는 곧 찰나였다. 전라도 땅을 몇 달간 밟던 윤호는 마침내 수행에 들었다.

진견 스님이 옥룡암 법당 한구석에 두었다 짊어진 것은 한지 뭉치였다. 한지 세 뭉치를 사서 하나는 옥룡암에 내려놓았고, 두 뭉치는 외삼촌에게 전하려고 한다. 윤호는 어릴 적부터 먹을 갈고 붓을 즐겨 들었다. 전주에서 나오는 질좋은 한지에 마음이 사로잡힌 뒤 은혜를 입은 분들께 마음을 대신한 한지를 건네느라 자주 전주에 들렀다.

진견 스님과 상금의 사이를 붙잡는 인연이 출현했다. 스님은 씨 다른 동생 상금을 여태 한 번도 본 적이 없었다. 할머니의 어금니에서 씹히던 죄 많은 생명이 상금이었다. 죄의 원흉인 어머니를 잡아먹고 죄의 증명으로 태어났다는 할머니의 저주가 아니어도 만날 연이 닿지 않았다. 윤호가 결혼을 앞둔 여름방학에 할머니 몰래 만식이아재가 가르쳐 준 외삼촌 댁을 처음으로 찾았을 때, 상금은 옥산에 가고 없었다.

지난 가을, 하안거를 끝낸 뒤 만난 외삼촌에게서 상금의 혼례 소식을 들었다. 얘기를 듣다 보니 윤호의 유일한 친구 기영이 상금의 짝이었다. 기영의 부친이 옥산 외가 제실지기였다는 사실도 알게 되었다. 인연이란 이렇듯 돌고 도니 내생도 후생도 우린 또 어디선가 무엇이 되어 만날 것이다. 이미 속세를 버린 스님이 혼례식은 못 보고, 한 어미를 둔 오라비로서 얼마간의 부조금과 잔치의 봉석(하객에게 음식을 싸서 보내는 일)에 쓰일 종이와 서화를 즐기는 외삼촌이 사용할 고급 한지를 전하려고 전주에서부터 무겁게 지고 왔다.

"시님, 반갑십니더."

"아이구, 외삼촌도, 그냥 말씀 놓으세요."

"그래도 시님한테, 우예 말을 놓는교."

"중도 사람에서 태어난 사람입니더. 나무에서 나무가 태어나고, 풀에서 풀이 태어나듯이요."

"시님이 어릴 적부터 하도 영특하고 점잖아서 보는 이마다 큰 사람 될 거라고 칭찬을 했습니다. 공부는 잘되고 있지요?"

"예. 지난 가을에 선우논강을 마쳤습니다. 불법의 정신을 나누는 공부인데, 청정과 화합, 헌신의 승풍 진작을 위함입니다. 불교학에 대한 연구와 토론의 필요성이 절실하던 차에 화엄사상을 주제로 한 논강이었지요."

"해방도 되었고, 불교계에서도 변화의 바람이 불겠지요. 천도교, 대종교, 증산교, 원불교 등 민족종교 역시 해방과 더불어 피지배계층을 위한 본격적인 전통성을 다듬는 과정입니다. 도교와 불교는 오랫동안 전통종교로서 기층민중의 신앙을 대변해 왔는데, 조선 침략을 위해 조직적으로 움직인 일본불교 종파의 한국 사찰 장악에 오히려 협조한 부분에 대한 성찰이 있어야 할 것으로 봅니다만."

"예. 그런 일이 있었다는 것 저도 얼마 전 알았습니다. 우리 승려들이 일본 사원에 자진해 보호를 청원하는 굴욕적인 '관리청원'이 있었더군요."

"아이구, 시님께서 거기까지 깊이 보셨다니 역시 영민하십니다. '관리청원'이란 게 일본의 특정 불교와 연합하거나 일본 사찰의 말사(末寺)가 되어 일본 군대의 보호를 받았지요. 이건 불교계의 친일적 민중 배반이었습니다."

"맞습니다. 한국통감부에서 일본불교 통하여 한국불교를 예속화하는 작업을 선포하기도 했더군요. 반면 일본 세력에 맞서려는 경허 스님을 중심으로 한 수선사 운동이 더욱 돋보였습니다."

"한용운 선생이 정말 훌륭하신 분이지요. 선생이 펼친 『조선불교의 개혁안』과 『불교』에 실린 글에서 총본사의 자주성을 주장하며, 정교 일체적인 권력의 통제를 경고하고 비판한 것은 참으로 정의로운 용기입니다."

"총본사의 건립 목적이 불교계를 통제하는 파쇼적 독재임을 적확히 지적하셨다고 들었습니다."

"그러나 대다수의 승려들은 이에 침묵하고 일제의 의도대로 조계종 창립에 조선총독부가 주도적 역할을 하게 되지요. 민족운동을 일관되게 전개하던 한용운 선생도 끝내 불교계의 친일 흐름을 돌리지는 못했습니다."

"31개 본사 주지들이 자발적으로 조선총독부에 인가를 신청했다고 하더군요. 일부 사찰에서는 일본군과 싸우던 동학의병들의 방화피해를 호도했지만 사실은 사찰에 머무는 의병을 처치하려는 일본군의 방화였다고 들었습니다."

"하하하, 시님, 훌륭하십니다. 짧은 기간에 많은 공부를 하셨습니다. 불교계와 달리 천도교의 옛 이름인 동학 역시 일진회(一進會)가 구성되어 60여 명이 일제 앞잡이 노릇을 하다가 전원 제명되었습니다. 그들이 만든 게 시천교(侍天敎)이고요. 독립선언에 가담한 민족대표 33인 가운데 16인이 천도교인입니다. 천도교는 유불선(儒佛仙) 세 종교의 장점만을 취합한 교리로 사인여천(事人如天), 개벽사상(開闢思想)을 추구하니 가장 현세성이 강한 편이지요."

"네. 동덕여학교와 보성전문학교 등 육영사업을 일으키고, 신문 만세보(萬歲報) 창간 등 어느 종교보다 앞서간 민족정신 부흥입니다."

"어느 종교나 모순과 갈등은 있기 마련인데 제가 자랑이 과했습니다. 스님의 귀의(歸依) 소식을 들은 뒤, 외삼촌이 황벽스님의 시 한 편을 한글로 옮겨 써봤습니다."

외삼촌 설순호는 윤호를 생각하면 명치가 묵지근했다. 성장한 윤호의 얼굴에서 잊은 듯 잊었던 영임의 얼굴이 선명했다. 윤호의 파름한 삭발을 영임이 본다면, 설순호의 눈가가 젖어왔다. 한 번의 이별도 사무칠 텐데 혼인을 한 여인을 또 잃어야 했던 윤호의 심정을 헤아릴 수조차 없다.

…번뇌는 멀리 벗어나기 쉬운 일이 아니니, 화두를 단단히 붙잡고 한바탕 힘써보라, 한 번 추위가 뼛속 깊이 사무치지 않는다면, 어찌 매화가 코를 찌르는 향기를 뿜을 수 있으랴.

어머니와의 아픈 이별을 감내한 뒤 썼다는 황벽스님의 시를 가만히 내려다보던 윤호는 합장을 했다. 감은 눈꺼풀이 바람 앞 촛불처럼 파르르 떨렸다. 멀리서 아주 멀리서 하나의 점이었다가, 그 점이 다시 두 개가 되어, 눈꺼풀 속으로 나란히 걸어 들어왔다. 가까이 오는 두 여인, 어머니와 연이. 눈을 뜨면 눈 속에서 걸어 나올 것 같은 두 여인. 윤호는 감은 눈 속의 두 환영을 기억 너머의 시간으로 보낸다.

사라진 점의 공간에 윤호가 삭발하던 순간이 서서히 채워진다. 보림사 대적광전이었다. 윤호는 중간에 두 번 쉬며, 다섯 시간 반 동안 밤을 꼬박 새워 삼천 배를 끝냈다. 키가 훌쩍 자란 동자스님이 마실 물과 수건을 준비해주었다. 앞에 한지가 펼쳐지고, 강사스님이 물었다. 적막이 법당 안에 밀도를 채웠다.

"삭발하시겠습니까?"

새소리조차 들리지 않았다.

"예."

"삭발하시겠습니까?"

숨소리조차 들리지 않았다.

"예."

"삭발하시겠습니까?"

적막조차 제 무게를 버렸다.

"예."

부처님께 삼배하고, 부모님 계신 곳을 향해 삼배하자, 삭발이 시작되었다. 머리카락이 먹을 머금은 검은 붓인 양 한지 위에 한 획, 한 획으로 그어졌다. 글 아닌 글이었다. 이제껏 알았던 글을 잊고 부처님의 글을 쓰기 위해 머릿속 글들이 획으로 분화되어 떨어졌다. 머리숱만큼 많은 글이 봉두난발 한지 위에 휘갈겨졌다. 부끄러웠다. 난삽하여 부끄러운 글씨들을 읽을 수 없게 되어 고마웠다.

외숙모가 스님을 위해서 정성껏 차린 나물 밥상이 들어오자 외삼촌은 메인 목을 여느라 헛기침을 했다. 윤호, 아니 진견 스님은 외삼촌이 쓴 시를 고이 접어 바랑 속에 넣었다.

제4부

달꽃마중

여름부터 비가 과하지 않게 내리더니 단풍이 유난히 곱다. 적정 시간이 된다고 푸르던 잎이 무던히 붉어지는 건 아니다. 여름내 지독한 가뭄이 들면 잎들은 시커멓게 말라죽거나, 장마가 길면 누렇게 짓물러지기도 한다. 온도와 습도와 햇빛이 서로 과하게 간섭하지 않아야 자연도 순행한다. 해는 비를 간섭하지 않아야 하고, 비는 구름을 탓하지 않아야 순리. 설순호는 이른 아침 마당의 단풍잎들을 쓸며 반목은 지나친 간섭에서 비롯되는 게 아닌가 생각했다. 가깝고 친하다는 이유만으로 가족 사이에 함부로 예를 저버리면 그 관계도 무너진다. 세상살이도 모두 이와 같은 게 아닐까. 해와 달처럼 돌고 도는 관계의 틈바구니에서 항시 예를 갖추어 서로의 다름을 인정하면 다툴 일이 없을 것이다. 부모가 자식에게, 어른이 아이에게, 가진 자가 덜 가진 자에게 함부로 대한다면 세상은 늘 충돌로 시끄럽다. 역지사지의 배려는 예의와 진심에서만 우러나온다.

마침내 열일곱 살이 된 상금에게도 중매가 들어왔다. 줄곧 집에만 있던 상금을 위해 특별히 지프 자동차를 대절해 용담정에서 추석을 보낸 후였다. 시집을 간다, 안 간다, 변덕이 잦은 상금에게 설순호 내외는 다그치지 않았다. 한동안 체면이 안 서는 혼돈을 겪었지만 설순호는 상금이 자신의 처지를 충분히 인지한 갈등임을 이해했다. 상금의 혼사 자리는 늘 얼마간의 흠결이 있었다. 첩의 자식이거나, 부친이 몹쓸 죄로 감옥에 간 집안이거나, 집안은 좋은데 눈이 멀거나, 언청이거나, 상금보다 더 심하게 다리를 절거나 그랬다. 영실에게 들어온 중매가 반듯하여 짧은 시간에 혼사가 이뤄진 걸 상금은 충분히 알기에 서러웠다. 중매라는 것이 조상들까지 샅샅이 훑어보는 일이라 잘못 태어난 자신의 태생이 남들 앞에서 드러나는 게 싫었다. 모든 인간은 한울님의 뜻에 따라 태어나 평등하고, 한 가정을 이루어 남들처럼 자식들을 낳아 잘 키워보는 꿈이 상금에게도 있었다. 특히 시집 간 영실이 남편과 아이들을 데리고 친정에 오면 한없이 부러웠다. 그런 날 밤에는 불을 오래 밝혀 천도교 교리 공부로 불면증을 달랬다. 하지만 종교의 방향성과 달리 종교적 이해는 지극히 자의적으로 풀이되기도 했다.

1905년 전후해 나타난 『대종정의(大宗正義)』에서는 '인시천인(人是天人)'보다 한 걸음 더 나아가 '인내천(人乃天)'이 정립되었다. 자기의 마음을 깨달으면 그것이 곧 하늘이고, 그 마음이 곧 하늘이라지만 삶의 실질적 영향은 자신이 처한 환경의 지배가 우선했다. 천도교는 내세에서가 아니라 현세에서 지상천국 건설을 최고 이상으로 한다. 주관적 개인의 인격을 완성해 정신개벽을 이루고, 객관적으로는 평등한 사회를 건설해 인간 성품 본연의 윤리적 사회를 이룩하는 목적이었다. 천도교의 강론에서는 이와 같은 사상을 공부하지만 대등한 삶의 가치와 존중을 누리기에 세상의 편견은 너무나 냉정했다.

다리 수술 이후 상금의 무릎에 상처 딱지가 떨어진 날이 드물었다. 성장이 다른 두 발의 길이로 인해 걸핏하면 고꾸라졌다. 한 뼘도 안 되는 높낮이에서도 균형을 잃었다. 자신의 작은 장애로 상대방의 큰 장애까지 용납해야 하는 건 오히려 상금의 화를 더 돋우었다.

나이가 차기 전 시집을 가야 하고, 친정에서 '늙다리처자'가 된다는 건 굉장히 모욕적인 일이었다. 더구나 상금에게 외삼촌 집은 명확히 말해 친정이 아니지 않은가. 더 이상 초라해지고, 미루기 싫어서 받아들이다가, 사나흘 후면 시집을 안 간다며 변덕을 부렸다. 거기다 부아가 치미는 원통한 심정의 이면에는 자신은 아무런 잘못도 저지른 것이 없다는 데 있었다. 자신의 운명이 누군가에 의해 결정지워지는 것은 쉬 체념되는 문제가 아니다. 첫째가 자신을 함부로 낳은 부모의 잘못이라면, 둘째는 왜국에 나라를 잃어 거역할 수 없었던 현실이었다. 소 잔등을 다투는 소낙비인 양 변덕을 하던 상금이 마지막 결정이라며 혼사를 받아들였다. 아침이면 들판에 거친 닥종이 같은 된서리가 내리는 음력 9월 말에야 변덕이 잠잠했다.

중매의 상대는 전라도 목포에서 경주로 이주해 옥산의 설씨 제실을 돌보던 김정철의 둘째아들이었다. 일찍 장가든 정철은 옥산에 올 때 이미 아들이 둘이나 있었다. 이후 딸 셋을 낳아 하나는 병으로 떠나보냈다. 그 중 둘째아들이 윤호의 친구 기영이었다. 윤호는 여섯 살에 옥산을 떠나왔고, 할머니가 누누이 험한 욕을 하는 엄마의 과거를 숨기느라 외갓집 이야기는 일체 함구하고 살았다. 외가의 종교가 천도교인 것도 모르고 자랐다. 그래서 기영의 집에 드나들면서도 서로 알지 못했다. 설진수가 천도교 본당이 있는 서울로 살림을 옮긴 4년 후, 제실을 돌보던 정철도 천도교의 성지 용담정이 있는 현곡으로 이사를 했다. 정철이 옥산을 떠난 것은 일본의 천도교 탄압으로 허물어져 가던 용담정을 증축하고 손보기 위해서였다. 손재주가 뛰어나고 일머리가 빠른 정철은 거의 용담정에 머물다가 간혹 집에 들러서 옷가지나 챙겨가곤 했다. 조부가 영암에서 활동하던 동학의 접주였기에 정철의 신심은 누구보다 깊었다.

타협을 잘 몰라 사람들의 성정이 뻣뻣하고 유난히 배타적인 경주에서도 정철이 인심을 잃지 않았던 것은 성실함과 낙천적인 성격 때문이었다. 그런 아버지를 닮았는지 기영 또한 자상하고 인정스러워 동무들과 잘 어울렸다. 그럼에도 기영과 기영 어머니 목포댁에게 기영의 혼사 관련한 상처가 있었다.

기영이 어릴 적부터 연모한 처녀가 있었다. 이웃한 마을 중농(中農) 집안의 딸이었다. 둘은 대구에서 고등학교 유학을 하면서 본격적인 연애를 했다. 기영은 졸업 후, 경주군 체신지소에 근무를 하고, 성옥은 대구사범학교 학생이었다. 신식교육을 받으며, 밖에 나다니는 처자치고는 참 다소곳이 참했다. 둥글납작한 얼굴은 복스럽고, 좀 크다 싶은 입으로 웃을 때 흰 치열이 유난히 고왔다. 고무신 치수가 16문으로 발이 자그맣고, 걸음걸이가 단정해 보기 좋았다. 누구나 보면 며느리 삼고 싶을 그런 처녀였기에 목포댁은 한편 불안했다. 자신들 살림이 한참 기울었지만 기영이 워낙 착실히 자라주어 별로 꿀릴 게 없다는 생각도 들었다. 목포댁 눈에는 둘이 참으로 어울리는 한 쌍이었다.

서로 눈이 맞아도 혼사는 중매를 넣어 제대로 절차를 밟아야 했다. 공부 잘하고 말썽 없는 기영을 무척 귀여워하던 어릴 때 담임선생님께 목포댁이 어렵게 부탁해 중매를 넣었다. 답은 실망이었다. 뿌리도 모르는 객지에서 온 사람들과 절대 혼사를 맺을 수 없고, 옥산에서 설 씨 문중의 제실지기였다는 과거를 반대의 이유로 들었다. 목포댁과 기영이 받은 충격이 의외로 큰 걸 본 선생님이 다시 한번 성옥의 집을 찾아가 설득을 했다. 이번에는 종교를 문제 삼았다. "특히 전라도와 충청도 동학쟁이들이 가장 악질적이었다. 죽창을 들고 밥술께나 먹는 집에 쳐들어가서 무슨 짓을 했는지 다 알고 있다. 첨엔 양반들이 중심이 된 동학이지만, 나중엔 아주 변질되어 무지한 상것 망나니들이 세상을 뒤엎으려 봉기한 몹쓸 집단"이라며 비난했다. 그것도 직접 성옥의 아버지와 삼촌이 집을 찾아와 정철 내외와 기영을 앞에 앉혀두고 "언감생심 혼사는 꿈도 꾸지 말라"고 했다. 거기다 "당신들 역시 가진 자들을 괴롭히던 거지부랑배로 전라도 땅에서 쫓겨나 이곳까지 도망 온 것 아니냐?"는 인격적인 모독도 서슴지 않았다. 마주 잡은 손끝을 떨던 정철은 아무 해명도 하지 않고 정중히 배웅했지만 목포댁은 달랐다.

"옴마, 이 냥반들 보게! 시방 이거시 먼 늠우 구신 씨나락 까묵는 소린겨? 그 짝이 싫다는 혼사 누가 목매달고 하자고 안 헐텅게, 말이싸 바리혀야 쓰갔구먼. 천지간에 양심 하나 믿고 사는 울집 이 냥반을 거랑지에다 부랑배라고라?"

멀찍이 한 구석에 앉았던 목포댁이 무릎걸음에 삿대질까지 하며 대들자 정철이 "우리만 아니면 고만이제. 임자가 쬐가 참고, 잠자코 기시시요"라며 아내를 달랬다.

"나 시방 기가 맥혀 귀꾸영이 목혔응께 말씀 재게 해보시오. 나 죽는 꼬라지 보고 잡소? 다시 함 똑바리 말쌈해보시오! 우리 집 냥반이 빌러 처묵는 거랑지? 머시랑께, 이기 시방 부랑배가 어뜨라고라?"

만류하는 남편의 체면을 살리느라 입을 다물었던 목포댁은 다시 거지부랑배, 도망, 이 말들을 가슴에 품으며 무척 서러웠다. 그래서 친정인 목포 쪽에다 중매를 부탁했는데, 어찌 된 일인지 중매 통기가 단 한 번도 뜨지 않았다. 보통 스물 초반이 넘으면 혼례 적령기인데 이러다 노총각으로 늙히는 건 아닌가 하던 참에 상금과의 중매에 연이 닿았다. 첫 중매가 깨진 뒤 노총각으로 늙느니 한편 잘 되었다는 생각이 들어야 함에도 목포댁은 어쩐지 마음이 개운치 못 했다.

옥산에 살 때 목포댁과 비슷한 연배의 영임을 한번 보았다. 설 씨 집안 혼인 잔치에서였다. 인물과 몸피가 하도 고와서 야외 천막극장에서 단 한 번 보았던 영화 속의 배우 같았다. 입술은 그야말로 보리수 마냥 탱글하고, 화장을 안 했는데도 얼굴이 잘 익은 백도 같았다. 목포댁은 평소 마루 기둥에 붙은 손바닥만 한 낡은 면경에서 본자신을 떠올렸다. 사철 볕에 타서 까무잡잡 기미와 주근깨투성이인 면상을 익히 아는지라 영임을 천상에서 하강한 천사인 양 우러러봤다. 그 곱던 여자가 아기를 낳다가 피를 강으로 쏟아….

지난 추석 용담정에서 처녀가 된 상금을 처음 보았다. 살색이 너무 곱고 발그레해서 영임인가 착각을 했다. 여자의 얼굴에 화색이 지나치면 남편을 일찍 여읜다는 설에 어딘지 찜찜했는데, 기영의 각시로 중매가 들어오다니 심란했다. 앞 선 중매에서 받은 충격이 너무 컸기 때문에 불쾌함도 여전히 남은 상태였다.

교도의 중매에 정철은 일말의 망설임도 없이 흔쾌히 혼사를 결정했다. 옥산의 제실 전답에서 얻은 소출을 모아 현곡에 집을 사고, 마련한 전답으로 아이들도 키웠다. 설씨 집안에 입은 은혜를 갚게 되어 오히려 다행이라 생각했다. 기영은 마음에 품은 처녀와의 이별로 아버지의 결정에 따르되 중매에 별다른 관심을 보이지 않았다. 기영이 어릴 적에는 아이들이 용담정 강론에 가지 않아 상금과 마주칠 일도 없었다. 설순호 내외에게 혼례 전 인사를 하러 갔지만 상금을 보지 않고 서둘러 나왔다. 마음에 다른 처녀를 품고 혼례를 치르는 것부터 기영의 양심이 불편했다. 목포댁 역시 남편의 뜻을 꺾지 못한 혼사여서 매일 짜증이 일었다. 없이 살아 못 배우고 인물이야 못 생겨도 좋으니, 그저 부모 형제 어울려 사는 그런 평범한 며느리를 원했다.

설순호는 상금을 키우는데 들 재원을 아버지에게 넉넉히 받았었다. 상금이 소학교라도 마치기를 바랐는데 한사코 공부를 작파했기에 혼수를 사돈의 팔촌까지 넉넉히 장만했다. 현재 초가집이 너무 협소해서 장남도 분가를 할 정도여서 정철의 허락과 무관히 새 기와집을 한 채 지어줄 생각이다.

혼례 준비는 순조롭게 진행되었다.

혼인의 절차를 육례(六禮)라고도 하며 납채(納采), 문명

(問名), 납길(納吉), 납징(納徵), 청기(請期), 친영(親迎)으로 나눈다.

첫째, 납채는 신부 측에서 신랑 측의 혼인 의사를 받아들인 후 신랑의 생년월일을 적은 사성(四星)을 신부 측으로 보내는 절차다.

둘째, 문명은 신랑 측에서 신부 외가의 가계(家系)와 전통(傳統) 등을 묻는 절차다.

셋째, 연길은 신랑 측에서 신부 쪽에 혼인의 허락을 통지하는 것이다.

넷째, 납징은 신랑 쪽에서 신부에게 현훈(玄纁), 폐백(幣帛) 예물을 보내는 절차다.

다섯째, 청기는 신부 측에서 신랑에게 연길(涓吉), 혼례식의 날짜와 시각을 통지한다.

여섯째 친영은 신랑이 신부를 맞아 예를 올리는 절차다.

혼담의 과정을 거쳐 혼인의 의사를 중매인을 통해 전달하고 허락하면서 신랑의 생년월일시를 신부 측에 보낸다. 꼭 같은 간격으로 일곱 번 접은 최상급 한지에 써서 편지와 같은 동일한 한지로 만든 봉투에 넣는데 절대 봉하지 않아야 한다. 이 봉투를 다시 사성보에 싸서 정중히 보낸다. 사성은 부부가 마지막 죽는 날까지 간직하는 것으로

질이 가장 좋은 한지를 사용하며, 규격은 길이가 어른 손으로 한 뼘 반, 넓이가 두뼘 가량이다. 사성보의 안쪽은 초록색, 바깥쪽은 홍색이 되는데 이 보자기도 끈을 둘러서 꽂을 뿐 절대 묶지 않는다. 사성의 내용은 대충 이랬다. …'(계절 인사 후) 존체 만중하십니까? 저희들 혼사 일에 대해서는 이미 허락하여 주셨으니, 저희 가문의 경행인가 합니다. 이에 예를 갖추어 사주단자를 올리오니 겸하여 청하옵기는 연길을 받아 보내주시기 바랍니다.' 이를 받은 신부 측 혼주는 의관을 정제하고, 소반에 공손히 받아서 개봉한다. 연길은 사성을 받은 신부댁에서 혼례일을 택하여 통지하는 일이다. 요령은 사성과 동일한 데 단 사성 올 때의 보자기를 거꾸로 펴서 초록색이 바깥에 향하도록 한다. 그 내용은 이렇다. …'(계절 인사 후) 맞이하여 존체 만중하십니까? 저희들 혼사 일에 대해서는 이미 아시는 바와 같이 사성을 보내주시어 한없는 광영으로 생각합니다. 이에 연길을 보내 드리오니 살피시옵소서.' 연길을 받은 신랑 측에서는 신랑의 의복 길이와 품을 신부 측에 알리는 의제장(衣製狀)을 보낸다.

여기에 납폐(納幣)의 절차가 또 있다. 사성과 연길의 왕래가 끝나면 신랑 측에서는 혼례일 전에 신부용 혼수와 폐물과 예장지(禮狀紙, 또는 납폐문) 현훈 물목을 써넣은 혼수함을 보내는데, 이를 납폐라 부르며 일정한 격식을 갖춘다. 예장지의 규격은 길이가 어른의 세 뼘, 폭은 두 뼘 가량이다. 역시 일곱 번 접고, 양쪽 한 칸씩을 비우며 5칸에다 쓴다. 현훈은 청색과 홍색의 음양을 상징한다. 납폐문의 내용은 이와 같다.

'…(계절 인사 후)을 맞이하여 존체 백중하십니까? 저희 장남 아무개는 이미 장성하여 배필이 없으니 높이 하심을 입어 귀중한 따님을 짝을 맺게 하여 주시어서 이에 선인의 예에 따라 삼가 납폐하는 의식을 행하오니 널리 살펴주시옵기 서찰로 올립니다.'

물목의 연월일은 혼례 일자를 쓰며, 사람에는 원(原)을 쓰고, 물품에는 제(際)를 쓴다.

신랑 측에서 납폐문이 오면 신부 측에서 회답문을 써 보낸다.

'…예장문을 삼가 잘 받아보았습니다. 존체 다복하십니까? 저희 여식 아무개는 모든 일이 미열(迷劣)하고 아울러 교훈이 변변하지 못함에도 혼사를 기꺼이 허락하여 주심에 무어라 고마운 말씀 드릴 수가 없습니다. 영윤(令胤)을 맞이하는 혼례 지의에 높으신 사랑으로 특별히 내려주신 예물 마음 깊이 느끼오나 다 나타내어 말씀드리지 못하오니 용서하여 주시옵기 바라오며 서찰을 올리나이다.'

혼수함 안에는 정결한 백지를 깔고, 맨 밑에 예장지와 물목(납폐단자)을 넣은 다음 백지로 덮고 그 위에 보낼 예물을 넣은 다음 현훈(홍색치마를 먼저 넣고 그 위에 푸른색 저고리를 넣는다)을 마지막으로 넣고 함을 닫아 붉은 보자기로 싸되 네 귀를 맞추어 싸매고, 종이를 감아 근봉(謹封)이라 글씨를 쓴다.

혼례식은 신랑이 신부의 집으로 가서 신부를 맞이하는 의례다. 홀기에 의해서 연속으로 진행하는데 이를 여섯 부분으로 나누므로 육례라 하며, 영서례(迎婿禮), 전안례(奠雁禮), 친영례(親迎禮), 관세례(盥洗禮), 교배례(交拜禮), 합근례(合卺禮)이다.

영서례는 신부 측 혼주가 신랑을 맞아들이는 것이다.

나무 기러기를 안고 들어와 서로 읍을 하고, 준비된 상 위에 기러기를 얹고, 향을 피우고 두 번 절하고, 신부 측의 집사가 기러기를 신부 앞에 놓는 것을 전안례라 한다.

혼례상의 동쪽엔 신랑이 서쪽엔 신부가 서서 혼례식을 거행하는 것을 친영례라 한다.

예식을 거행하기 전 순결의 서약과 신뢰의 표상으로 손을 씻는 절차를 관세례라 하며 이때 신랑신부가 처음으로 상면하여 서로 예를 교환하는 절차다.

초례상을 가운데 놓고 상 위에 촛대, 송죽(松竹), 백미

(白米), 닭 암수 한 쌍을 양쪽에 놓고, 홀기(笏記) 절차에 따라 신부는 사배(四拜), 신랑은 재배(再拜)를 하는 절차가 교배례다.

신랑과 신부가 서로 술잔을 교환하여 혼인을 서약하는 예를 합근례라 한다. 이 의식은 집사자가 읽는 홀기의 순서에 따라 진행하며, 지방과 가문에 따라 조금씩 다를 수 있다.

아직 우귀(于歸)라 불리는 신행(新行)이 남아 있다. 신랑이 처갓댁에 머물며 혼례 1년 후에 신행을 가는 일이 허다했다. 우귀는 좋은 날을 택해 신부가 신랑의 집으로 들어가는 일로 신부의 부친과 가까운 친척 상객(上客) 두 사람이 동행한다. 신부가 가마를 타고 신랑집 대문 앞에 내리면 안내자가 나가 맞이하여 집안으로 들어온다. 이때 마른 쑥이나 짚단을 적당한 부피로 묶어 불을 지펴 그 위를 밟고 들어가게 하는데 이는 악귀나 부정한 것을 방지하기 위한 행위였다. 이때 친척 중 복록이 많고 아무 탈이 없는 젊은 부인을 선정하여 신부의 시중을 들게 하며 이를 '신부대반'이라 한다.

집안에 들어와 휴식을 취한 다음 시가에 들어오는 첫 행사인 현구고례(見舅姑禮)를 거행한다. 친정에서 장만한 술과 안주 등을 큰 상에 차리고 신랑신부는 큰 절로 인

사를 올린다. 시할아버지와 시할머니가 계신다 해도 시아
버지와 시어머니에게 먼저 인사하는 도리지만 아들이 사
양하면 어른이 먼저 받는다. 다음은 시종조부모, 시백(숙)
부모, 시고모 순으로 큰 절 사배하고 술잔을 올리면 어
른들은 목례로 답한다. 종숙부모는 큰 절 단배(單拜)하고
술을 올리며, 어른은 반(半) 절로 답한다. 형제와 종형제
와 그 이상의 친척들은 어른이 앉은자리를 피하여 방향을
바꾸어 방석을 깔지 않고 비스듬히 앉아서 맞절을 한다.
술잔은 물론 받을 수 없다.

　사당(祠堂)이 있으면 시집 온 지 3일째 되는 날 아침 알
묘(謁廟)를 한다. 이후 시가(媤家)의 친척집을 인사차 방문
하는 데 이를 회가(回家)라 하며, 인사를 할 때 절은 직계
존손(조부모, 부모, 백(숙)부모, 고모, 종조부모)에게 문하
배(門下拜, 문 밖에서 하는 절로 경상도 지방에만 있는 예절)로
하며, 그 외는 문하배가 아닌 반절을 한다.

　첫 월경 이후, 삼 년이 지나자 키가 조금 더 자란 상금
의 가슴은 맵시 있게 부풀고, 엉덩이 또한 알맞게 살집이
올라 여름 달밤에 목욕할 때면 추석 앞 둔 박처럼 둥실했
다. 월경 전 밋밋하던 몸의 곡선들이 잘 다듬어져 완벽한
여성의 몸에 가깝다. 규칙적이고 선혈이 고운 월경은 상

금에게 만월을 품어도 좋을 아름다움을 완성시켰다.

동짓달에 청홍 비단으로 만든 겹보자기에 싸인 사성보(四星褓)가 도착했다. 혼례는 설을 지나고 날이 풀리는 삼월 열하룻날로 잡혔다. 둘의 사주팔자와 궁합이 동지를 지나야 좋다고 했다. 동지가 지나면 상금이 열여덟이고, 신랑이 스물둘이 되어 결혼 적령기였다.

상금이 얼굴도 모르는 신랑 집에서 온 사성을 받은 지 보름이나 지났을 섣달의 그믐께 몹시 추운 날 밤이었다. 달빛이 창호에 매화나무 앙상한 가지를 고스란히 그리고 있었다. 상금의 방은 아래채로 추녀가 짧아서 툇마루를 밟은 달빛이 방안으로 들어왔다. 방문 앞에는 영실과 상금이 나던 해에 심은 매화나무가 제법 튼실하게 가지를 뻗었다. 잎도 꽃도 없는 매화나무가 어머니도 아버지도 없는 자신의 처지 같았다. 외롭고 쓸쓸한 마음에 잠을 이룰 수 없어 뒤척일 때였다. 누군가 담을 넘어 쿵하고 떨어지는 소리가 들렸다. 누굴까? 지금까지 살면서 마을에 도둑이 들었다는 소문조차 없었다. 누굴까? 조심스럽지만 무거운 발자국 소리, 창문에 그림자가 어른거리는 순간, "멋이고(뭐냐)? 거게 누고?(거기 누구냐?)" 안채 마당에서 들려 온 설순호의 일갈이 그림자를 거둬갔다. 다급히 돌아서는 발자국과 다시 담을 넘는 거친 숨소리도 들은 것 같다.

"상금아, 개안나?"

"응. 개안타."

"안채 와서 잘래?"

"언지(아니), 그양(그냥) 잔다."

"문, 안으로 잘 걸었지러."

"응."

"무신 일 있이면 꽘(고함) 지리고(지르고), 이삼촌(외삼촌) 불러래이."

"응."

"잘 자거라."

마침 소피를 보러 나왔던 그날 밤 이후 설순호는 깊은 잠을 이루지 못했다. 아무래도 그놈이 맞다. 달이 밝아도 거리가 있어서 얼굴을 제대로 못 봤지만 그놈일 것 같다. 혼사 앞두고 이 일로 문제를 키우고 싶지 않아서 설순호는 혼자만 알고 있었다. 상금 역시 누구에게도 말하지 않고 혼자만 간직한 비밀이 있다.

온통 벌겋게 단 가마솥 같은 지난 여름날이었다. 여기저기서 중매가 들어오던 참이었으나 조석 변동을 하던 상금이 옥산에 가기 위해 길을 나섰다. 마음이 갈피를 못 잡을 땐 옥산에서 갑산댁의 밥을 먹고 자는 게 유일한 위로가 되었다. 소나무와 잡풀이 무성한 숲길을 지나며 어떤 기척이 느껴졌다. 돌아보니 아무도 없었다. 귀가 쓰라리게 울어대는 매미 소리와 자신의 부채질 소리이겠거니 걸었다.

숲을 벗어난 어름에서 바쁘게 다가오는 그를 보았다. 촌아이들 답지 않게 여름에도 하얀 피부가 그를 단박에 알아보게 했다. 하얗다기보다 그의 얼굴은 푸른빛을 띠었다. 어릴 때부터 이마 양쪽 관자놀이에 굵은 핏줄이 불거져 마치 지렁이가 뺨을 향해 기어 내려온 형상이었다. 상금과 눈이 마주친 그는 단박에 달려와 덮치듯 팔목을 잡아 수수밭으로 끌었다. 그들이 지나는 동안 수수밭의 참새들 수백 마리가 일제히 하늘로 올랐다가 다시 앉기를 반복했다.

빽곡한 수숫대 사이 고랑에 상금을 넘어뜨렸다. 상금은 전신의 기운을 모으며 정신을 차렸다. 그가 배 위에 올라타는 동시에 상금은 옆구리의 밭이랑에서 돌멩이 하나를 움켜쥐고 힘껏 그의 허벅지를 찍었다. 가운데 주요 부위를 조준했는데 살짝 어긋났다. 고맙게도 돌은 어릴 적 사고의 그 청석이었다. 잘 벼른 도낏날 같은 모서리마다 명색이 시퍼런 돌 청석. 놈은 홑 삼베 바지를 입은 왼 허벅지를 두 손으로 감싸며 나가떨어졌다. 일어선 상금이 그의 정수리를 향해 다시 돌을 내리치려는 찰나 그는 도망을 쳤다. 실은 휘어이, 휘어이, 참새를 쫓는 마을 어른의 걸걸한 고함소리가 멀리서부터 차츰 다가오기 때문이었다. 논으로 휘돌아 가는 길이었는지 마을 어른은 더 이상 새를 쫓지 않았고, 그날 상금은 옥산으로 가지 못하고 집으로 되돌아왔다. 흙투성이가 된 옷을 본 외숙모가 걱정을 할까 봐 언덕에서 헛발을 디뎌서 미끄러졌다고 거짓말을 했다. 다리 때문에 자주 넘어지다 보니 별 의심을 안 받았다. 상금은 그날 이후 혼자서 바깥나들이를 중단했다. 옥산에 갈 때는 경주읍내까지 정짓간 아지매나 외삼촌 내외와 동행했다. 그러자 그는 급기야 담을 넘었고, 마침 운 좋게 외삼촌이 쫓아냈다.

정월 대보름이 왔지만 다리를 절게 된 상금은 더 이상 널뛰기를 하지 않았다. 대보름의 다양한 행사들로 온 동네가 소란하지만 상금의 집만 고요했다. 설순호 내외는 천도교 성지 용담정에서 열리는 중요한 강도(講道)에 참석하느라 집을 비웠다. 상금도 함께 가길 바랐지만 다리를 절게 된 이후 상금은 여러 사람 앞에 나서는 걸 극히 꺼렸다. 설순호는 방학이라 대구에서 내려와 있던 막내아들에게 집을 잘 보라는 당부를 했다. 상금이 차려준 푸짐

한 점심을 먹은 외종은 오랜만에 만난 어릴 적 동무들과 종일 들락거리다 줄다리기를 하느라 나가고 없었다.

대보름 아침 밥상에서 남녀노소가 모두 귀밝이술을 한 잔씩 마셨다. 귀가 밝아지고 일 년 내내 기쁜 소식만 들리라는 뜻으로 이명주(耳明酒), 치롱주(治聾酒), 총이주(聰耳酒)라 부르기도 했다. 막걸리의 윗술로 맑은 청주인 귀밝이술은 데우지 않고 차게 마시는 특징이 있다. 귀밝이술을 마시며 안주를 안 먹으면 죽어서 묘자리가 없다하여 콩이나 강정, 밤, 잣, 호두 같은 부럼을 깨물었다. 부럼을 나이 수대로 먹어야 한 해 동안 부스럼을 막아준다고도 했다.

대보름날 아침에 사람들은 마을에 나가 '더위 팔이'를 했다. 누구든지 첨 만나면 '내 더우(더위)!'라고 외치며 주먹을 쥐었다 펴서 주는 시늉을 한다. 더위를 산 사람은 산 몫만큼 또 팔아야 더위를 막아 건강하다고 믿었다.

낮에는 '보리타작놀이'와 '뱀 쫓기'를 했다. 농경이 유일한 업이었던 시절에 주술적 기원을 담은 행사였다. 온 가족이 모여 수수깡으로 여러 가지 곡식 모형과 농기구들을 만들었다. 그것들을 방 윗목에 잘 모셔두고 다가올 한 해 풍년을 기원했다. 또 뱀 그을기는 일종의 유감주술로 동아줄을 뱀 모양으로 만들어 보름날 새벽에 괭이나 막대기에 걸쳐서 끌며 집 주위를 한 바퀴 돈 다음 사립문 밖으로 끌어내 태웠다. 태운 재를 쓸어 논이나 눈 더미 속에 버림으로 가내의 평온을 바랐다. 해충인 뱀이 들끓어 아이들이 놀라고, 가옥에 해를 입히는 일이 허다하여 이런 주술적 행위도 소중한 절차였다.

보름날 행사 중 가장 떠들썩해서 온 마을 애어른이 들뜨는 건 역시 '지신(地神)밟기'였다. 대다수 혈기왕성한 청장년의 마을사람끼리 농악대를 조직해 마을의 모든 집을 빠짐없이 돌았다. 이 놀이는 집안의 잡귀를 몰아내어 일년 동안 무사할 것을 축원하는 초복제화(招福際禍)의 민간신앙 행사에서 비롯되었다. 농악대 일부는 사대부, 농민, 거지, 포수 등 분장한 뒤 갖가지 서사로 구경꾼들 웃음을 자아냈다. 사대부는 장죽을 물고 행렬의 맨 앞에서 거드름을 떨고, 거지는 각설이타령을 구수하게 뽑고, 포수는 짐승털 모자에 총을 쏘아 꿩을 잡는 시늉을 했다. 농악대는 집 앞에 도착해 '주인, 주인 문 여소! 나그네 손님 들어가오!' 소리 지르면 주인이 나와서 깍듯이 맞이했다. 농악대는 마당, 부엌, 장독, 곳간, 우물, 축사 등 두루 들려 농악을 울리고 춤추며 지신을 밟았다. 주인은 농악대에게 술과 안주를 상에 차려 마당에 내려놓고, 지신 밟아준 답례로 곡식이나 돈을 내놓았다. 그때 모은 경비는

1년간 마을의 동제 등에 쓰였다.

'쥐불놀이'는 보름이 아닌 음력 정월 자일(子日)부터 시작되어 귀한 곡식을 훔쳐 먹는 들쥐를 쫓기 위해 논밭두렁에 불을 놓았다. 쥐와 함께 해충과 잡귀까지 쫓아 풍작을 기원하는 뜻이었다.

정월대보름 대표적인 행사 중 '달맞이'와 '달집사르기'가 있다.

달집사르기는 달맞이와 함께 진행하는데 달이 솟아오르면 맨 먼저 보는 사람이 불을 지르고 달을 향해 절을 했다. 달이 희면 비가 많이 오고, 달이 검으면 한발이 심하고, 달이 흐리면 흉년이 든다고 점을 쳤다. 달이 북으로 치우치면 산촌에 풍년이 들 징조이고, 남으로 치우치면 해변에 풍년이 든다고 했다. 달집이 타오르면 농악이 울리고 한바탕 어울려 춤을 추었다. 아이들은 달집 타는 잔불에 콩을 구워 먹었다. 달집에 화기가 충천하여 마을을 환하게 비치면 풍년이 오고, 달집이 시름시름 타면 흉년을 점치기도 했다.

보름 이튿날 밤 마무리 행사로 집집마다 '귀신불 놓기'를 했다. 마당에 작은 달집을 만들어 태우기도 하고, 연을 얹어 태워서 액막이를 하기도 했다. 사람을 보호해주는 귀신과 사람을 해치는 귀신이 따로 있다고 생각하여 왕겨를 쌓아 그 속에 불을 놓아 연기를 피워 나쁜 귀신을 쫓고, 대바구니를 삽짝에 걸어 나쁜 귀신이 들어오는 걸 막기도 했다.

외숙모도 대보름날 아침에 찹쌀, 기장, 수수, 검정콩, 팥 다섯 가지의 잡곡으로 며칠 먹을 밥을 지었다. 보름날 먹고 남는 밥은 옹가지(옹기)에 퍼서 쥐가 드나들지 못하게 무거운 단지뚜껑으로 덮어 대청마루에 두면 며칠씩 변질도 없고, 식어도 구수한 맛난 밥이었다.

집집마다 이 오곡밥을 가장 먼저 떠서 까마귀가 먹으라고 담 위에 올렸다. 경주의 이 풍습은 신라시대 소지왕 때 오기일(烏忌日)의 유래였다. 『삼국유사』권1 「기이(紀異)」 「사금갑조(射琴匣條)」 기록에 따르면 소지왕 10년(488)에 일어난 일이었다.

소지왕이 천천정(天泉亭)에 거동했는데 그때 까마귀와 쥐가 와서 울더니 쥐가 갑자기 사람의 말을 했다. "이 까마귀가 가는 곳을 따라가 보라." 말을 탄 왕이 기사(騎士)에게 명하여 까마귀를 뒤쫓아 남쪽 피촌(避村)에 이르니 돼지 두 마리가 싸우고 있었다. 그 구경을 하느라 까마귀를 놓쳐 길가를 헤맬 때 못 한가운데서 한 노인이 홀연히 나와서 봉투 하나를 건넸다. 겉봉에는 이렇게 쓰여 있었다. …이를 떼어보면 두 사람이 죽고, 떼어보지 않으면 한 사람이 죽는다. 기사가 이 봉투를 왕에게 바치자 "열어 보지 않고 한 사람이 죽는 게 낫다"고 말했다. 곁에 있던 관리 두 사람이 "두 사람은 민간인이고, 한 사람은 왕인 듯하옵니다" 아뢰었다. 왕이 마침내 봉투를 열어보니 …금갑(琴匣)을 쏘아라, 고 쓰여 있었다. 이상히 여긴 왕이 궁중으로 돌아가 거문고 갑을 활로 쏘았더니 내전분수승(內殿焚修僧)과 궁주(宮主)가 은밀히 내통하고 있었다. 노인이 나왔던 그 못을 서출지(書出池)라 이름 붙였다. 이 일을 계기로 해마다 정월 상해(上亥), 상자(上子), 상오(上午) 일에는 모든 일을 조심하고 꺼려 함부로 움직이지 않으며, 정월 16일을 오기지일(烏忌之日)로 찰밥을 지어 제사를 지냈으나, 이후 정월 대보름날로 당겨서 이 풍습을 이어왔다.

또 하나 '개보름 쇠기'라 해서 정월대보름에는 개에게 먹을 것을 주지 않았다. 이날 개에게 밥을 먹이면 여름에 파리가 많이 생기고, 파리가 꼬여 괴로운 개가 마른다는 설이 있었다. 이래서 흥겹고 즐거운 날 홀로 쓸쓸한 걸 빗대어 '개 보름 쇠듯'이라 비유했다.

정월 보름날을 한자로 상원(上元)이라 하며, 칠월 보름 백중은 중원(中元), 시월 보름은 하원(下元)이라 부른다.

그 중 정월대보름날이 세시풍속 가운데 으뜸인 것은 일
년 내내 190여 개 풍속 중 이날 하루에 치르는 세시풍속
항목이 무려 40여 개다. 달의 움직임을 표준으로 한 음력
에서 한 해 첫 보름달이 뜨는 정월 대보름은 가장 중요한
상징적 명절이다. 달은 곧 여신, 대지를 뜻하는 음성원리
(陰性原理)로 풍요를 뜻한다. 동제신(洞祭神)도 여신이 남
신의 두 배를 넘는다. 새해 첫 보름달이 뜨는 시간, 대지
의 여신에게 풍요를 비는 것이 동제의 목적이다.

　달집 사르기를 비롯해 줄다리기 등 정월대보름 행사가
모두 달이 뜬 밤에 이루어지는 걸 일종의 성교로 여기는
옛 풍습이 있다. 특히 줄다리기에서 암줄과 수줄의 고리
를 거는 일은 직접적 성 교합을 연상시키며, 주로 암줄이
이겨야 그해 생산의 풍년이 든다고 여겼다. 농경문화에서
태양의 양은 남성, 달의 음은 여성으로 인격화된다. 달의
상징적 의미는 여성의 출산과 대지의 풍요로 귀결되며, 만
물을 낳는 지모신(地母神)으로 승화한다.

　달집이 타오르는 불길과 농악의 장단에 마음이 들뜬
상금도 몇 번이나 들판에 가볼까 망설이다 참았다. 어쩐
지 보름달에 기원할 마땅한 어떤 마음이 일지 않아 방으
로 들어섰다. 대신 외삼촌이 준 천도교 교리 공부를 하려

고 책을 폈다. 혼사 날을 받은 뒤부터 교리 공부가 더 머리에 들지 않아서 외삼촌과의 문답에서 자꾸 꾸지람을 들었다. 상금은 잠시 눈을 감고 책상 앞에서 정신을 가다듬어 밖의 소음을 몰아냈다.

해월신사법설 중 수심정기(守心正氣) 편이다.

…사람이 능히 그 마음의 근원을 맑게 하고, 그 기운 바다를 깨끗이 하면 만진이 더럽히지 않고, 욕념이 생기지 아니하면 천지의 정신이 전부 한 몸 안에 들어오는 것이니라. 마음이 맑고 밝지 못하면 그 사람이 우매하고, 마음에 티끌이 없으면 그 사람이 현철하느니라.

…등불은 기름을 부은 후에라야 불빛이 환히 밝고, 거울은 수은을 칠한 뒤에라야 물건이 분명히 비치고, 그릇은 불에 녹아 단련된 뒤에라야 체질이 굳고 좋으며, 사람은 마음에 한울님의 가르침을 얻은 뒤에라야 뜻과 생각이 신령한 것이니라.

…몸은 심령의 집이요 심령은 몸의 주인이니, 심령의 있음은 일신의 안정이 되는 것이요, 욕념의 있음은 일신의 요란이 되는 것이니라.

…심령은 오직 한울이니, 높아서 위가 없고 끝이 없으며, 신령하고 호탕하여 일에 임하여 밝게 알고 물건을 대함에 공손하느니라. 생각을 하면 한울 이치를 얻을 것이요,

육관(눈, 귀, 코, 혀, 몸, 뜻)으로 생각하는 것이 아니리라. 심령으로 그 심령을 밝히면 현묘한 이치와 무궁한 조화를 가히 얻어 쓸 수 있으니, 쓰면 우주 사이에 차고 폐하면 한 쌀알 가운데도 감추어지느니라.

…거울이 티끌에 가리우지 않으면 밝고, 저울에 물건을 더하지 않으면 평하고, 구슬이 진흙에 섞이지 않으면 빛나느니라. 사람의 성령은 한울의 일월과 같으니 해가 중천에 이르면 만국이 자연히 밝고, 달이 중천에 이르면 천강이 자연히 빛나고, 성품이 중심에 이르면 백체가 자연히 편안하고, 영기가 중심에 이르면 만사가 자연히 신통한 것이니라.

…넓고 큰 집이 천간이라도 주인이 잘 보호치 않으면 그 기둥과 들보가 비바람에 무너지나니 어찌 두렵지 않으랴.

…내 마음을 공경치 않는 것은 천지를 공경치 않는 것이요, 내 마음이 편안치 않은 것은 천지가 편안치 않은 것이니라. 내 마음을 공경치 아니하고 내 마음이 편안치 못하게 하는 것은 천지 부모에게 오래도록 순종치 않는 것이니, 이는 불효한 일과 다름이 없느니라. 천지 부모의 뜻을 거슬리는 것은 불효가 이에서 더 큰 것이 없으니 경계하고 삼가라.

…사나운 범이 앞에 있고 긴 칼이 머리에 임하고 벼락이 내리어도 무섭지 아니하나,

상금이 여기까지 읽는 순간, 방문이 왈칵 열리고 이내 닫혔다. 상금과 촛불이 동시에 놀라 흔들렸다. 겹문으로 여닫이인 바깥 창살문과 미닫이 격자창살의 안 문까지 분명 문고리를 잘 걸었는데, 상금은 공부에 열중하느라 창호지를 뚫는 소리를 미처 못 들었다. 그다. 백반증처럼 흰 피부의 좁은 이마 한가운데 갈짓 자 상처가 더욱 돋보이는 그였다. 상금보다 다섯 살 많은 스물셋 지천석. 작년에 혼례를 치렀으나 석 달 만에 각시가 도망을 가버린 지천석. 고자라는 소문과 또 반대로 밤잠을 안 재우고 괴롭혀서 여자가 도망갔다는 설의 지천석. 경전을 읽던 상금의 입이 굳어 아무 말도 안 나왔다. 앉아서 올려보는 천석의 덩치는 의외로 커 보였다. 천석이 촛불을 확 불어 껐다. 달빛도 놀랐는지 선뜻 방안에 들어서지 못했다. 어둠 속에는 한 마리의 짐승이 된 천석의 거친 숨소리가 혼탁했다. 작년 여름 수수밭에서 상금이 청석으로 허벅지를 찍었듯이 이번에는 천석이 주먹으로 상금의 허벅지를 내리찍었다. 허벅지 안쪽은 급소여서 숨이 멎을 듯 고통이 뒤따랐다. 찢기듯 벗겨진 치마와 속곳 사이, 한사코 버르적거리는 상금의 다리가 억센 손아귀에 힘없이 열리고 말

았다. 벼락같은 것이 아래로 들어오자 눈에서는 통증의 번개가 확 그어졌다. 천석의 몸에서 천둥소리가 들렸다. 천둥은 뜨거운 비를 뿌리더니 상금의 가슴팍에 엎어졌다. 상금이 재차 몸을 빼려고 하지만 요지부동이었다. 상금은 마치 덫에 걸린 오소리처럼 다시 버둥거렸다. 상금의 젖을 터질 듯 움켜 쥔 천석이 다시 천둥소리로 벼락을 내려쳤다. 짐승은 이빨에 물린 유두의 피를 깊게 빨았다. 아래위 동시의 통증으로 상금의 눈이 흰자위로 뒤집어졌다.

상금이 태어난 날 벼락에 먹감나무가 픽 꺾어지듯, 열여 덟 살 상금의 깊고 내밀한 속살은 두 동강이 나버렸다.

상금은 태어나 처음으로 영임을 소리 내어 불렀다. 먼 들판에 홀로 남은 송아지처럼 불렀다.

어매…, 어매에에….

상금은 열네 살 첫 꽃물 이후 한 달도 달거리가 빠진 적이 없었다. 날짜도 정확해서 하루나 이틀을 당겨 꽃잎 이 열렸다. 사 년간 익숙히 맞았던 상금의 꽃이 엿새째 피 지 않았다. 꽃이 피지 않음은 열매를 맺었다는 뜻인가? 꽃을 못 본 상금은 밥상 앞에서 수저질을 하다가도 넋 을 잃곤 했다. 이마의 상처 이후 말이 거의 없고 눈빛만 형형한 그 천석의 씨…. 그날 상금의 꽃밭을 짓밟은 천석이 남긴 한 마디, "니는 내 끼다"였다. 이상야릇한 냄새를 남기고 떠난 뒤에도 그 말은 오래 방안을 맴돌았다. 그의 씨앗이 끔찍이 쓰라리던 그곳을 통해 자신의 몸속에 들어가 꽃을 먹고 있을지 모른다는 생각을 하면 등에서 서늘한 진땀이 주르르 흐르고, 누웠다가 벌떡 일어나곤 했다.

외숙모는 분명 달거리와 수태의 관련을 가르쳐주었다. 수태되지 못해야 꽃으로 핀다고 했다. 상금은 밤낮 남몰래 가슴을 쥐어뜯었다. 할 수만 있다면 그 놈의 씨를 손수 꺼내고 싶었다. 콩이나 팥처럼 생긴 씨앗이라면 그 한 알쯤은 콕 집어내 아무도 모르게 집 앞의 문천(蚊川)에 내다 버리고 싶다. 아니다, 아니다. 문천도사(蚊川倒沙) 때문에 안 된다. 문천의 물은 흘러내리지만 모래알은 물을 거슬러 오르기에 버려도 다시 되돌아 올 것이다. 그 끔찍한 공포의 씨앗을 멀찍이 남산 꼭대기에다 버리고 싶다.

서답을 빨아 널지 않으면 외숙모가 단박에 물어올 것이다. 지금은 혼례품 준비로 대구의 큰 시장 포목점과 보석점과 그릇 점방에 드나드느라 경황이 없다. 천석이 상금의 아랫도리 피범벅 속에 강렬히 내뿜었던 그 무엇, 한겨울 목화솜 요와 이불을 엉망으로 젖게 했던, 그날 밤을 눈치를 챌 것이다. 이튿날 외삼촌 내외가 집에 오기 전까지 홑청들을 빨아 뜨거운 아랫목에 말리고, 표시 없이 바느질하느라 상금은 간이 다 녹는 것 같았다. 더구나 생살이 다 해진 하초의 통증으로 움직일 때마다 신음이 새어나왔다.

상금은 급기야 이레째 아침밥상에서 수저를 놓았다. 더이상 미루면 상금의 달거리 날짜를 익히 알고 있는 외숙모에게 곧 탄로가 날 것이다. 상금은 옥산으로 급히 달려갔다. 붓지도 않은 눈이 빨갛게 충혈되고, 얼굴은 창백하고, 웃음기가 싹 사라져 누가 봐도 수상했다. 혼례 날짜를 받아놓고 수놓기도 바쁘고, 음식 매무새와 한복 바느질 배우기도 시간이 벅찰 텐데 상금의 거동이 수상해서 갑산댁도 근심에 잠겼다. 밤이 되어 단둘이 남자 갑산댁이 조곤히 물었다.

"금이 액씨, 무신 일 있지요?"

갑산댁은 뭔가 달랠 일이 있거나 하면 이름을 붙여 불렀다.

"……."

"무신 일이든 지는 다 들어줄 낍니더. 액씨 이약(이야기)은 누가 머라캐도 지가 다 듣고 답을 해줄낍니더."

"……."

"한울님도 부체님도 몬하는 거, 지는 할 수 있심니더. 액씨가 지한테는 목심이나 같심더. 액씨는 지가 논 지 시끼(새끼)매로 글타 말이시더. 지가 액씨 옴마 뱃속에서 꺼내 탯줄을."

"아지매, 내가, 내가 달거리가….'

상금의 말꼬리가 혀 안으로 말려들어갔다.

"달거…떨꺽, 아이구 지가 갭재기 떨꺽, 새알(사래)이 걸리뿌네요. 액씨요, 떨꺽, 개안심더 말씀 하시소, 떨꺽."

삼키려던 침이 순간 놀라 역류를 했는지 갑산댁은 그만 딸꾹질을 했다.

"달거리가 없다. 오날(오늘)이 이레 쨌데, 앤 나온다."

"떨꺽, 액씨요. 그 물건이 눈도 없고, 떨꺽, 귀도 없다보이, 날수(日數), 떨꺽, 가는 거를 짚을 줄을 떨꺽, 모리니더. 그래가 하문씩(한번씩) 안 오고, 떨꺽."

"그기, 아이고(아니고), 대보름날 밤에, 그 노무 시끼가….'

"액씨요. 떨꺽, 여게 시방 아무도 없심더. 떨꺽, 하고 접은(싶은) 말씀 다 하시소. 떨꺽."

갑산댁은 딸꾹질을 멈춰보려고 가슴을 치다가, 침을 모아 삼키며, 한 손으로 뛰는 왼 가슴을 잡았다. 신랑 될 사람이 저지른 일이라면 새끼라는 말은 안 할 것이다. 천천히, 천천히 액씨 놀라지 않고, 나도 놀라지 말고, 가슴을 달래며, 갑산댁이 겨우 물었다.

"눈교(누군가요?)?"

"옛날 대가리 깨졌던, 천석이 그 늠이, 그날 대보름 밤에…."

당시의 고통과 공포가 되살아나 상금의 말도 떨리고, 몸도 떨렸다.

"아이구, 저,저,저, 베락을 맞아 뒈질 늠이!"

갑산댁만 몹시 놀란 게 아니라, 사래도 놀라자빠져 기척을 감췄다.

"그 전에도 여게 오는 질(길)에 수수밭에서 당할 뿐 했고, 보름날은 내 힘으로 몬 당해가…."

방어를 못한 것이 자신의 잘못 같은 상금은 목덜미까지 붉었다.

"그래가(그래서), 그래가 그 늠이 액씨 몸을 열았능교? 그라이까네 섣달 달거리가 언체(언제) 끝났능교?"

갑산댁 머릿속으로 천만가지 불안이 짚북더미처럼 뒤엉켰다.

"그믐에 시작해가 정월 초나흘에 끝났다."

갑산댁은 웅얼웅얼 손가락으로 날짜를 짚다가 방바닥을 탁, 쳤다.

"이 일을 우짜꼬, 세상천지에 이 일을 우짜꼬, 삼신할매도 무정타. 참말로 천지신명도 이카시믄(이러시면) 안 대제. 이래 상클리먼(어긋나면) 우리 액씨 혼례는 우짜라꼬, 숭쿠지도(숨기지도) 몬하고, 까민테지도(지우지도) 몬 할 이 작단(심한 장난)을 우짜라꼬….”

갑산댁은 일단 소리죽여 꺼억꺼억, 한바탕 울기부터 했다. 달거리를 못 본 며칠간의 근심이 고아 놓은 엿처럼 가슴에 엉긴 상금도 쿨쩍쿨쩍 따라울었다. 때론 울음이 근심을 여과시키는지 옷고름도 모자라 치맛자락에까지 코를 팽팽 푼 뒤 갑자기 갑산댁 눈이 강팔라졌다.

“액씨요, 걱정 마소. 기왕 벌린 춤이시더. 깨진 접시고 쏟은 물이고. 인자부터 맴(마음) 크기(크게) 묵고 봇짱(배짱)으로 살아야 대니더. 시방부터 지가 하는 말 단디 새기들아야(새겨들어야) 대니더. 그라고 이 일은 눈에 홀(흙)이 드가는 날까징 액씨캉 내 캉만 알고 있아야 대니더. 목에 칼이 둘아도(들어와도) 두 분(번) 다시 이 이약은 히시믄(헤집으면) 앤 대고, 이만무지(무심코) 누가 물아도 절대로 바린 말 앤 대고요, 지(쥐)도 새도 모리게, 알겠지요?”

“응.”

며칠을 고민해도 죽는 거 말고는 아무런 방법이 없었던 상금은 일면 갑산댁이 줄 답이 반가웠다. 자살은 아무나 못하는 게 분명해서 나무에 목을 매거나, 못에 가서 빠져 죽는 건 상상만으로도 무서웠다.

"사램이 시상에 죽고 나는 일은 인력(人力)으로 대는 기아이시더. 기양(그냥) 시추런케(시치미떼고) 혼례 올리시소. 액씨 잘못도 아이고 삼신할매가 뜻이 있아가 씨를 심았이믄 삼신이 시키는대로 살아야지 우야겠능교. 다 삼신할매 집푼(깊은) 뜻이고, 한울님 뜻이 있았다고 생각하소. 열라는 한 두 달이나 석 달 먼첨(먼저) 나오기도 하니더. 그래가 칠삭둥이, 팔삭둥이라 카고요. 만에 하나 대가리 깨진 그늠이 액씨 차지할라꼬 운짐이 달아가(불안이 임박하여) 발설을 해뿌고, 일이 어그러지믄(수가 틀리면) 그 늠한테 시집을 가믄 대니더."

"그거는 안 할 끼다. 죽으믄 죽었지 천석이 각시는 안 할 끼다."

누가 그랬던가? 딸은 어미 팔자를 닮는다고. 누구도 대신해 줄 수 없는 팔자가 너무 기막히다. 갑산댁은 영임을 떠올리며 다시 눈물을 쏟았다. 울면서도 할 말은 해야 했다.

"액씨가 싫으믄, 다른 늠한테 시집 가믄 대니더. 시상에 사나(사내)가 어데 천석이 그늠 뿐인교? 액씨 청춘이 앞으로 천리(千里)고, 만리(萬里)시더. 소 한 마리 잡아도 백정, 두 마리 잡아도 백정! 새신랑이 해나(행여나) 눈치 채고 액씨를 구박하믄 까지 꺼(까짓 거) 때래 치아 뿌소. 시집도 자주 가다 보믄 멩주 속곳 해주는 늠 만낸다니더. 개안심더. 어느 구름에 비 들았는지 모리니더. 기죽지 마고, 팔자대로 사믄 대니더. 지만 믿고 시집가소. 무신 일이 있이믄 모다 이 갑산띠기가 시켰다꼬 미라뿌소(미뤄버리세요). 지가 몽창 디집어씨믄 액씨가 사니더. 다 개안심더. 시방버텀 대보름날 일은 없심더. 인자 고마 잡시더. 욜로(여기) 아랫목에 누우시소. 지가 나가서 군불 쪼매 더 옇고 오께요. 한기 들믄 안 대니더."

절대로 엿들을 수 없는 거리의 여우 울음이 행랑채 앞마당에 낭자했다. 여우같은 말을 독하게 해서인지 갑산댁은 잠시 어지럼증을 느껴 짚신을 꿰는데 자꾸 헛발질을 했다.

어느새 밤은 오래 갈은 먹물처럼 농도가 걸쭉했다. 애기씨 달래느라 말은 그렇게 했지만 가슴 속에다 누가 먹물을 동이 째 들이부은 듯 캄캄했다. 갑산댁은 재를 불어 헤쳐 불씨를 찾아내며 크게 날숨을 불었다. 제발, 이 일은, 이렇게 불씨처럼 드러나면 안 된다. 불쏘시개 솔가지에 숱하게 뻗은 솔잎들처럼 소문이 퍼지면 안 된다. 장작개비에 불이 붙을 때 갑산댁은 속죄와 염원을 동시에 소지하듯 중얼거렸다. 삼신할매요, 자석(자식)을 줄 때는 다 뜻이 있지요. 그 뜻 받들어가 살테이 지발 소리 소문 없이 우리 액씨 잘 살구로 돌바 주소. 천지신명님들 모다(모두) 없는 디끼(듯이) 있는 디끼(듯이) 죄인으로 살 우리 액씨 돌바 주소. 하늘 아래 땅 우에 아무도 누구도 본 사램, 들은 사램 없구로 눈 막고 귀 막아 아들 놓고 딸 놓고 잘 살구로, 동서남북 천지신명캉 삼신할매 모다 돌바 주소. 한울님이 계시다믄 참말로 계시다믄 저거(저희) 어진 외할배를 보더라도 용서하시고 무탈하게 살도록 해주시소. 군불이 활활 타는 아궁이 앞에서 갑산댁은 거친 손바닥으로 빌고 또 빌었다. 흘러내린 눈물에 그을음이 더께로 앉아 먹물인 양 갑산댁 얼굴이 얼룩얼룩했다.

마치 옥산에서 정 이월의 월경을 끝낸 듯 상금은 닷새 후에 집으로 향했다. 그동안 갑산댁은 귀에 못이 박히게 "하늘 아래, 땅 우에" 둘이서만 간직하자 얼렀다. 세상에 나고 가는 모든 건 눈에 보이지 않는 만물의 이치라고 이해시켰다. 그것이 운명이고, 운명은 인간이 마음대로 움직이지 못하는 하늘과 신이 관장하는 거라 가르쳤다. 외삼촌네와 식구로 살았지만 결코 가족이 아니란 걸 알면서 자란 상금은 자신을 둘러싼 그 어떤 것에도 책임지고 싶지 않았다. 천륜의 혈연이 이어주는 끈끈한 융화에서 늘 몇 발짝 떨어진 외연에다 자신의 입지를 두었다. 부모 형제가 없다보니 내 집은 어디에도 없다는 고독감이 자신조차도 무형의 존재감으로 치부해버렸다. 상금은 자신이 무엇이며, 누구인지조차 뚜렷한 개념이 없었다. 외도(外道)라는 어느 샛길에 풋감 하나 바람 속에 간신히 매달리듯, 그냥 홀로 살아남고 있었다.

매월 서답이라는 달거리 빨래가 있었기에 가족과 이웃까지도 여성의 월경을 알아채었지만, 혼례까지 단 한 번의 달거리가 빠진 걸 갑산댁 덕분에 감쪽같이 감출 수 있었다. 갑산댁과 영임과 상금의 관계는 주종(主從)을 초월한 인간애의 끈끈한 인연이었다. 누가 뭐래도 이미 있어난 일이 없는 일이 되지는 않는다. 대보름 밤의 사건은 커다란 징처럼 상금의 가슴 한가운데 걸렸다. 그 징을 두드릴 꽁꽁 싸맨 징채는 갑산댁이 가슴 속 깊이 감추었다. 농악대 악기 중 가장 큰 울림을 내는 징은 혼자서는 소리를 내지 않는다. 누군가 그 숨은 징채를 빼앗아 치면, 번쩍번쩍 동네방네 소문으로 퍼져나가고, 상금은 일생 불행 속에서 살아가야 한다. 대보름 밤 달빛 아래, 어느 가여운 달꽃 비밀 하나를 위해 갑산댁은 이튿날부터 장독 위에 아침저녁 정화수를 올렸다.

아무도 모르게 당한 그 일을 귀신도 아닌 신랑이 첫날밤에 숫처자인지 헌처자인지 알 수 있다니 상금은 그 사실이 너무나 기가 막혔다. 상상만으로도 상금은 잠을 못

이루고, 먹는 밥이 체하고 불안초조했다. 시집을 안가고 있다가 만약 배라도 둥실 불러오면, 아이를 낳았을 때 얼굴에 푸른 혈관이 비치는 그놈을 닮았으면…. 천석이 아이를 낳았다고 온통 동네방네가 떠들썩할 것이다. 누런 이빨에 고동색 담뱃진이 잔뜩 긴 지춘배가 며느리를 삼자고 대문이 닳도록 찾아온다면…. 여기까지 생각이 미치자 상금은 진저리가 났다. 천석이 각시가 되느니 차라리 갑산댁 말처럼 칠삭둥이나 팔삭둥이로 속일 수라도 있는게 났다. 그 다음 일은 다음에 맡기자는 배짱이 생겼다.

상금은 며칠 손 놓았던 바느질을 다시 시작했다.
침모가 없는 집에서는 아낙들 모두가 바느질을 할 줄 알아야 했다. 무명옷은 빨래를 할 때마다 옷을 통째로 빠는 게 아니라 바느질을 다 풀어헤쳐 실밥을 뜯어야 했다. 빨아서 마른 뒤 삼베나 모시, 옥양목, 광목 등 무명은 풀을 먹이고 다듬이질을 하고, 양단이나 비단, 갑사 등은 마른 뒤 물을 뿜어 손다림질로 곱게 개킨 다음 발로 한 번 더 밟아서 편편히 만든 다음에 다림질을 했다. 해가 지면 밤이슬에 내다 넌 천들이 눅눅해졌다. 이 때 다리미에 숯을 담아 약한 불기운으로 조심스러운 다림질을 했다. 이슬이 내리지 않는 계절에는 일일이 입에다 물을 품고 뿜어서 주름을 누그러뜨렸다. 그런 다음 다시 손바느질로 옷을 기워 만들어야 하는 번거로운 절차였다. 옷을 짓는 동안 생긴 주름은 화롯불에 꽂아 둔 인두로 살살 펴고, 바느질 속이 될 일정한 부분을 접어서 다렸다. 물론 일꾼들이 입는 막옷은 그냥 대충 통째로 빨아 입어서 길이가 줄거나 주름투성이로 입성이 험했다.

일본에서 재봉틀이 들어오면서 이런 번거로움은 사라졌다. 대신 무명천은 서너 번을 빨고 널어 더 이상 천의 변형이 없도록 해서 옷을 재단하고 기웠다. 재봉틀이 있어도 비단옷은 여전히 아주 정성을 들이느라 손바느질을 했다. 하물며 버선볼 하나를 덧대는 바느질도 실밥 한 올이라도 사이가 불규칙하거나 비어져 나오면 그건 하품 솜씨로 떨어졌다. 특히 얼굴과 가까워 가장 눈에 잘 띄는 저고리 동정은 시작부터 마지막까지 한마음을 기울여 한 땀 한 땀 바느질 실이 절대로 동정 위에 나타나면 안 되었다. 마치 그림처럼 매끈한 동정이라야 입성이 청결하고 단정해 보이는 척도였다.

가난한 집에서는 처녀들도 길쌈을 했지만 상금은 일체 노동은 모르고 살았다. 몸을 움직이는 일이라야 고작 화단에서 화초를 가꾸어 씨앗을 받고, 모종을 나누어 심고, 풀을 뽑는 그 정도였다. 농사는 전부 외부에서 지어 나락

으로 들였지만 농사철에 바쁠 때면 정짓간 일을 거들었
다. 한산한 겨울이면 김과 미역, 미역귀 부각을 만들거나
수를 놓으며 소일했다.

버선이나 속바지 등, 바느질도 간단한 것은 외숙모에게
배웠지만 장옷이나 두루마기 등을 만드는 것은 이웃의
침모를 불러서 배웠다. 처네라 불리던 장옷은 여성들이 외
출 시 머리에서부터 쓰는 긴 치마 모형이다. 여름에는 갑
사를 재질로 쓰지만 겨울에는 비단에 솜을 넣어서 만든
다. 반오장(반회장) 저고리는 고름과 깃, 소매를 저고리 바
탕색과 다른 색인 것을 말한다. 반끝동 저고리는 소매 끝
만 저고리 바탕색과 다른 색을 쓰는데 주로 남색과 자주
색을 사용한다. 속곳도 종류가 다양해서 앞뒤가 다 트여
서 입은 후 양 섶을 여미는 꼬장주(팬티를 대신한 속곳의
위에 입는 바지로 앞뒤가 트이고 허리끈과 말기를 달아 주름이
넉넉한 속바지의 일종)는 천도 많이 들고 만들기도 복잡해
서 살림이 넉넉한 집안의 아녀자들이 입었다. 특히 시어머
니에게 예의상 이 옷을 만들어 드려야 했다. 여름에는 옥
양목에 풀을 먹여 피부에 들러붙지 않아 더위를 물리쳤고,
허리 부분 말기가 치마처럼 주름이 넉넉히 잡혀 바지폭을
이르는 갈래이(가랑이)가 넉넉하고, 겨울에는 솜을 깔아
양면으로 누빈 꼬장주를 만들었다.

한복을 입는 순서는 이랬다. 가장 먼저 속곳을 대신하는 속바지를 입고, 다음 앞뒤 트인 고쟁이인 꼬장주를 입고, 속치마를 입고, 마지막에 큰 치마를 입는다. 큰 치마는 폭이 열린 치마를 말한다. 폭이 붙은 치마는 통치마로 주로 일복에 해당한다. 윗옷의 순서는 약 한 뼘 넓이의 옥양목 천으로 만든 허리띠(이름은 허리띠지만 젖을 감싸는 데 쓰임)로 젖가슴을 감싸고, 다음 속적새미(속적삼)라는 얇은 홑 적삼를 입고, 그 위에 저고리를 입는다. 적삼은 고름이 없는 대신 고리를 천으로 만든 매듭단추를 단다. 저고리는 고름이 달린 옷이다. 그 중에서 가장 만들기 까다로운 한복이 여름옷 세모시깨끼다. 아주 고운 올에 바느질실이 거의 한 올도 안 보이게 가장자리를 말아 촘촘한 홈질을 해야 하는데 그 간격이 올을 다투게 일정해야 한다. 모시가 워낙 얇기 때문에 자칫하면 솜씨가 탄로 난다. 아주 가는 실매듭도 표시가 나기에 정성에 정성을 기울이는 옷이 모시깨끼다. 보통의 아녀자들은 이 옷 짓기를 애초에 포기했으니 여간 솜씨가 아니면 만들 엄두도 못 내었다.

신부 옷보다 까다로운 신랑의 한복과 일반 두루마기와 솜을 넣어 누비는 핫두루마기 등은 침모 평동댁에게 일습을 맡겼다. 영실이 결혼을 할 무렵부터 외숙모는 간단한 젖가슴 가리개인 허리띠, 밥상보와 횃대보, 수놓은 배갯잇을 잇대 만드는 배게와 호청 등을 상금에게도 가르쳤다. 설순호가 거금을 들여 마련한 일본제 싱가(SINGER) 재봉틀이 있어 신바람 나게 배웠다. 집안의 여자들뿐만 아니라 온 동네 아낙들에게 신기한 장난감이었다. 상금은 사리마다로 불리던 속곳과 버선, 통치마 등도 배워서 혼자서도 곧잘 지었다. 그래도 아녀자가 한복의 바느질 기본은 알아야 된다며 평동댁은 안채에서 옷을 짓는 동안 상금에게 상세한 설명을 곁들였다.

"액씨요, 밑에 사램을 부릴라캐도 머를 알아야 무시를 앤 당합니더. 시방부터 지가 하는 말씸 거들빼기(건성) 듣지 말고 새기소. 이런 기 다 인네(아낙네)가 알아야 델 기본이시더."

"웅. 마이 애럽다. 소캐(솜) 깔아 니비는(누비는) 거도 꼬끄랍아가(까다로워서) 들아도 말짝(말짱) 다 까뭇뿌는 거 아인가 모리겠다."

상금은 머리를 절레절레 흔든다.

"그래도 싱가틀(일본산 재봉틀)이 나와가 바느질이 일도 아입니더. 틀이 일을 다해주고, 손바늘질은 거드는 택(셈)이지요."

"그래에이면(그게 아니면) 나는 후네끼고(깝깝하고) 지업아서(지겨워서) 몬 하겠다."

"알고나문 일이 손에 착 붙고, 당하믄 다 해낼 수 있니더. 바느질 중에 젤로 애럽은 기 남자 도포시더. 도포 한 감에 한 필이 다 드가니더."

"한 필이 서른 석자라 켔제?"

"야아(네에). 사램으 키에 따라 마름질을 하지만은 보통 도포 질이(길이)는 두 자 서치가 들어가는데 키가 디기(되게) 큰 두 자 너치도 드가니더(들어갑니다). 자가 좋으믄 버선 안감 할 컬레(켤레)가 나오고요."

"아지매, 자가 좋다가 먼데?"

"한 자는 어른 뼘(뼘)으로 시 개(세 개) 반 쭘 대고요, 키는 안 큰데 베는 낙낙해가 째매 남는 뜻이시더. 도포 사막(소매)이 이래 퐁당한(넉넉한) 거를 배알이라 캅니더. 똑 물괴기가 알을 밴 거 겉지요?"

"응. 참말로 대구 알 밴 거 겉다."

"보통 도포감은 광이 두 광이시더."

"글쿠나. 마이 넓다."

"이 폭을 이래 질이(길이)로 접고, 또 다시 가로질로 또 접아가 앞 뒤를 한 분에(한꺼번에) 짜리니더(자릅니다). 그라고 또 한 폭을 요래 접아가 고대 짓(깃)을 세모로 맨드러 등밖에 부칠 무를 낙낙하이 질게 삼각으로 잘라 부치고요, 앞 판 두 장캉 부칩니더."

"가세질(가위질) 자재하고(주저하고) 전주믄(겨누면) 클
(큰일) 나겠다."

"맞심더. 먼첨 자를 잘 재가(재어) 오래야지(오려야지) 훈
지만지(아무렇게나) 가세질하믄(가위질하면) 전신에(전부)
다 쫑채뿌래가(잘게 썰어) 절단납니더. 호롱불 없는 그믐
밤에 가세질을 해도 지 질로(제 길로) 빤듯해야 그 인네는
맴을 똑바로 채리고 산다 카니더."

"내사 죽으믄 소나아(사내)로 태아날끼다."

상금과 평동댁은 마주 보며 웃었다.

"맞심더. 전상(전생) 제(죄)가 많아가 인네로 태아난다카
데요."

성품이 차분해서 바느질이 얌전한 평동댁의 설명은 이
후에도 길게 이어졌다. 도포의 고대는 네 치, 깃은 여섯 치,
등줄기에서 시작되는 화장은 한 자 반, 깃과 연결되는 긴
동도 한 자 반, 소매 넓이는 한 자 두 치, 두루마기 고름
과 도포 고름은 약 두 자다. 도포에 매는 수술 매듭과 실
을 꼬아 엮은 띠는 별도로 포목상에서 판매하는데 침모가
함께 머물며 숙식을 하는 집에서는 손수 만들기도 한다.

외삼촌 집에는 기거하는 침모가 없고, 솜씨가 뛰어난 평
동댁을 불러 혼수감 일습을 맡겼다. 혼수감 바느질을 하
는 동안 설순호는 평동댁을 상금의 방에 함께 기거하도

록 부탁했다. 천석의 월담을 본 이상 그냥 넘길 일은 아니다. 배반에서 과히 멀지 않는 곳에 사는 평동댁은 며느리가 영감의 수발을 들기에 순순히 부탁을 들어주었다. 바느질이 다 끝날 무렵에 용케도 갑산댁이 와서 설순호는 혼례날까지 마음을 푹 놓을 수 있었다.

한편 천석의 계획은 예상 외로 꼬여버렸다. 조만간 기회를 봐서 상금을 보쌈 해갈 준비를 했다. 도와 줄 동무까지 포섭해 두었다. 외가가 있는 암곡 골짜기에 버려진 빈집 하나를 수리하고 있었다. 암곡에서 과수 농사를 짓겠다며 아비에게 사고로 받은 논과 밭을 처분해달라고 했고, 이미 돈도 손에 들어왔다. 하지만 평동댁과 갑산댁 때문에 보쌈은 엄두도 낼 수 없게 되었다. 끈질긴 천석은 더 멀리 내다봤다. 내 여자는 언제라도 도로 찾아올 수 있다고 생각했다.

혼례식 열사흘을 앞두고 기영의 집에 큰 변고가 나고 말았다.

용담정에서 머물던 정철에게 중풍이 와버렸다. 무슨 일이든 허투루 하지 않고 완벽을 기하느라 미련할 만치 고단함을 참아낸 과로 탓이었을까? 아니면 기영이 원하는 짝을 이루지 못한 뒤 상심한 모습에서 내심 충격을 받은 걸까? 입이 오른쪽으로 삐뚤어지고, 오른 눈이 찌부러지고, 오른팔이 구부러지고, 오른 다리를 질질 끈다. 용한 한의를 만나 침과 뜸 시술을 받고 한약도 때맞춰 먹고 있었다. 정철 자신도 엄청 놀랐지만 목포댁은 그야말로 하늘과 땅이 하나 되어 꺼지는 듯 놀랐다. 기영은 기영대로 부모님께 면목이 없었다.

설순호 내외 역시 소식을 듣고 여러모로 송구함에 혼사 준비에 더욱 예를 갖추었다. 다행이라면 어눌하게나마 말을 할 수 있고, 정신도 그다지 다치지 않았다. 단 변화라면 예전에 없던 짜증이 심해졌다. 목포댁은 짜증 아니라 밥상을 둘러메쳐도 좋으니 정철이 낫기만을 바랬다.

갑산댁은 혼례 음식준비를 겸했다지만 열흘이나 앞서 왔다. 행여 상금이 입덧이라도 하거나, 엉뚱한 마음을 먹을까 봐 걱정되었다. 부모 형제 걸릴 게 없는 처지라 홀연히 집을 나가버릴까 불안했다.

"금이액씨. 안 자제요(자지요)?"

"응."

"인자 시집 가믄 우리는 더 자주 몬 만나니더."

"그라믄 시집가지 마까?"

"아이고 무신 그런 소릴 하능교? 가야지요. 액씨보다 더 어문(형편없는) 처자들도 다 시집가 아들 놓고 딸 놓고 잘 사니더."

"나는… 내가, 무섭다."

"아무 걱정 마시소. 소 한 마리 잡아도 백정! 두 마리 잡아도 백정! 까짓 노무 꺼, 일이 어그러지믄(엇갈리면) 시집이사 또 가믄 대니더. 지가 옥산서도 안 카둥교? 시집도 자주 가다보믄 맹주속곳 해주는 놈 만낸다꼬. 어느 구름에 비 들었는지 누가 아능교? 안죽(아직) 청춘이 천리만린데 앞으로 넘우(남의) 정지(부엌) 얼매든지(얼마든지) 더 삐댈 수(밟을 수) 있심더."

"넘우 정지 더 삐대는(밟는) 기 먼데?"

"야? 흐흐흐, 새로 시집 가믄 넘우 새 정지에 또 드간다 그 뜻이제요."

"한 번 시집가는 거도 무섭은데(무서운데) 그런 소리 마라."

"만에 하나 잘못대믄 또 가야제요. 아깝은 우리 액씨가 와 생과부가 댈낀데? 넘우 정지 더 삐대야지! 아무 걱정 마소. 머 이런 일이 시상에(세상에) 액씨 하나 뿌이겠능교? 맘 단디 묵고, 눈 똑바리 뜨고, 절대로 기죽지 말고 살믄 대니더. 지가 알아보이까네 신랑 델 사램이 성질이 디게(되게) 순하다니더. 인심이 박한 집도 아이고. 개안을 껍니더. 지가 밤낮으로 천지신명한테 비니더. 우리 금이액씨 우짜든동 잘 돌봐달라꼬."

상금이 먼저 잠이 든 줄 모르고 갑산댁은 혼자서 절절한 염원을 읊었다.

이튿날 아침, 배반에 소문 하나가 삽시에 퍼져나갔다. 죄는 지은대로 가는 게 맞았다. 어릴 적부터 나쁜 짓만 골라하던 지천석이 무시무시한 칠점사에 물려죽었다. 천석의 낯에 머리와 등허리가 깊이 꿰어진 독사도 죽었다. 너무 끔찍한 일이라 아무도 상금에게 소문을 전하지 않았다. 경주읍에서 토함산 쪽으로 첩첩산중인 암곡 골짜기에서 죽어있는 것을 외갓집 식구들이 발견했다고 한다. 칠점사는 일명 까치살모사로 독사 중에 가장 크고 사나운 독사로 독이 가장 센 놈이다. 경칩이 스무날쯤 지났으니 겨울잠에서 깨어 독은 더욱 거셌을 것이다. 뱀술을 좋아하는 아비를 위해서였다니, 이런 일도 효성이라 해야 하는지.

혼례식에서 약간의 부산스러움이 있었지만 특별한 일 없이 잘 끝났다. 혼례상 위 나무로 깎은 기러기 한 쌍을 청실에 묶어 둔 것을 수탉이 푸드덕거리다 날아 떨어뜨리자, 빨간 수실에 묶인 암탉도 덩달아 놀라서 날뛰었다.

"옴마, 새각시가 오모짱(인형의 일본말) 겉이 이뿌네잉.",

"이뿌기는 한데 눈딱지 보이까네 속아지깨나 있아빈다.", "글네, 조 입매바라. 순한 구식(구석)이라고는 없데이.", "새 각씨가 다리를 째매 저네.", "해방 전에 일본늠들 정신근로대 안 갈라꼬 외할배가 다리몽대이를 빼뿟다카대요(부러뜨렸다 하더군요).", "그거사 개안타. 배냇빙신이 아인데 머.", "아따 넘우(남의) 잔채(잔치)서 어짠다고 거시기, 숭을 허벌나게 보고 그라요. 고만들 하더랑게요.", "맞다. 다 들릴따(들리겠다).", "째매 몬생기도 인네가 상(관상)이 좋아야 팔자도 핀(편)한데."

전라도와 경상도 말이 뒤섞여 수군거리는 소리는 왜 그리 잘 들리는지, 상금의 얼굴은 더욱 경직되었다. 아무 일 없는 척 지나치게 과장하느라 눈을 치뜨고 눈동자가 정면에 바로 박힌 듯 꽤나 날카로운 인상이 되었다. 불안과 공포로 큰 눈동자는 더욱 검고 깊었다. 첫날밤에 탄로 날지 모르는 어두운 비밀이 머리에서부터 발끝까지 장옷처럼 뒤덮고 있었으니 상금은 마음도 몸도 천근만근이었다.

음력 삼월이지만 유난히 일교차가 커서 낮에는 뭉근히 땀이 날 정도고, 아침저녁은 맵싸하게 날이 찼다. 친자식보다 어떤 면에서는 더욱 맘이 쓰이는 상금의 혼례식에 외숙모는 넘치는 정성을 들였다. 새 식구를 맞이했음을 조상님께 알리는 현구고례(見舅姑禮), 흔히들 큰상이라 부르는 음식은 특히 놀랍게 잘 차렸다. 그 상차림을 보고 대다수 친정의 살림규모나 사돈댁에 대한 예의로 판가름했다.

설순호는 소작농 마름 둘을 감포까지 보내서 남자 손바닥만 한 생전복 스무 마리와 어른의 양팔로 한 아름되는 대왕문어를 미리 부탁해놓았다가 운좋게 구했다. 잘 쪄낸 전복과 서말지(세말들이) 가마솥에서 형태를 잘 간직하게 삶은 문어를 본 사람들은 모두 입이 떡 벌어졌다. 삶은 문어의 가치는 문어머리에 있었다. 두갑이라 부르는 문어 머리가 온전히 둥글고, 한 점의 흠도 없어야 귀한 대접을 받았다. 또 어른 팔뚝만 한 문어 다리 8개가 동일한 색상으로 꽃처럼 활짝 피어 일정하게 두갑을 감듯이 둘러져야 제대로 삶은 문어라 칭찬을 받는다. 특히 갑산댁이 솜씨를 발휘해 채반에 쪄낸 가오리찜과 참돔은 거짓말 보태 새각시 방석만 했다.

마른 가오리찜이야 물에 불려 채반에 찌는 거라 별로 손이 안가고 간단할 거 같지만 사실은 까다롭다. 가오리의 두께에 따라 물에 불리는 시간도 다르고, 뒤집어 불리는 시간도 놓치지 않아야 한다. 크기와 두께에 따라 불의 세기와 찌는 시간도 확연히 달라야 한다. 불린 가오리는 싸리나무 채반 위, 넉넉한 크기의 삼베를 깔고 찌는데 센 불에서 김이 오르면 그때 실백과 흑임자를 고루 뿌린다. 별 양념이 없어야 가오리의 담백하고 깊은 맛이 오히려 상승된다. 살이 연해서 잘 익는 가오리찜은 센 불에서 단시간 익히며, 솥뚜껑을 살짝 열어두어야 김이 오른 물기가 껍질에 스며들어 살이 흉하게 갈라 터지는 걸 막는다. 생선의 껍질이 함부로 벗겨지면 누가 먼저 수저질을 한 헌 음식 같아서 못 쓴다. 잽싸게 솥뚜껑을 확 열고 김을 내보낸 뒤 거의 식을 참에 삼베보자기를 떼어낸다. 오래 두면 가오리의 진액이 마르면서 삼베에 들러붙어 떼어지지가 않는다. 뚜껑을 열어두어 잡냄새가 사라진 가오리는 비리거나 고소한 맛이 없는 대신 특유의 풍미와 쫄깃한 식감이 각별하다. 맑은 초간장에 찍어 먹으면 맛이 가벼우면서도 독특한 풍미의 격이 있었다.

혼례식이 끝난 지 사흘 째 되는 아침이었다.

상금은 새 각시가 입어야 하는 노란반회장 비단저고리와 빨간 양단 치마를 입고, 옥양목 앞치마를 단정히 허리에 둘렀다. 상금보다 먼저 일어난 새 신랑 기영이 마당을 쓸고 있었다.

새 각시가 아침에 방을 나와서 가장 먼저 할 일은 시어른 방문 앞의 마루에 놓인 요강을 비워 씻고, 뒤란에 두

고 물을 채워야 했다. 기척 없는 어른 방문 앞에서 방안
사람이 놀라거나 궁금하지 않게 기척을 해야 했다. 상금
은 배운 대로 잔기침을 살짝 뱉으며 문안 인사를 올렸다.

"어무이, 아부님, 밤새 잘 주무셨습니꺼?"

방문을 조금 밀치며 목포댁의 답이 나왔다.

"오냐. 새악아(새아가). 정지 시렁에랑 뒤란 장독대 우
에 소쿠리 눌라 논 돌멩이 열아보믄은 잔체 음석들이 있
응게, 빈하기(변하기) 전에 묵고치아야 히여. 전이랑, 산적
이랑 괴기는 밥 우에 찌고, 노물(나물)은 된장에다 졸여부
려라."

"된장이 어데 있는지 나는 모리는데."

전날까지 친척 아주머니들이 머물러서 상금은 곁다리
정지 일만 했다.

모르면 장독을 일일이 열어보면 될 일이다. 아랫사람을
부리던 습관이 남은 게 분명해 보였다.

"아, 금매 시방 니가 뭐라냐? 된장이 장독에 있제, 안방
에 있것냐? 통싯간에 있것냐?"

정철이 뭐라 목포댁을 진정시키려다, 자칫 고부 사이에
끼는 건 도리가 아닌 듯해서 못 들은 척했다. 목포댁은
정철이 풍을 맞은 뒤 엄청 코를 고는 통에 잠도 설쳤고,
곧 달거리가 있으려는지 단박에 심사가 사나워졌다. 월

경은 시작 전부터 여자들에게 이해할 수 없는 다양한 현상으로 암시적 존재감을 나타냈다. 흔하게 두통, 복통부터 매사 울화가 치미는 우울증, 또는 남의 물건을 훔치는 도적질까지, 달이 경작하는 바다의 변화무쌍함과도 유사했다.

거기다 새 각시 입에서 '나', 라니? 너무나 놀라서 마땅히 뭐라고 할 말이 생각도 안 난다. "제"나 "저" "지"가 아닌, "나"라는 건 대놓고 시 어미를 하시(下視)하는 말이다. 목포댁은 안 그래도 사돈 댁에 비해 빈한한 살림에 여러모로 기가 죽던 참이다. 신부 측의 응달에 앉은 책상물림들과 달리 들이나 바다에서 햇살을 오지게 맞고 산 주름투성이 친정 하객들 얼굴에는 궁상이 더께로 앉아 있었다. 나름 차려입고 오느라 애를 썼지만 입성은 또 어찌 그리도 차이가 나던지 매사가 부글거렸다. 다들 멀쩡한데 기영아비의 비틀린 몸을 보며 잔치 내내 속이 문드러졌다. 또 하나 기영의 얼굴에도 웃음기라곤 없어서 그 또한 마음에 얹혔다.

이것이 시집살이인가? 상금은 초라하고 작은 초가집과 까다로운 시어머니가 무척 싫고, 혼례 첫날부터 기분이 상해서 저녁밥도 먹다 말았다.

사람이 하는 일에 어디서든 문제는 발생한다.

갑산댁과 외숙모와 정짓간 아지매와 친척들이 모여 큰
상에 쓰일 마릿고기(생선을 토막 내지 않고 제사 등에 쓰이는
통째)를 찌고, 산적과 전을 굽고, 갖가지 장조림과 엿조림,
나물새 등 정성을 다했지만 실수가 있었다.

시어머니가 조상 제례를 지낸 다음 상에 올렸던 음식을
내려서 저녁상을 차릴 때였다. 색색의 고명으로 옷을 입은
참돔을 도마에 올려 썰던 시어머니가 미간을 확 모았다.

"이거시 머시여? 새악아, 너거 집 솥단지는 몽조리 밑구
녕이 다 빠졌다냐?"

"……."

평소 정짓간에 들지 않는 상금은 그 말의 뜻을 알아채
지 못해 멀거니 시어머니의 얼굴을 바라봤다.

"조상님네 큰 상인디, 우짜 쓰까? 얼척이 엄네. 긍께 이
거시 시방, 이 핏몰(핏물)이 다 머시다냐? 너거 아짐(아주머
니)이 대사잔채(결혼잔치)가 첨도 아닌디 우째 이란다냐?"

상금은 대답 대신 도마를 내려 보았다. 핏물이 질금히
흘러나올 듯 말듯 생선의 속살이 붉그스름했다. 상금의
얼굴도 금세 붉어졌다.

"암만 사돈이 그댁찮아도(대수롭지 않아도) 글체, 근다고
(그런다고) 조상어르신님들께 시뻘건 피 개기(고기)를 디리

야(드려야) 쓴다냐?"

"아메도(아마도) 괴기(고기)가 살이 뚜깝아가(두꺼워서)…."

"시방, 야가 말 대답을 하는 거인가?"

"그기 아이라, 괴기가 엉가이(엄청)도 커다보이까네."

"옴마, 따박따박하는 야그가 시엄니 갈칠라고 허네 잉. 어짜쓰까?"

상금은 지금까지 자라면서 꾸지람을 들어본 적이 거의 없었다. 거기다 고기가 설익었다고 하면 될 일을 말을 빙빙 돌려 '너거 집 솥단지 구녕' 운운하는데 빈정이 확 상했다. 직설적인 경상도 사람들은 사실 그대로 말하면 될 일을 굳이 비유나 은유를 하면 조롱이라 여겼다. 전라도 사람들은 안면에다 상대방의 잘잘못을 바로 들이미는 무안한 상황보다 비유나 은유의 서사로 해학을 담았다. 이런 부분만 보더라도 두 지방의 언어문화는 대척점에 선다.

어지간한 잘못이 있어도 설순호 내외는 상금이 설움을 탈까 봐 참았다. 흔해 빠진 어매, 아배를 못 부르며 자라는 상금이 안쓰러워서 다그치는 일 없이 키웠다. 상금 또한 여남은 살에 자신의 처지를 마을 아이들에게 듣기 전까지 그다지 모난 성격은 아니었다.

혼례식 첫날 저녁부터 상금은 마음이 무척 상해서 이 집과 시어머니가 싫어졌다. 혼례식에서 첨 본 신랑의 모습과 낯선 집에서 낯선 친인척들이 그득한 그 앞에서 준 시어머니의 타박은 충격이었다.

"아따, 성님 고만 하시오. 이러코롬 귀헌 음석들 귀경만 해도 춤이 한 사발이나 흘러내릴라 안 허요."

"오날, 오신 조상님네들 입도 저게 저 가오리 날개만큼 히딱 벌아있을 거인디. 동상네가 참으소."

"성님, 난도 이날까징 오만 잔채 다 댕게도 이러코롬 오진 상은 첨 밨어라."

"저, 전복 잠 보소. 내 낯빤디기만 허요. 참돔은 다시 찌등가허먼 되제라."

"문어는 다리 한나가 나 팔뚝보다 허벌나게 길당께."

"생전 귀갱도 몬 해본 박달대기(박달대게)에다가, 이바지 음석도 월매나 낙낙하니 허벌났지라."

이바지 음식도 초배기보다 큰 당시기와 동고리에 바리바리 해왔는데 시어머니는 어떤 이유에서인지 칭찬에 인색했다.

몇몇 친척들이 새 각시의 맘을 달래느라 음식 칭찬을 자자하게 늘어놨지만, 시어머니는 성난 얼굴을 풀지 않았다.

목포댁은 남편의 뜻에 따라 한울님 말씀이 박힌 경상도 경주 땅에 와서 살면서 여러 설움을 겪었다. 경상도나 전라도나 사투리는 유사한 것이 많았지만 경주 말씨는 너무나 무뚝뚝해서 흘린 눈물이 두어 되 족히 되었다. 상대방의 처지를 역지사지하는 배려라고는 개미 눈물만큼도 없었다. 남편이나 애들 앞에서 아랑곳없이 안면에 대놓고 상대방의 잘못이나 실수를 적나라하게 까발려버렸다. 좋게 말해도 될 일을 언성을 한껏 높여서 삿대질에 고함을 지르고, 상대방의 설명을 듣기도 전에 휙 돌아서버렸다. 이런 무책임한 대화는 상대가 이해를 하고 안하고 별개로 자신의 기분만을 전달하는 일종의 망신주기에 불과했다. 이래서는 내 뜻도 막히고, 상대의 뜻도 알 바 없어서 불통의 거리만 넓히고 감정의 골만 패는 법이다.

목포댁이나 정철이 첨에 가장 이해가 안 되었던 것은 그렇게 화를 낸 이후였다. 상대의 맘을 한참 상하게 하고서도 금방 언제 그랬냐는 듯 아무렇지도 않게 웃으며 오갔다. 그런 게 경상도식으로는 화통이고, 전라도식으로는 일방통행 상대방 무시였다.

이러다 보니 서로 잘 몰라서 별로 친할 일이 없었음에도 이미 다 안다는 듯 대단히 친한 척 다가오기도 하고, 크게 도우지 않아도 될 일에도 팔을 걷어부치고 내 일처

림 나서서 다 처리해 주는 게 또 경상도 식이어서 이날까지 정붙이며 살아졌다.

시어머니의 기분 따위를 살필 마음의 여유조차 없는 상금은 낯선 정지에서 아침밥을 지으며 얼굴이 어두웠다. 시집을 온 것이 아무래도 잘못한 것 같고, 당장 옥산으로 달려가고 싶은 걸 참는다. 첫날부터 시어머니가 호락호락하지 않은 것도 알았다.

누구나 목숨처럼 간직해야 하는 정조가 훼손된 것을 신랑이 알고, 시어머니가 알면, 아니 아랫배 달꽃을 그 놈 천석의 씨가 야금야금 먹고 있는 걸 안다면…. 그리고 만에 하나 간 큰 천석이 그놈이 제 계집이라고 찾아오기라고 한다면…. 그 다음에 어떤 일이 벌어질 것인지 상상조차 되지 않는다.

상금은 이 모든 게 너무나 막연해서 벼랑 끝에 선 듯 불안초조하다. 그 불안과 초조감으로 상금은 아직 신랑의 몸을 받아들이지 못하고 있다. 상금과 눈을 제대로 안 맞추는 신랑 역시 별 관심을 보이지 않아서 일면 다행이다. 불을 끄고 자리에 들면 천석의 희고 푸른 얼굴의 흉터와 거역하지 못했던 힘이 선명히 떠올랐다. 쿵쾅거리는 가슴이 이불깃을 스칠까 봐 시종 불안했다. 뒤척이다 신랑의 몸이 닿으면 그날의 처참하던 고통도 되살아났다. 그날 이후 한 열흘은 소변을 보는 것도 큰 고통이었다. 소변이 닿는 순간, 아래에다 누가 횃불을 들이대는 듯 화끈거리며 쓰라렸다. 찢어진 상처 때문에 제대로 앉지도 못해 엉거주춤 선 채로 대소변을 봐야 했다. 그 고통을 또 겪게 될 걱정 때문에 상금은 속치마로 자신의 아랫도리를 돌돌 말아 쥐고 잤다. 자신이 지키지 못한 정조가 탄로 나는 것도 두려웠다. 정조와 더불어 더 큰 걱정은 갑산댁이 죽는 날까지 함구하라 이른 바로 그 일이다. 천석의 씨…. 낮에는 이런저런 집안일이 아직 몸에 익지 않아서 그 일을 잊고 지내는데 밤만 되면 방문 밖에 천석이와 앉은 듯 불쑥 생각이 났다. 상금은 숨소리조차 들킬 것 같은 불안으로 가슴을 부여잡다 잠이 들었다.

눈 밝은 이가 상금의 혼례사진을 면밀히 본다면 알 것이다. 새 각시의 미간 사이에. 아니 입술 끝에, 아니 전신에 비밀스런 근심이 고드름처럼 서늘히 매달려 있었다. 참 예쁜 얼굴이건만 열여덟 새 각시의 수줍음과 귀여움은 전혀 보이지 않았다. 사선으로 엇갈려 직조된 그늘이 촘촘한 그물마냥 예쁜 이목구비를 덮고 있었다. 유일하게 그 내막을 아는 갑산댁은 무덤에 들기까지 입을 꾹 다물겠지만 속으로는 '관세음보살, 업장소멸'을 수천 번 되뇌었다. 두레박을 내리고 올리며, 아궁이에 불을 넣을 때, 마당에 비질을 할 때도 상금을 위한 염원을 놓치지 않았다. 허름해진 짚신을 신고 벗을 때조차도 '관세음보살, 업장소멸'을 혀 아래 간직한 것은 상금을 거슬러 혼외 임신한 영임때부터의 습관이었다. 우직한 갑산댁의 유일한 믿음은 지성이면 감천이라는 의지뿐이었다. 옥에도 티가 있는데 사람의 허물이야 천심으로 빌고 또 빌면 용서받으리라.

혼례를 치르며 첫사랑의 충격이 더욱 생생히 떠오른 기영 역시 자신의 양분된 감정을 주체 못해서 얼굴이 어지러웠다. 근래 들어 뒷모습조차 본 적 없는 성옥의 모습은 징으로 찧어 새긴 듯 또렷하고, 맞절을 올리며 백년을 기약한 새 각시의 형체는 굴뚝의 연기처럼 허공에서 흩어지고 말았다. 성옥이 들어찬 가슴을 열어 내보내고, 원색의 노랑저고리와 주홍빛치마가 눈부신 상금을 넣고자 애를 쓰는 동안 빗장은 무쇠처럼 무거워졌다. 기영은 이 또한 혼례를 치른 지아비의 죄라는 자책을 했다.

거기다 기영에게 이상한 일이 첫날밤부터 시작되었다. 하늘의 섭리가 성숙한 음양이 스스로들 짝을 맺는 게 정해진 이치인데 이 근원적 욕망에 문제가 생겼다. 성옥을 간직한 가슴으로 차마 새색시와 무릎을 마주할 자신이 없던 심약한 기영은 먼저 자리에 누워 눈을 감았다. 이런 기영의 마음을 들여다본 듯 새색시는 촛불을 껐다. 멈칫거리며 옷을 벗더니 조심스럽게 이불 속에 들어와 등을 보이며, 몸을 외로 틀었다. 낯선 집의 낯선 방에, 낯선 신랑 곁에 누운 새색시가 몹시 안쓰럽게 느껴졌다. 일생을 함께 할 아내를 맞은 남편의 도리에 기영은 상금 쪽으로 슬며시 모로 누웠다.

달빛이 두어 번 씻은 쌀뜨물색으로 희멀건 창호지를 투영해 돌아누운 상금의 이불 위에 아련히 쌓이고 있었다. 합방을 어디서부터 어떻게 시작해야 할지 막연하고 생소했다. 시간이 지날수록 촘촘히 내려앉은 달빛의 더께가 목화솜인 양 잘록한 허리에 고이는데, 어떤 기억 하나가 녹이 쓴 삼지창처럼 기영의 등에 둔탁하게 박혔다.

기영이 열한 살 때였다.

배고픈 보릿고개의 3월 말이나 4월 초쯤의 봄이었다.

아지랑이는 기름진 쌀밥 그득한 가마솥에서 막 피어나는 구수한 김 같았다. 아무리 그리워도 밥이 되지 못한 아지랑이는 극빈을 비웃듯 온 천지 사방에 아른거리며 빈 속을 헤집었다. 일부 부잣집이 아니면 마른버짐 핀 애어른 모두 아찔한 봄의 현기증을 예사로 겪었다. 빈 곳간의 허기는 늘 밖으로 나가서 먹이를 구하게 만들었다.

대낮은 아니고 해가 기웃이 머지않아 노을로 물들 시간이었다. 돌 아래 숨었던 다슬기와 가재가 먹이활동을 하기에 가장 잡기 좋은 시간이었다. 열예닐곱 살의 마을 형들과 기영은 수심이 제법 깊고 물살이 세찬 곳에서 가재를 잡았다. 다슬기도 가재도 살이 올라 크기가 장정 손가락만 했다. 마을에서도 제법 멀고 후미진 숲속 거랑은 아낙들이나 여자애들이 자주 오지 않아서 수확이 꽤나 짭짤했다. 여자들은 주로 산이나 들에서 나물을 뜯고, 남자들은 사냥이나 물에서 영양이 실한 먹이들을 구했다.

"오매오매, 우리 귀헌 기영이, 내 새꾸 쫌 보소. 이로코롬 무겁게 실허게도 잡았다냐. 살이 오살나게 들어찼어. 앗따 요놈들 참 맛나기도 하겠네. 옴마, 손 끝 야문 우리 기영이 땀시 내일까정도 실컨 잘도 묵게 생기부렀어."

국을 끓이려고 삶은 다슬기의 살을 파내며 어머니가 엄청 좋아하실 얼굴은 상상만 해도 기분이 벙글거렸다. 기영은 물살의 반대쪽에서부터 거스르며 다슬기를 잡느라 미처 마을 형들이 물에서 나간 것도 몰랐다. 고개를 들자 거랑 옆 상여집 뒤 풀숲에서 두 형이 어른거렸다. 부산히 옷을 벗어던지는 싸움 같아 기영이 뛰어 가보니 싸움이 아니고 그거였다. 아무도 가르쳐 주지 않고, 보여

주지 않아도 알게 되는 그것이었다. 개도, 소도, 사람도 누구나 다 아는 그 짓이 막 시작되려는 참이었다. 기영보다 다섯 살 더 많은 열여섯 화자가, 기영의 집에서 밭 몇 마지기를 건너 사는 화자가, 한참 바보라서 제정신이 나간 화자가, 시집도 못 가고 옆 동네 아이들의 돌팔매나 맞던 화자가, 홀로 산이나 들로 나다니던 화자가, 적삼을 벗고 뿌연 젖통을 드러낸 화자가, 형 둘이서 치마와 속곳을 벗기는데 화자가, 아지랑이처럼 아른아른 웃었다. 눈은 작고 입이 커서 못생겼던 화자가 반질반질한 무쇠솥에 피어오르는 김처럼 웃고 있었다.

"인 떨아야(이 녀석아), 기영아! 니 거서(거기서) 기겡(구경)만 하지말고, 저 방구(바위) 뒤에 퍼뜩 가가 먼부시서(멀찍이서) 누가 오능가 단디 지캐라(지켜라)!"

기영은 잠시 몸이 굳은 채, 망을 봐야 할지, 도망가야 할지 판단이 서지 않았다.

"씨부랄, 니미, 전 떨아가(저 녀석이) 저기, 참말로, 퍼뜩 절로(저리) 안 가나? 누가 오믄 '뻐꾹' '뻐꾹' 큰소리로 알았제?"

먼저 말한 형이 어느새 바지춤을 벗자 시커먼 털에서 솟구친 자지가 보였다. 기영은 비칠비칠 돌아서 형들이 시킨 크고 작은 바위틈에 몸을 숨겼다. 누가 가르쳐주지 않아도 아는 그 짓을 누구에게 들켜서 안 된다는 것 역시 저절로 알게 되었다. 여남은 발짝밖에 떨어지지 않은 바위여서 화자와 형이 내는 짐승소리가 생생히 들렸다. 기영은 양손으로 귀를 막았다. 멀리서 누가 오는지 살펴야 해서 눈을 크게 뜨자 귓구멍도 자꾸 열렸다. 형은 화자를 꼬집거나 물어뜯는지 화자가 아프다며 죽는 소리를 냈다. 마치 장단을 맞추듯 일정하게 아프다는 화자의 비명에 기영의 오금은 더욱 말려들었다. 화자의 목이라도 조르는지 잠시 죽을 것 같은 비명이 들리더니, 둘은 잠잠했다. 아무래도 화자가 죽어버린 것 같아서 놀란 기영이 얼른 일어나 돌아보았다. 오히려 화자를 아프게 한 형이 화자 곁에 죽은 듯 퍼질러져 누웠고, 화자는 고봉으로 담은 쌀밥 같은 젖통이 성성한 상체를 일으켰다. 구수해서 달달한 뜨거운 김처럼, 허기를 돋우는 아지랑이처럼 화자는 웃기까지 했다. 솥뚜껑을 열면 뜸이 잘 든 뽀얀 쌀밥이 그득하듯, 살색이 하얀 한 아름의 화자는 다시 누웠다. 급하다며 연신 재촉하던 다른 형과 화자가 다시 짐승소리를 냈다. 기영은 급히 돌아서서 바위틈에 몸을 숨겼다. 이 형은 화자와 싸운 적이 있는지 연신 쌍욕을 해댔다. 화자가 좋다면서 철썩철썩 화자를 때렸다. 화자가 언젠가 큰 잘못을 저질렀는지 더욱 세차게 때리면서 또 너무 좋다고

욕을 하다니 너무나 이상했다. 맞을 짓을 했는지 화자도
좋다고 했다.

시간이 얼마나 지났을까?

봄날의 해는 길지 않았다.

두되 반 쭈그러진 양은주전자에 물을 가득 떠오라고
화자를 물고 뜯던 형이 시켰다. 다슬기가 반이나 담겨 낑
낑거리며 가져다주자 화자의 아랫도리에 부으며 씻으라
고 시켰다. 돌아앉은 화자의 뒷머리는 들기름을 머금은
솥뚜껑처럼 윤기가 났다. 까만 뒤통수와 땋은 머리에 토
끼풀꽃 몇 개가 줄기째 붙어있었지만 온전한 건 없었다.
알몸이었던 화자는 찬물을 붓자 덜덜 떨었다. 아까처럼
거칠게 욕을 하지 않은 형 하나는 화자의 옷을 주워와
던져주었다. 기영이 솜씨가 좋아서 누이들에게 목걸이와
화관을 만들어 주었던 토끼풀꽃들이 바닥에 흥건히 짓이
겨져 있었다. 기영은 앞으로 절대 네잎클로버를 찾거나,
아무리 예쁜 가스내를 봐도 목걸이나 화관을 만들어 주
지 않겠다는 다짐을 했다.

거랑 옆 좁고 긴 숲길에 노을이 회초리처럼 붉게 깔려
있었다. 아까 화자를 올라타고 벌겋게 달아올랐던 형들
의 얼굴을 노을이 때리고 또 때리는지 갈수록 붉어졌다.
기영은 화자를 올라타지 않았지만 자신 역시 죄인 같아서

뺨을 노을에 내밀었다. 교대로 화자를 덮쳤던 두 형이 교대로 기영에게 당부를 했다.

"기영이 니 단디 들아래이. 사나아 새끼는 절대로 주디 (주둥이)가 헤깝으믄(가벼우면) 몬 쓴다. 화자 저거는 축구 등신(바보 중의 바보)이라가 아무 꺼도 아이다. 니미 좆도 기분이 깨반(개운)하네. 개나 소나 다 하는 거. 개나 소나 씨발 썹 안하고 사는 거는 없다."

"맞다. 화자 가시나는 어비(바보. 정신지체)라가 말도 잘 몬하고, 해도 누가 저 가시나 말을 믿어 주나? 니도 인자 우리캉 한 펜(편)이까네 주디 달싹 몬 한다. 알지러?"

기영은 형들 눈치를 안 보고 도망했다면 한 편이 안 되는 걸 뒤늦게 후회했다. 항상 선함과 바름을 강조하는 아버지께 더욱 면목이 없게 된 기영은 오른뺨을 쳐대는 노을의 꾸지람을 듣느라 아무 대답도 못했다. 열한 살은 어리지만 사리분별이 영 멍충하지 않아서 당부가 아니어도 일생 함구할 작정을 했다.

"내일도 가시나 저거 여게 올랑가?"

"아, 씨발 화자 저년 텀박에(때문에) 오늘 밤 잠 다 잤다."

그 이후 형들이 화자를 또 만났는지는 알 수 없다. 여름 끄트머리에 화자는 입덧을 했고, 달거리가 빠진 걸 걱정하던 부모로부터 죽을 만치 맞았다. 애가 떨어지라던 심한 매질에 애는 멀쩡하고 생똥을 한 바가지나 산 채 화자는 쫓겨났다. 이웃의 친척 아주머니가 거둬 씻겨 고방에 며칠 숨겼고, 마을 아낙들은 딱하고 불쌍해 혀를 찼다.

섣달 초 갑자기 들이닥친 깡추위에 거름 더미 옆 헛방에 지내던 화자는 얼어 죽었다. 화자는 소나 말이 아니어서 뱃속에 이름 모를 별 하나 품고, 그렇게 한 겨울밤 차디찬 별이 되어 떠났다.

이듬해 봄, 아지랑이가 노란 개나리 덤불인 양 사방천지에 피어나는 날이었다. 그때까지 사이좋은 두 형은 새로 장만한 고물 자전거 앞뒤에 타고 가다 열차 건널목에서 사고를 당했다. 마지막 순간 눈앞이 노랬을 그들은 절대로 별이 되었을 리가 없었다.

기영이 자라는 동안 한 번도 이 일들을 떠올리거나 속죄의 마음조차 없이 잊고 살았다. 어릴 적 아픈 이 기억이 뜬금없이 기영에게 소환되었다. 더구나 첫날밤에.

상금은 달빛 아래 쪽머리 비녀를 얌전히 뽑았다. 출렁, 검고 숱이 풍성한 머리는 물색 옥양목 끈으로 겹겹 묶여서 허리 아래까지 내려왔다. 상금이 기영에게 등을 보이며 돌아눕자 비로소 떠오른 검은 머리의 기억, 토끼풀과 노을과 오른뺨과 아기와 화자와 죽음과 함구와 죄의식. 이 모든 것들이 신방의 열두 폭 화조병풍 뒷면처럼 즐비하게 나타나고 말았다. 한 번 소환된 기억들은 쉬 사라지지 않았다. 심지어 매일 밤 복기까지 하기에 이르렀다. 밤이면 다시 열한 살의 그날이 무성영화처럼 천정에 그려졌다. 날이 갈수록 오히려 기억하지 않아도 될 세밀한 풍경까지 약을 올리듯 나타났다. 화자의 입덧과 화자 아버지의 지게 작대기 매질, 고봉으로 퍼 올린 쌀밥 같았던 젖가슴과 하루 보리밥 한 덩이에 얼어 죽은 화자…. 기영은 화자의 소문이 밥상에 오른 날마다 연거푸 체했다. 한밤에 열 손, 열 발가락 다 따도 체증이 가라앉지 않아 날이 새면 아버지가 한약방에 업고 가기도 했다. 몇날 며칠 토사곽란을 해댔던 그런 일들까지 다 신방을 채웠다.

둘 다 욕망이 성성한 나이였지만 상금과 기영은 각자의 상흔으로 불면을 견뎌내고 있었다.

시집온 지 나흘째 되는 아침, 상금은 너무나 놀라서 기겁을 했다. 시어머니의 요강을 비우려다 다른 때와 달리 엄청난 무게에 요강 뚜껑을 열었다. 핏물이 그득한 요강에 서답이 벌겋게 불어터져 있다. 원래 달거리를 하는 동안 공용 요강에는 오줌을 누지 않았다. 한밤이라도 측간에 가야 했다. 단 아침에 요강 사용이 끝난 뒤 달거리 서답을 빼서 요강 속에 넣어 불릴 수는 있었다. 상금은 순간 팔에 힘이 빠지고 놀라서 요강 뚜껑을 떨어뜨릴 뻔했다. 일단 거름더미에 가서 삽으로 재를 깊이 파고 요강을 기울여 핏물을 부었다. 안에 피서답이 있다 보니 오줌을 비워도 무게가 있었다. 발끈했던 화가 머리꼭지 위에서 깨춤을 추듯 성질이 솟구쳤다.

외숙모의 말로는 달거리 서답은 부모형제 사이에도 맡기지 않고, 자신이 손수 빠는 거라 했다. 상금은 식전 빈속에 비위가 확 뒤틀려 또 다시 옥산으로 도망가고 싶다는 생각이 간절했다.

이 일은 여러모로 심사가 뒤틀린 목포댁의 고의였다. 남편은 늘 차별 없는 세상을 부르짖지만 살다 보면 남에게 차별받는 일이 도처에 있었다. 자신들만 그걸 지키자니 오히려 짓밟혀왔다. 출생도 남부끄러운 며느리고, 더구나 혼례를 앞두고 그렇게 건강하던 남편이 풍을 맞아 반병신이 된 것도 영임을 닮은 며느리의 부덕 같았다. 무엇보다 앞선 중매에서 받은 상처로 기영의 마음이 다친 일이 풀리지 않고, 자신들의 처지에 맞춘 혼사가 된 탓이다 못마땅했다. 또 하나 월경의 각별한 특징 때문이기도 했다. 사람마다 다르지만 월경은 찾아오기 며칠 전부터 어떤 통기를 보냈다. 달의 주기에 맞추어 반드시 생산을 해야 할 자연의 현상에 위배됨을 우주의 섭리는 체벌하는 것인가? 미리부터 배와 허리가 끊어질 듯 아픈 사람도 있고, 매사에 심사가 고깝고 사나워져서 아무하고나 쌈질을 하게 만들고, 남의 물건을 무단히 집어 오는 도적질을 부추기고, 망치로 찧는 듯 극심한 두통으로 머리를 싸매고 드러눕게도 하는 등 여러모로 평소와 다른 일정 시기를 보내야 했다. 달거리를 무던히 보내는 이가 오히려 드물 정도였으니 이는 모든 포유동물 중 수십 년간 여성만이 겪어야 하는 고충이었다. 그래서 달거리와 출산의 고통과 육아의 어려움 등을 싸잡아 죄가 많아서 여자로 태어난다는 일설이 있었다. 이렇듯 고통을 주며 오는 달거리는 갈 때도 고이 가지 않았다. 폐경기가 되면 특별한 병 없이 온몸이 쑤시고 아프며, 온갖 심사를 어지럽혀 사사건건 심성을 꼬이게 했다.

아무튼 달거리는 종의 보존인 수태를 위한 신비하고 성가신 자연현상이다.

현생인류와 가장 가까운 생명이 우주에 생성된 지 700만여 년에 이른다. 태양과 달과 지구라는 별에 달거리가 있어서 우리는 태어나고, 우주에 잠시 머무르다 떠난다.

목포댁의 나이는 월경과 완경의 교차점에 이르는 마흔 다섯이었다.

다행히 집 바로 옆에 자그만 거랑이 있어 상금은 요강을 들고 조심조심 내려갔다. 조금 기우는 걸음걸이 때문에 균형을 잃어 사기요강을 엎어 깨기라도 하면 낭패였다. 평소보다 엄청 다리의 중심을 잡으며 요강을 도랑가에 내렸다. 상금은 주변의 막대기 하나를 주워 왔다. 마치 껍질 벗은 짐승처럼 시뻘건 피서답을 꺼내 물에 담근 뒤 무거운 돌을 얹어 잠기게 했다. 그렇게 한참 두면 흐르는 찬물에 피가 서서히 빠져나갔다. 상금은 며칠 겪은 시집살이가 몹시 역겹고 싫지만 시아버지와 남편의 순한 눈길에 마음이 녹지근하게 펴졌다. 아침밥을 앉힌 뒤 피서답을 빨 생각으로 깨끗이 씻은 요강을 들고 집으로 왔다. 상금이 아침밥을 짓느라 아궁이에 불을 지피는데, 어제부터 아프던 복통이 또 시작되었다. 피서답을 내놓는 시어머니 때문에, 밤에는 꽃물 잃은 몸 때문에 한 시도 맘 편히 못 지내니 속병이 단단히 난 것 같았다. 설거지를 마치는 동안에도 심하게 아파서 부뚜막에 앉아 몇 번이나 배를 움켜잡았다.

상금이 시어머니의 피서답을 빠는 지 나흘째였다. 설거지를 끝낸 뒤, 여전히 아픈 배를 안고 거랑에서 방망이질을 했다. 순간, 뭔가 뭉클 뜨뜻하며 녹지근한 것에 상금의 아랫도리가 젖었다. 배가 아프지만 우르릉거리는 설

사와는 다른 느낌이었다. 혹시 치맛자락이 물에 젖었는지 상금은 엉덩이를 치켜들고 살폈다. 돌이 붉다. 상금이 깔고 앉았던 돌에 선홍빛 고운, 봉선화 꽃물을 닮은, 바로 그 꽃물, 그토록 기다리던 달꽃이다. 피가 피를 부르는 게 이런 의미는 아니겠지만 상금은 너무나 기뻐서 목청껏 소리를 지르며, 춤이라도 덩실덩실 추고 싶은 지경이다.

누가 그랬든가? 달거리는 서로 시샘을 한다고 했다. 그래서 잔치나 초상이 나서 여자들이 여럿 모이면 갑자기 날짜를 앞당겨 줄줄이 달거리를 맞이했다. 그건 나도 아기씨 키울 가임기라는 청춘들의 질투였을까?

그런 경험을 허다히 겪은 나이든 축에서 웃으며 그랬다.

"달거리도 큰일(잔치)에 맛난 거 쫌 얻어 묵고, 존(좋은) 귀경할라꼬 온다 아이가."

시집가서 멀리 사는 딸들이 명절에 모여 하나가 달거리를 하면 그 날짜가 아닌데도 따라 터지는 일이 허다했다.

30년 넘도록 매월 며칠씩, 하루에도 몇 개씩 적시는 월경대는 여간 성가신 게 아니었다. 그래서 개짐이라 부르기도 한다. 소나 말과 달리 개는 짐을 져 나르지 않는데, 그런 개가 치러야 하는 고난이라는 뜻이다. 여성의 모순성은 무척 성가신 월경, 이 달꽃이 지는 것을 무척 서운해했다. 손톱달이 돋아 차듯 꽃망울이 맺혀 만개의 핏빛 절화

(折花)의 순간들, 월경은 청춘의 붉은 욕망이었다.

　기왕에 속곳은 적셨고, 숨었던 자신의 달꽃을 불러내
준 시어머니의 피서답이 이렇듯 예쁠 수가 없다. 방망이질
이 신이 나자 상금의 꽃잎은 더욱 붉고 크게 열렸다.

　엿새간의 월경이 끝난 뒤, 상금은 몸을 단정히 씻고 잠
자리에 들었다.

　음력 춘삼월, 수밀도 꽃 진 자리에 열매가 맺는 계
절이다.

참고문헌

- 경주풍물지리지(경주시·경주문화원 김기문 편저)
- 경주군사(慶州郡史)(경주군사 편집위원회)
- 근대 전환기 도교·불교의 인식과 반응(저자 김형석/학고방)